魔幻大楼

杨渡 著

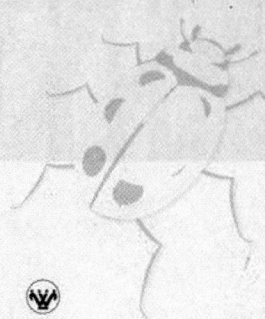

百花洲文艺出版社
BAIHUAZHOU LITERATURE AND ART PRESS

图书在版编目（CIP）数据

魔幻大楼 / 杨渡著. –– 南昌：百花洲文艺出版社，2020.1
ISBN 978-7-5500-3373-3

Ⅰ.①魔… Ⅱ.①杨… Ⅲ.①中篇小说 – 小说集 – 中国 – 当代
②短篇小说 – 小说集 – 中国 – 当代 Ⅳ.①I247.7

中国版本图书馆CIP数据核字（2019）第193470号

魔幻大楼

杨　渡　著

选题策划	胡青松	
责任编辑	余丽丽	
书籍设计	方　方	
制　作	何　丹	
出版发行	百花洲文艺出版社	
社　址	南昌市红谷滩新区世贸路898号博能中心一期A座20楼	
邮　编	330038	
经　销	全国新华书店	
印　刷	江西华奥印务有限责任公司	
开　本	720mm×1000mm　1/32　印张　8.25	
版　次	2020年1月第1版第1次印刷	
字　数	150千字	
书　号	ISBN 978-7-5500-3373-3	
定　价	30.00元	

赣版权登字　05-2019-226
邮购联系　0791-86895108
网址　http://www.bhzwy.com
图书若有印装错误，影响阅读，可向承印厂联系调换。

少年游（代序）

张　楚

　　高二，文科生，教室挨着一排宿舍，平房，窗前是食堂栽种的豆角秧。秋天的豆角花酱紫色，女孩们坐在秧下背唐诗。也没有人热衷学习，大部分都在谈恋爱，打篮球，织手套，人人都不知不觉地往学渣路上偷偷地走。只有我刻苦地写着武侠小说，我记得主人公是个喜欢吃猪头肉的车把式。那时金庸的"飞雪连天射白鹿，笑书神侠倚碧鸳"我已拿下，古龙的陆小凤、楚留香系列也都寝食难安地读完。我自认为满腹经纶，胸中盛着江湖，急于将这江湖的恩怨讲给别人，于是我开始闷头写，上课写，下课写，熄灯了打着手电筒在被窝里写……写完了给班里的女孩们看。她们喊喊喳喳地阅读，不时歪头交换意见，最后叮嘱我：张三刻薄可恶，要早早死掉！李四武功低微，可憨厚老实，务必让他遇见高人练成绝世神功！她们最惬意的可能就是我会按照她们的嘱咐续写小说，当然，她们给我的回馈也让我无比怀念那时的秋天：羞怯的笑声、偷偷塞给我的劣质香烟、黏牙又难吃的糖瓜子……这些都像纳博科夫捕捉过的蝴蝶标本,让一个越来越健忘的人心动不已。

读了杨渡的武侠小说《丸子,丸子》后,我难免回忆了我的高中时代。他比当时的我写得好多了。要是他在我们班,那些女孩肯定都是他的迷妹。让我意外的是,杨渡写这篇小说时只有十三岁。我们谈及武侠小说时往往定位是"成年人的童话",那么在一个少年眼中,江湖是如何的江湖?杨渡按照自己的理解构建了波云诡谲的世界:人人皆是草莽英雄,人人皆是棋盘中人,人人都想做武林盟主,即便身负绝学,也摆脱不掉名利诱惑。当然,这些只是一个少年眼中的武林,这个武林跟那时我眼中的武林几乎没有区别。

这篇小说有意思的地方,在于它是篇老派的武侠小说,如果我的记忆没有错位,杨渡成长的时代网络小说已经流行,盗墓、穿越、修仙题材颇受欢迎,杨渡肯定也会受影响,那么他为何写一篇如此传统的武侠小说?他不仅写了,且写得有板有眼,犹如古龙喜欢给武器弄个排行榜一样,杨渡也给他的侠客们制造了种种古怪霸气的兵刃,而且一丝不苟、津津乐道地描写着它们的行状、功能和摆脱了传统物理学的神奇之处。他对排名的热爱跟我小时候背诵"一吕二赵三典韦,四关五马六张飞,七徐八黄九姜维"一样,有种小小的洋洋自得和煞有介事。他在描写侠客们对决时的那种超越了孩子气的沉稳、郑重和对创建新生事物的热爱,让我刮目相看。而裁决谁当武林盟主的关键之物竟然是颗能吃的丸子,我私下想,也许丸子是杨渡喜爱的食物吧?不然他不会让一颗由四五十种动物肉类组成、花费了十年时光制造的食物成为类似绣球的道具。这个道具在被争夺的过程中，互相伤害是难免的，人人面目狰狞也是难免的，种种江湖恩怨、阴谋诡计也都在这夺宝游戏中和盘托出，主人公"我"终于晓得，这全是润秋雨（死去盟主司徒寒的朋友兼厨子）在瞒天过海、布局排线，这些真相都在争夺丸子的过程中层层剥茧显露真相，笔法类似推理侦探小说。当然，小说的机锋和人物的心机，都烙着少年之气。

小说的最后，不是我们印象中老派武侠小说的结尾，恶人被惩罚，正义被伸张，相反，杨渡让英雄被丸子里的迷药晕倒，大奸大恶之徒得逞，武林之未来如入迷雾。少年的杨渡，不仅作风老派，还是个悲观主义者。

再读《幻》，有些意外，竟然是篇科幻小说。这个跨度有些大，譬如画国画的果断地去画油彩，或者练杂技的去练散打。如果说《丸子，丸子》是篇传统武侠小说，那么《幻》则是篇新派科幻小说。"幻"的世界是一个科技高度发达的世界，当然，无论科技如何发达，文明如何璀璨，战争总是避免不了的，好像大家都比较认可黑暗森林法则，高端文明会毫不犹豫地消灭低端文明，段位相当的文明也会为了资源相互讨伐。我对这种观点一直抱着怀疑态度：并不是所有的人都会把滚烫的开水倒进蚂蚁窝里，除了顽劣的孩子，好像没有谁去刻意关注蚂蚁的生存和未来。难道不是吗？

在这篇小说里，有两个一直战火不断的国家，幻国和灵国。"除了必要的几名坐镇总部，其余高阶幻兵全被派往前线。于是，把'幻'所有零件安全送到战场上的任务就落在了仍是六星幻兵的哥哥身上。至于我，就是被哥哥拉来蹭点儿军功的。"哥哥幻梦和弟弟幻心去执行任务，还未到达战场就被敌军星舰包围。幻梦将幻心传送到安全的星系，自己却暴露在敌人的包围中，最终牺牲。这只是小说的起点。幻梦的去世给幻心留下了不可避免的心理伤害，他经常去"记忆室"利用模拟器重返当时的现场，妄图拯救幻梦，但是每次都会从失败中醒来——现实世界就是如此残酷，按照时光穿越的法则，过去不可更改，幻心当然也不可能让幻梦死而复生。

在这个纠结的过程中，杨渡的心理描写细腻而微妙，一方面，幻梦为救幻心而亡，幻心当然自责愧疚，另一方面，幻心的心结又不只是愧疚这么简单，似乎还隐藏着难言之隐。"但我还是经常回到那一天，回到那个战场，和哥哥一同死在那儿。只有这样，我心里才能好受一点儿。这能够证明，哥哥的死的确和我的弱小无关，的确和我无关。"幻心在为自己寻找理由，这个理由是他坦然面对世界的支点。但是到了最后，我们才发现，杨渡绝不会让叙事停留至此，他让被逮捕的叛军出现了，幻梦死亡的真相也浮出水面，原来在哥俩执行任务的前夜，喜欢喝酒的幻心被敌人下了迷药，说出了即将和幻梦去执行军事任务的真相——这才是悲剧的起源，这也是幻心将记忆裁剪隐藏的真相。当这个情节被构建的时候，杨渡将科幻小说的重心转移到了对人性的探讨之上。而此时我们会发现，无论科技如何发达，武器如何先进，真正让我们处于囹圄之地的，总是人性的脆弱和复杂。这篇科幻小说展现出来的哲学意味和思辨色彩让我们看到了杨渡的敏锐与沉滞，它带有强烈的现实主义意味。这让我想到，自1980年代郑文光提出"科学现实主义"以来，启蒙立场和现实关怀便成为谋求文学性的科幻作家致力的方向。詹玲在《后人类时代的文学"人学"观念变革及重构——以新世纪以来中国科幻小说中的"后人类"书写为中心》中曾对此做过深入阐述，她认为，当科技想象仅仅是将现实进行夸张、变形，被作为一种叙事美学手段来使用时，它"面向星辰大海"的前瞻性和广阔性就被大大减弱了。

让我感觉到欣慰的是，杨渡在这篇精短美妙的《幻》里探讨传统人文主义精神时，并未陷入以科技理性为主导的功利主义人学陷阱。

虽然只读了两篇小说，但我却看到了少年杨渡未来文学之路的多种可能性。杨渡只比我的儿子大一岁，我在羡慕他时，其实也在羡慕杨渡的父亲——他的父亲有个让人难忘的名字，杨邪——他是如何在把孩子培养成学霸的同时，又挖掘到孩子的文学天赋呢？这种勘探本身是否也是一种天赋？当然，羡慕也只是徒添烦恼，除了证明我们的衰老，似乎也没有旁的益处。那么，还是让我们静静地注视着少年杨渡，当他背起行囊刀剑步履平畅或踉跄地闯荡江湖时，送上我们最诚挚的祝福吧。

目录

魔幻大楼

闹钟里的瓢虫

放学了。

一回到家，我就狠狠地把书包丢在大沙发上，紧接着把自己也丢了上去。沙发软得像一大团棉花糖。在重力的作用下，我整个人都陷了进去，出不来了。

期末快到了，再过三个星期，这个学期就结束了。即将到来的期末考试，像灾难一样降临到我们头上。因为它，原本就屈指可数的几节能让我们放松放松的体育课、音乐课、美术课，都被那语文、数学、英语、科学四门主课占据。一天八节课，上午四节下午四节，上午是语文、数学、英语、科学，下午是科学、英语、数学、语文。一天下来，除了主课还是主课，没有副课就是没有副课。我真搞不懂，为什么课程会有主副之分，弄得我们"学不聊生"。

我整个人瘫倒在柔软到极致的沙发里，过了好久才挣扎着从沙发里爬起来。我拖着书包，拖着沉重的脚步，缓慢地走进自己的房间，一屁股坐在写字台前的椅子上。

我想知道现在的时间，却又累得厉害，懒得回头去看挂在墙上的钟。于是，我瞟了一眼放在桌上的小闹钟。

现在是五点十分零七秒，我写一小会儿作业，大概就可以吃晚饭了。我一边这样想着，一边弯下腰，从放在地板上的书包中拿出作业本和笔，打算开始写作业。

正在拿不定主意，不知先写哪一门功课时，我突然察觉，闹钟钟面"5"这个数字的底下，或者说是在整个钟面的最底下，那个数字"6"中间椭圆形的空白部分，被一种淡金色填满。这种淡金色，令人联想到秋天里令人惬意的阳光，联想到秋天里令人惬意的阳光下的麦田。

这是怎么回事？

我原先以为有个东西粘在闹钟的玻璃上。但用手一摸，我发现玻璃上什么都没有。我纳闷了，凑上前去，几乎把鼻子都凑到玻璃上，想看得更清楚一些。于是，我看到了世上最诡异的事情：一只淡金色的椭圆形的瓢虫，正静静地趴在数字"6"中间椭圆形的空白部分上。

我感到惊奇：在玻璃与钟面之间是有一个完全能容下一只瓢虫的狭小空间，但没有任何途径能通往那里——在不打开闹钟的情况下。无论是钟面还是玻璃，都毫无破损。即使有缝隙，像这样的一只瓢虫，也完全无法爬进去。就算是一根头发丝，也无法钻过如此细小的缝隙，这只淡金色的瓢虫，究竟是怎么做到的呢？

我细细打量这只瓢虫。我发现，这只瓢虫的身体是淡金色的，而在它淡金色的背部，分布着星星点点耀眼的炫金色，令它看起来高贵而神圣。不可思议的是，它身下的修长的足，似乎有九节，比我见过的任何昆虫都多了好几节。

打量了半天，突然，瓢虫飞了起来，吓我一大跳。在那几秒钟之间，我注意到，这只瓢虫的翅膀也是半透明的朦胧的金色。它从数字"6"飞到了数字"12"上，飞行轨迹也是金色的，久久不消散。

紧接着，它一转身，趴在数字"12"前的玻璃上，正对着我。然后，我惊奇地看见，它伸出一只有九个节的前足向我挥了挥，露出一个貌似是笑容的笑容。

它是在向我打招呼吗？

这真是令我"受宠若惊"。我突然有了一个向它打招呼、对它说话的念头。

当然，这个念头一出现，就立刻被我自己否决了。我嘲笑自己，也尝试说服自己：这只是一只有华丽外表的瓢虫，一点特殊的地方都没有。刚才它只不过是动了动脚，至于打招呼什么的，都是自己凭空想象出来的罢了。

尽管如此，我心中还是有一个神秘而充满魔力的声音响起："这只瓢虫真的非常特殊，并不是一般的昆虫。它不但有华丽的外表，而且还能听懂你说的话。你快点向它打个招呼，和它聊几句。"

这个荒诞的念头又强烈起来了。在那个富有魔力的声音的驱使下，我鬼使神差地拿出计算用的草稿纸，用笔写下"你好"两个字，再颤颤巍巍地把纸伸到了闹钟里那只瓢虫的面前。

我有点期待，有点恐惧，又有点后悔。我紧紧盯着瓢虫，注意它的一举一动，眼睛都不敢眨一下，大气都不敢喘一声，生怕在这时真的会出现什么变故。

现在是四月一日愚人节的下午五点十四分又五十七秒。在我期待而又恐惧而又后悔的目光中，奇迹出现了——瓢虫真的像是读懂了我写的这两个字，立刻行动了起来，转身飞回钟面的数字"12"上，貌似在准备着什么。

两秒钟之后，秒针已指在"12"这个数字上。瓢虫一蹦，就轻易地抓住了秒针，随秒针移向数字"1"。而在到达数字"1"的瞬间，瓢虫抓住机会，跳到了数字"1"上。在数字"1"上待了三四秒时间，瓢虫松开攀住钟面的脚，沿着光滑的钟面下滑，被分针拦截，落在数字"3"上。又是三四秒，它沿着分针一路小跑，跑到钟面的中心时纵身一跳，跳到数字"3"对面的数字"9"上。这次，它停顿了七八秒时间，这才下滑到数字"7"上待了三四秒……

这绝对不是瓢虫随意而为的。这只神奇的瓢虫，一定认识我写的"你好"二字。现在，它正借钟面的这些数字来与我沟通。我连忙仔细地把瓢虫所有停留过的数字记录下来：

139 7852 15 789 1'1

这下子，我为难了。很明显，瓢虫认识我写的字。很明显，它给我的是一串密码。但重要的是，我不知道这串密码代表的是什么意思，不知道它跟我说了些什么啊！

我把作业本扔到一边，全心全意开始研究这串密码。只是，我不能确定，这只瓢虫是用我所用的中文表达它所要说的话，还是用它们昆虫间使用的昆虫语言。

正在这时，妈妈在厨房里大喊了一声："快来吃饭啊！"声波穿过两层磨砂玻璃，传入我的耳朵，把我吓了一跳，思路也随之被打断。

我只好放下笔，站起身。我看了一眼桌上的闹钟，看了一眼闹钟里的瓢虫，这才走向餐厅，一边回应了声："我来了！"

看来，我只能先吃饭了。至于那些有关这只神奇的瓢虫的问题，我决定还是暂时放一边好了。等我吃完饭，填饱肚子，写完作业后，有精力又有时间时，再来好好琢磨这串密码。

我打算先不把有关这只瓢虫的事情告诉爸爸妈妈。若不给他们亲眼看看，说了他们也不相信，反而会批评我，说我胡思乱想，连作业都顾不上写。而倘若给他们看了，那么在短短数分钟内，我的左邻右舍七大姑八大姨通通都会知道有只瓢虫在我的闹钟里。关于这只瓢虫的事情，是只属于我一个人的秘密……

晚饭很丰盛。凡是我爱吃的，饭桌上几乎都有。很明显，妈妈是花了些功夫的，但此刻，我并没有注意到这些。我的心思，还停留在那串密码上。因此，我往常在吃饭前都会先开个玩笑，向妈妈抱拳，说声"母亲大人辛苦了"，今天却忘记了，一到餐厅就坐了下来，开始吃饭。

　　由于我心里还想着那只瓢虫和那串密码，一晚上，我都没有和爸爸妈妈聊东聊西，只是机械般吃一口饭，吃一口菜，吃一口饭，吃一口菜。我不是要吃什么筷子就夹什么，而是筷子夹到什么就吃什么。

　　没有聊东聊西，嘴一直没停下来，不知不觉，我就吃了半碗饭。两三分钟吃完半碗饭，我以前可从来没吃这么快过。

　　爸爸妈妈也发现了我的心不在焉。妈妈疑惑地问："杨渡，你怎么了？是不是发生什么事了？你正在想什么事啊？"

　　爸爸也接着说："真是奇怪，好好吃着饭，魂不知飘哪儿去了，连句话也不说，你以前可从来不这样。到底出什么事了？是不是在学校闯了什么祸？快告诉我们！"

　　我的思绪这才回到餐桌上。在爸爸妈妈疑惑的目光下，我只好挠挠头，笑着摇了摇头，说了声"没事"，又和平常一样，说起了在学校里发生的有趣的事。

　　和往常一样，我还没说几句，爸爸就注意到我说的话中的一个词，打断了我的话，开始说一个有关这个词的故事。可没说几句，又被妈妈抓到一个词。妈妈也打断了爸爸的话，说起了另一个故事……

　　我不再说话，只听爸爸和妈妈讲。一会儿是爸爸讲，被妈妈打断，变成妈妈讲。一会儿又是妈妈讲着，被爸爸打断，由爸爸讲了起来。就这样，听着听着，我的思绪又离开了餐桌，飘到了闹钟里的那只瓢虫上，也飘到了我记下来的那串密码上。我不禁又开始琢磨这串密码：

139 7852 15 789 1'1

我想，既然它是一只神奇的有智慧的瓢虫，肯定知道我这个平凡的人类是不可能了解昆虫语的，更不可能读懂昆虫语，那么它用数字表示的是昆虫语言就毫无可能性了。

我突然发觉，这串数字像是一个手机号码，而且还是本地的。但仔细数了数，我发现，这串数字的位数比一个手机号码多了好几位。总不可能瓢虫让我打电话给某人，却又记错号码了吧？

我又想到，那只瓢虫懂我们国家的语言，肯定也非常了解我们汉语的拼音。或许，它是用数字代替拼音字母，拼出一个个字，再组成一整句话的。我一个劲儿地琢磨：若用拼音字母的顺序对上"1"到"12"这十二个数，多出的字母再从头开始对一遍，那么每个数字就代表二到三个字母。可如果真的使用了这个方法，这串密码就毫无意义了。因为这样做的话，半个词都拼不出来。

我苦恼地抓了抓头：这已经是我能想到的最切实际的方法了（虽然这件事一切的一切本就不切实际），却还是不行，那可怎么办！总不可能用汉语的拼音方法拼出字，却是以英文字母的顺序对上数字吧……

正在这么想时，我愣住了。

用这个方法，好像真的每个字都拼得出来……

难道，这串密码，就真的这样被我破解了吗？

我一拍桌子，站了起来。结果，我被自己拍桌子的声音吓了一大跳，这才反应过来，发觉自己还在吃饭，还在和爸爸妈妈一起吃饭。不拍不要紧，一拍吓一跳。不光是我自己被吓到，我那亲爱的爸爸妈妈，也被吓到了。这一拍，桌上菜盆饭碗全部不停颤抖，筷子也被震落在地。正在高谈阔论中的爸爸的话被我打断，正在静静听着的妈妈的思路同样也被我打断。两道像是要吃人的目光，落在了我的身上，令我顿时打了个寒战。

我只好强笑着再次摆了摆手，说了声"吃饱了"，就以最快的速度逃离餐桌，蹿入我自己的房间，关上了门。

没有了那两道恐怖的目光，我才放松下来，舒了口气。猛地又想到那串密码，我连忙坐了下来。看了看那只瓢虫，我翻开草稿本。根据自己的猜想，我在记下的那串密码的下面列了一张表格：

1	2	3	4	5	6	7	8	9	10	11	12
A	B	C	D	E	F	G	H	I	J	K	L
M	N	O	P	Q	R	S	T	U	V	W	X
Y	Z										

现在是四月一日愚人节的下午五点三十一分又二十四秒，在我不懈努力了十五分钟后，我终于破解了这一串有史以来无人能够破解的密码（虽然在十六分二十七秒前，这串密码还没有诞生），我决定将它命名为"杨渡密码"。虽然这密码并非我创造的，但"杨渡密码"总比"瓢虫密码"这名字好。

其实，破解这串密码，说难也不难，说不难也难。原本看上去有点难，但只要打开思路，就一点也不难了。像这串密码，只要

把"1"换为字母"A""M""Y"的其中一个，把"3"换为字母
"C""O"的其中一个，再把"9"换为字母"I""U"的其中一
个，就可以用汉语拼音的方法，拼出一个字。以此类推，把一个一个
数字都换为字母，拼成一个一个字，再拼接起来，就成了一句话。借
助表格一个一个数字对照过去，这串密码就能化为一串字母：

139 7852 15 789 1'1

YOU SHEN ME SHI MA

最后，拼接在一起，成了这样一句话："有什么事吗？"

有什么事吗？有什么事吗？有什么事吗？有什么事吗？有什么事
吗……

我实在太激动了，跳到床上滚了两滚。我很想唱一首歌来表达心
中的激动，但原本能倒"唱"如流的那么多首歌，竟连一首都记不起
来了。我只能使劲挥舞手臂，心中一直默念这句刚刚被我破解的密码
的意思。

好不容易平息了激动的心情，我重新坐在了写字台前的椅子上。
我立刻写下了一大堆的问题，举到了闹钟里那只瓢虫的面前："你到
底是什么昆虫？你什么时候进入我的闹钟的？你为什么要进入我的闹
钟？你是怎么进入我的闹钟的？你为什么懂得我们中国的汉语，又为
什么也了解英文字母？还有，你这只神奇的瓢虫，是哪儿来的？"

瓢虫看了一会儿我写的字，立刻又转身忙碌了起来，在钟面上东

爬爬西爬爬，再次用钟面上的数字组成了一串密码。我立刻把这串稍稍长于前一串密码的密码记录下来，并再次破解出了它代表的英文字母：

12'912 295 7893 285 12'95 12'5 11'3 5 12'5

XIAN BIE SHUO ZHE XIE LE WO E LE

嗷，我还以为它是回答我的问题呢。原来，它只是说："先别说这些了，我饿了。"

这我就没办法了。我以前也抓过不少昆虫，天牛、蜗牛、蚱蜢、蟋蟀、蝉等等都抓过，各种各样的瓢虫也抓过不少。它们是吃菜叶还是吃草根，吃米粒还是小虫，我了如指掌。但面对这只瓢虫，我不知所措。按照常理来讲，它应该吃蚜虫之类的小虫，但蚜虫只是瓢虫——准确说是普通瓢虫的食物，而这只正舒舒服服地坐在闹钟时针上的瓢虫，并非一般的瓢虫。我只能又在纸上写下几个字，给瓢虫看，询问一下它，想先听一听它的意见。我问："你想吃些什么？"

看来它真的是饿坏了。这次，它只是排出了一个非常简短的密码：

119 12'9

MAI LI

麦粒？我想，米粒和这麦粒应该差不了多少，而且米粒比麦粒口感更好些，应该更适合瓢虫，于是去餐厅和还在吃饭的爸爸妈妈聊了两句，"顺便"捏了一粒掉在餐桌上的米粒，回了房间。

这下我可发愁了。食物我是有了，但主要是，这只瓢虫怎么样才能吃到米粒呢？难道我应该拿个螺丝刀来，把闹钟拆开？

正在发愁时，瓢虫又开始行动了。看到食物，瓢虫好像精神了不少，行动迅速。通过破解密码，我得到了瓢虫的指示：把米粒放在闹钟前的桌面上。

我没有别的办法，只好照办。

接下来，难以置信的事情发生了。就在我把米粒放在桌面上，松开手指，使米粒脱离手指的一瞬间，原本还好好躺在桌面上的米粒，猛地消失不见了。下意识地抬头去看闹钟，我发现，那米粒，正被瓢虫稳稳地拿着。瓢虫稳稳地坐在秒针顶端，一边吃着跟它身体差不多大小的米粒，一边随着秒针以钟面的中心为中心，缓缓旋转。

我很吃惊。仅仅是吃惊而已。短短的二十八分钟又十九秒，我见识到了好多本不应该发生却发生了的离奇事件，使我如今已见怪不怪了。我一直在怀疑，我现在正处于梦境中，但这一切实在太真实了。难道说，今天是四月一日愚人节，所以上天跟我开了个非常好玩的玩笑？

这只神奇的瓢虫，虫不大，肚子却比我想象中的要大多了。在我吃惊的目光中（当然，我并不是因为它的饭量吃惊，我的吃惊是由于米粒的瞬间转移），瓢虫吃完了那粒和它身子差不多大的米粒。像是看见我吃惊的表情，它用密码解释了一番：这是它们种族特有的一种本事，能将离自身不远处的事物转移到自己视线内的任何一个地方，对于它们来说，这就像我眨一下眼一样简单。

填饱了肚子，瓢虫精神得很，和我聊了起来，并回答了我的几个问题。它说（其实不应该是说，它只能靠在钟面爬上爬下组成密码来与我沟通），它也不知道它自己到底是什么种类的昆虫，因为世上没有任何一只昆虫和它是同一个种类的，它是独一无二的，其他昆虫都称它为"金瓢虫"。它还说，它并不是有意没受到邀请就闯进我的闹钟的。它原本生活在一大片麦田里，只是今天不知怎么一闭眼又一睁眼的，就到了我的闹钟里。

听它这么说，好像它真的一点错都没有。从它说的这些话里就可以得知，这是一个有礼貌、有学识的瓢虫，并不是像我家那些蟑螂一样只懂得到处乱爬，专门吓唬我的妈妈，说也不说突然出现在我家餐桌上的没文化的无礼之虫。所以，我决定，我还是不再怪罪它好了，虽然我原本就没打算怪罪它。

然后，我再次向它提出了那个极为重要的问题："你为何既懂汉语又懂英语呢？"在慎重思考了半天后，它终于做出回答："我也不知道为什么。在我来到这个世界上时，好像就已经掌握这些语言了。不仅仅是汉语和英语，凡是人类的语言我都懂。"

在极度的难以置信中，我了解了许多关于它的信息。假如一种生物算是一个国家的话，那么这只瓢虫，就掌握了八国语言：昆虫语、狗语、猫语、猪语、鸟语、羊语、紫羊语以及人语。

　　当我拼出紫羊这个词时，我有点疑惑，觉得自己应该拼错了，但瓢虫却说是这个词。有紫色皮毛的羊，我听都没听过，更别说见过了。再说了，即使它存在于这个世界上，但既然它是羊，就应该说羊语，怎么会说另一种语言呢？

　　听了瓢虫的解释，我才知道，此紫羊非彼紫羊。我说的紫羊只是单纯的紫色的羊，而它说的紫羊，应该是一种目前人类还没有发现的生物。据它描述，紫羊比猪小一点，是一种白色长耳朵短腿无尾巴的动物，世界各地都有它们的踪迹。

　　这反而让我变得更加疑惑了：既然瓢虫精通那么多种语言，那为何又要用汉语拼音的方法再加上英文字母组成密码呢？这岂不是比用汉语拼音的方法和拼音字母组成密码要麻烦得多？

　　结果，我得到了一个令人无语的答案。瓢虫貌似有点尴尬，说这是因为它在原本生活的地方遇到过的人极少极少，并且从没有中国人经过那儿。而且，一个人和一只虫也说不上话，就算是中国人，也不可能和它交谈过，所以它从没说过中国话，更别说汉语拼音了。因此，汉语拼音的声母表、韵母表里的顺序被它忘记得差不多了，它只好用英文字母的顺序来组成密码……

　　我又问它为什么不出来生活。我想，既然它能进去，肯定也能出来。哪知它很无奈地说，闹钟钟面与玻璃间的这个空间是完全与世界分离的，一丝能通往外界的途径都没有，所以即使是万能的它也出不来。它说，它原本也肯定是进不了这里的，而且它也不想进去，只是不知自己为何突然从千里之外转移到这里。

听它这么一说，我连忙就要去拿螺丝刀，想把闹钟拆开，并把瓢虫从里头解救出来，但它却又不同意。它说，它是第一次体验如何在另一个完全不同的狭小空间中生活，觉得挺有趣。它还说，外面的环境处处都有危险，所以它决定在我的闹钟里住下了。

既然它都这么说了，那我也不好按自己的思路改变它的生活。我只好同意了……

时间过得真快。感觉没聊多长时间，但已足足过去了一小时四十五分钟又五十二秒。我只好中断了这次愉快轻松的谈话，开始写作业。看来，今天晚上是无法看电视了。否则，明天早上我肯定会因老师轻描淡写的一句话而绕操场跑上三四圈，我会累瘫痪的……

"丁零零零……"

闹钟响了起来。我醒了。

现在是早晨六点钟，我该起床了。再漱漱口，洗洗脸，吃一顿丰盛的早餐，就可以上学去了。

我揉了揉惺忪的睡眼。我感觉，昨天晚上，我好像做了一个好长好长的、关于一只神奇的瓢虫的梦。但这个梦很真实，梦里的故事非常清晰，完全不像平日的梦一样模模糊糊的，一睁眼就忘了个精光。

猛地，铃声停了下来。我好奇地放下手，停止揉眼，去看桌上的那只小闹钟。我觉得奇怪：闹钟是不是坏了？怎么我还没来得及按下按钮关掉铃声，铃声就停了呢？

这一看，我浑身一颤。闹钟顶上那两个圆盘中央的双头小锤，不知何时被卸了下来。现在，这个锤子，出现在钟面与玻璃间的狭小空间中，那只淡金色瓢虫的怀里。

我这才反应过来：原来，关于神奇的瓢虫的事情并不是梦里的内容，而是真真切切地存在于生活当中的！

瓢虫好像有点不满。看到我，它才令锤子重新转移到原来的位置上。它再次在钟面爬上爬下，组成密码。它让我以后尽量不设置闹铃。这闹铃一响，它的鼓膜都震碎了，虽然它没有鼓膜。它又让我以后每到晚上都把闹钟的电池卸下来，让它睡个安稳觉。它说，它一般睡在时针上，但过几个小时，时针就不再保持原本的水平状态，它就会滑下来。还有那分针和秒针，总是把它从时针上打下来。它说它屁股被打了一下现在还很疼。

我想，这只来历不明的神秘瓢虫闯入了我的闹钟，也闯入了我的生活。我知道，它，将会改变我现在的平常乏味的生活。

这样想着，我一边将瓢虫的话记了下来，答应了它的请求。看了看闹钟，现在是六点十分左右，妈妈大概已经做好早餐了。于是，我向瓢虫摆摆手，就要走出房间。

但瓢虫又叫住了我——哦，不是叫住了我，它用力敲打闹钟的玻璃才引起我的注意，使我停住脚步的——它又告诉我，它的饭量大，一般来说，一天就要吃掉十来粒米，所以让我以后多给它些米粒。我满口答应，转身奔向餐桌。在吃完早餐后，我不忘先去抓了点米撒在闹钟边，这才背上书包出了门。

一个学期下来，我第一次感觉生活中有了一丝乐趣。我第一次如此盼望着放学回家。要知道，这学期以来，我可从没这么想过。一整天，先是在学校里拼命学习，之后回到家，也没有时间放松，又要拼命写作业，只有少得可怜的能看一会儿电视放松一下的时间。我曾经认为，生活就是如此乏味，如此毫无乐趣，但现在，我心中却有一种说不出的快乐。一种拥有秘密的快乐。这快乐，就来自这只住在我闹钟里的瓢虫。

一整天，我都心不在焉无精打采垂头丧气昏昏欲睡哈欠连天而又心急如焚的。一整天，我什么都没学到，就一直坐那儿发呆。其实，也不能说是发呆，我并非什么都没在想。我一直想着放学，想着家中闹钟里的瓢虫。

一放学，铃声一响，我就拎着书包玩命般一路狂奔回到家。令我惊慌失措的是，瓢虫趴在闹钟钟面底部，连站都站不起来了。

还好，原来它只是饿得没力气了。它说，上午我刚出门，我的妈妈就开始打扫我的房间。见到我桌子上竟有十几粒米，骂了一通，并把它们全都扔垃圾桶里了。因此，瓢虫从早饿到晚，都饿得肚皮贴后背了。

我赶紧跑去餐厅，发现菜已经全做好了，摆了一大桌，饭却还没煮熟，没有米粒能让我带回去给瓢虫吃。

这可怎么办？妈妈在厨房里，我总不可能告诉她有只住在闹钟里的能和我沟通的瓢虫饿了，要吃米粒吧？无奈之下，我只好撕了点儿餐盘中的肉，挑了点儿鱼肉碎块，带回了房间。

看来瓢虫真的是饿坏了。它二话不说，就开始狼吞虎咽——不，对于它来说，这应该叫"虫吞虫咽"。它闷头吃得十分辛苦，直到把七八条肉丝和七八块碎鱼肉吃了个精光，这才舍得重新抬起它宝贵的头。它只说了一句话："以前那么长时间我都白活了，那么多麦粒我也全白吃了。"看来，它十分喜欢吃这些大鱼大肉的，只不过在以前生活的地方从未吃到过。

我去餐厅吃了一顿丰盛的大餐，再以极快的速度写完了所有的作业，把该背的课文都背熟了，开始与瓢虫聊天。

通过这次聊天，我了解到了许多目前还无人了解的稀奇古怪的昆虫。这些昆虫，我以前听也没听过：碟形的、千万只脚分布在身子下的碟虫，以翻跟斗代替爬行的跟斗虫，像薄薄的一张纸一样紧贴地面的纸虫，全身透明的玻璃虫，能让其他动物打喷嚏的喷嚏虫……听了它的介绍后，我才意识到自己是多么孤陋寡闻（哦，全世界的人也都是如此）。真是世界大了，什么虫子都有。

不知不觉中，我们已经聊了一小时二十七分钟三十三秒。正当我在听瓢虫描述七足虫的模样时，妈妈提醒我可以睡觉了。我只好无奈地在妈妈紧盯着的目光下去了卫生间。一番洗漱后，我向瓢虫道了声"晚安"，就关了灯开始睡觉。当然，在睡觉前，我也不忘先按着瓢虫的想法卸下电池……

这只神秘而神奇的瓢虫，颠覆了我对昆虫的看法。昆虫，并非全是力气大却没大脑的家伙（比如蚂蚁，以及成天推着粪球到处走的屎壳郎），并非全是不讲卫生的家伙（比如屎壳郎，听到这名字就恶心），并非全是五音不全惹人厌还唱歌的家伙（蚊子、苍蝇就是这一类的），也并非全是专门吓唬人的流氓（比如蟑螂，专门吓唬像我妈妈一样的那种人，再比如螳螂这没文化的家伙，竟不知道带武器上街是犯法的）。像这只瓢虫，就是既有力气又有大脑、超讲卫生、彬彬有礼的昆虫。

和瓢虫相处了几天，我改了好多习惯，也多了好多习惯。吃饭时，我往往会事先留下一些米粒、鱼肉在桌上，等到吃完饭后送去给瓢虫吃。另外，我感到无聊时，就会看闹钟看上半天——或者说是看闹钟里的瓢虫。我发现，它一般都坐在时针上，因为它觉得时针转得慢，能坐得安稳些。当然，它也经常会坐在秒针上，体验三百六十度旋转的快感。偶尔，它还会拿较细的分针当单杠来做引体向上，说是为了练臂力。我想，它做引体向上应该是为了锻炼出肌肉来，但难道如此聪明的它不知道昆虫是不可能拥有壮硕的肌肉的吗？

由于瓢虫的小小的要求，我在每天晚上都会卸下电池，让它能够安稳地睡觉。但因此，每天早晨，就不会再有铃声催我起床了。这对于瓢虫来说是好的，因为它不希望每天早晨它身子颤抖得骨头都要散架（虽然它体内没有骨头，只是体外有层外骨骼包着），但没有铃声，我就无法按时睁开眼，按时起床，按时穿衣服，按时刷牙洗脸，按时吃早餐，按时出门，按时到达学校了啊！于是，我只好编了一个理由，说是闹钟坏了，无法发出声响了，让每天很早起床的爸爸按时叫醒我。

这只闹钟里的瓢虫，丰富了我的生活。对于我来说，它不仅仅是一只瓢虫，还是一个好朋友。我们无话不谈。无论是什么困惑，只要是我提出来的，它都不厌其烦地一一解答。更令我感动的是，无论它有多忙，每天，它都会陪我一起看电视——不过，它没有忙的时候，而且它并不是为了陪我才看电视的，它本来就想看电视。

我没有几次是和爸爸妈妈一起看电视的，除了那几部我们一家都爱看的电视剧。其他凡是我想看的，他们都不想看；凡是他们想看的，我都不想看。所以，我们只好各看各的。

那天，我很早就写完了所有的作业。于是，我和瓢虫聊了几句，坐在床上，拿起遥控板，打开了电视机，开始看电视。

不断转换频道，我突然按键按了个空。连忙低头去看，我发现，在"向前"这个位置上的按钮零件神奇地消失不见了。

我下意识地转头去看闹钟里的瓢虫。果然，那个绿色的按钮零件，正在时针之上，瓢虫的屁股之下。

见到我的注意力转移到它身上了，瓢虫才使按钮零件重新装回在遥控板上。原来，它是想问一下我，这正在闪着光，组成一幅幅图像的东西究竟是什么。

瓢虫在钟里又蹦又跳的，不肯停歇。我笑了。看来，这只无所不知的瓢虫，也没有见识过电视机，竟好奇、兴奋成这样。

我向瓢虫解释了半天，使它大概地了解了"电视机"这个电器的功能与特点。听完我的解释，它对电视机的兴趣更加浓厚了，请求我允许它和我一起看电视。

我为什么不同意？我当然要同意了。

　　我怕瓢虫在闹钟里听不清楚电视节目的内容，思忖了许久，突然灵光一闪，去找来一枚钉子和一个铁锤，在钟面与玻璃间的空间一侧极薄的铁皮上，凿了一个小小的使任何虫子都无法钻进钻出的洞。然后，我就拿着闹钟继续看电视。我懊悔地拍了拍脑袋：我以前怎么没想到啊！假如一开始就这么做，那么我就可以直接对瓢虫说话，完全不需要把一大堆话写纸条上给瓢虫看了。这一个星期，我与它不知聊了多少次，聊了多长时间，用了多少纸啊！

　　我先打开科技频道。现在这个频道在播出一条新闻：我国今日成功制造了新型飞机。电视机画面里那位笑容满面的中年男子介绍了这架飞机与普通飞机的种种不一样的地方，并展示了几张飞机的照片。

　　我想，瓢虫一定会被我们人类智慧的结晶吓傻了，哪知瓢虫只是不屑地说："人类就是低级，就是麻烦，连对翅膀都没有，只好绞尽脑汁创造出这种不安全也不可靠的东西来弥补不会飞的缺陷。"

　　我尴尬得没话说，只好换了个频道。

　　这是关于动物的频道。正好，这个频道正在播出关于昆虫的内容，关于昆虫中的瓢虫的内容。

　　节目里讲，瓢虫背后斑点的数量是不一样的，有两个斑点的，有三个斑点的，有四个斑点的，有五个斑点的，有七个斑点的，更有十三个、二十八个斑点的。

　　瓢虫仍然是非常不屑。它再次以数字组成的密码对我说："你们人类真无知。当然，我不是针对你说的，我说的是那些昆虫专家。瓢虫种类何止这些，我随便说几个庞大的瓢虫种族好了：背上有三十八个斑点的三八星瓢虫，背上有九十九个斑点的九十九星瓢虫，背上有一百零八个斑点的一百零八星瓢虫。另外还有二百五瓢虫，五百八瓢虫，一千零一瓢虫等也都十分有名。最不能饶恕的是，他们竟然不知道我金瓢虫！虽然'金瓢虫'这种族中只有我一虫，但本虫可是无虫不知、无虫不晓的！"

但不屑归不屑，我看得出，瓢虫对于我们人类视眼中的昆虫很感兴趣。正巧，我也喜欢这类关于自然生物的节目，便放下遥控板，不再继续转换频道，和瓢虫一起看了起来。我想，电视台一定会为它的收视率提高、有昆虫愿意收看它的节目而高兴吧……

真没想到，昆虫竟然有这么聪明！

从遇见瓢虫一直到现在，已是两个星期。对于这只世上独一无二的神奇的金瓢虫，我真是甘拜下风自愧不如佩服得五体投地。我以前真是低估它的智商了。它的智商绝对是我的二百五十倍。

那天，我的作业特别多。努力奋斗了两个小时，终于，只剩下最后一道数学题。然而，单单是解这道题，单单是解这道我最讨厌最不擅长的行程问题，我就花了半个小时，而且还是没能完全解出来。只差最后几步了，但偏偏——我解不下去了。

我仇恨地看着这道题：什么行人甲行人乙行人丙行人丁小狗甲小狗乙小狗丙一大堆闲着无聊全到人行道上去了，什么一号公交车二号公交车三号公交车的，什么火车一列接一列的，什么电线杆两边插的。那行人丙是不是与行人甲迎面相撞脑子撞坏了，在那条路上跑过来又跑过去的；那几条狗肯定是一窝生下来的，毛病一模一样，都在脑子上，不停地在电线杆边绕来绕去；公交公司全公司上下都是傻子，每两辆公交车开出的间隔时间都不一样；安电线杆的工人数学一定没学好，第一根电线杆与第二根电线杆间隔一米，第二根与第三根却间隔两米，第三根和第四根又间隔三米；火车开得好好的干什么一定要越开越慢来几个刹车之后加快速度。难道天下就没有能人了吗？为什么一定要一个四肢抽搐无法正常控制车速的人当驾驶员呢？你问我第二十一号公交车与行人甲相遇到与行人丙相遇这段时间内火车刹了几次车几列火车与小狗乙相遇行人乙跑了几米行人丁与小狗甲相遇后几分钟了小狗丙跑过了多少根电线杆我怎么知道啊！不出那么变态的题目出题人会死啊！

经过我的不懈努力，这最后一道题也只剩下最后一小题了。只是，那最后的几步，依然毫无头绪。我只能狠狠拍打着脑袋。

不久后，我悟出一个道理。解题得不到答案、毫无头绪时，一定不能拍打脑袋。即使要拍，下手也不能太狠，像我一样狠，导致头昏眼花耳朵里嗡嗡作响脑袋上肿起个大包。

我只好停止拍脑袋，改为咬笔头。结果，还没咬几下，笔底部的塞子突然消失不见，让我咬了个空。牙齿和牙齿磕在一块儿，发出咯嘣一声脆响。我习以为常，转头去看闹钟里那只瓢虫。为了引起我的注意，类似这样的招它都用过十余次了。对于这种事，我已见怪不怪了。

果然，我一转头看向那边，塞子就又回到了笔上，安静地塞在那儿，像是从未离开过那儿似的。好像什么事情都没有发生，只是那只瓢虫，在我的注意下开始爬动。

36？

经过那么长时间，我已经无须再借助表格来解开密码了。我现在完全可以用最快的速度在心中把密码转换为句子。我可以断定，"3""6"这两个数字，一个字都拼不出来。

只是迷惑了一瞬间，我就反应过来。我茅塞顿开恍然大悟豁然开朗。没错，是三十六。在第二十一号公交车与行人甲相遇到与行人丙相遇这段时间内，小狗丙跑过了三十六根电线杆。

有了瓢虫的帮助，就简单多了，我立刻完成了这一道题。我放下笔，用难以置信的目光打量了一下这只瓢虫。对于这只我认识了两个星期的瓢虫，我突然有一种陌生感出现在心中。我爆了一句粗口，凭什么一只瓢虫也能那么聪明！

瓢虫得意地告诉我，这种题目对它来说简直是小儿科。这句话又狠狠打击了一下我这位自认为数学非常不错的学生。

不过，我也松了口气：以后有什么不懂的题目，我就可以请教一下这位生下来就比我聪明多了的瓢虫老师了……

在最后这个星期的奋斗后，我们终于迎来了老师家长们最为关注的期末考试。

今天，我就要奔赴考场，展现一整个学期的成果。对此，我毫不担心。我有把握考高分，尤其是数学。如果我受到瓢虫老师的教导那么长时间还没能考满分的话，那我也太没用了。

　　早晨，天还没亮，我就完全清醒了。我从床上蹦了下来，突然，一股寒意自脚底冲入我体内，转瞬间进入我的大脑。我浑身一哆嗦，打了个寒战。

　　房间里一点亮光都没有。确实，若房间里没有开灯，天又没亮，太阳没出来，房间里肯定是一片黑暗。这是很正常的现象。

　　但正因为太正常了，我才觉得太不正常了啊！每次半夜起床上厕所，我都无须开灯，也无须先摸黑找到手电筒。由于这只世上独一无二的金瓢虫，在深夜，我的房间内会流转着柔和的金光。它没有太阳光那么刺眼，但可以让我在黑夜中看见墙角的灰尘。在这种情况下，我还需要开灯、拿手电筒吗？

　　然而，现在，我竟连床边地板上的拖鞋都找不到了。房间里存在了二十多天的金光，忽然消失不见，找不到丝毫踪迹。

　　我大惊失色！

　　颤抖着双手，我摸索着，在黑暗中寻找墙壁上的灯的开关。

　　啪的一声，床头的灯亮了。我连忙跑过去，一把抓起闹钟。我都快把鼻子压在玻璃上了，细细地把闹钟钟面与玻璃间的空间从左到右从上到下从里到外看了一遍。闹钟完好无损，只是，那道身影，消失了。那道存在了二十多天的身影，悄然消失了。

　　我愣住了。呆呆地定在原地，我回想起了我和瓢虫间的一件件事情，不禁鼻子一酸。我自己都没有想到，相识二十余天，它在我心中竟然变得如此重要，重要到我会因它的离开而想哭。

　　瓢虫的离开，好像带走了我的好多东西。但至于是什么东西，我又说不上来。我心中只有一种无法描述的空虚感。我在心中默默质问不可能再相遇的瓢虫："你为什么连一声道别都没有，静悄悄、毫无声息地就走了呢？你为什么一开始不告诉我你有一天会离开呢？为什么呢？"

不知过了多久，我才回过神来。窗外金黄色的太阳已经慢慢爬了上来，楼下街道上，有好多同校学生赶往学校，我这才想起期末考试这件事情。使劲收回眼眶边的泪水，我打开门，走向餐桌。

匆匆忙忙吃过早餐，我的目光透过两道墙壁，看了看闹钟，这才出了门，奔赴考场。望了望金色的太阳，我又不禁猜测瓢虫是否回到了它原本居住的地方。

我失魂落魄地走向学校。

今天考试的第一门科目就是我最为擅长的数学。但那些原本熟悉得不能再熟悉的题目，做了一遍又一遍的题目，却让我觉得十分陌生。那些原本对于我来说简直是小儿科的题目，也令我惊慌失措。

第一道选择题就把我难住了："嗯，这应该是填'C'的，但'A'好像也没问题，填'D'也可以。"最后，我只好半信半疑地填下了"D"，去看第二道题。

我发觉，在我眼前，总有一个金色的影子掠过。而当我每次抬头张望时，却什么都没发现，只有监考老师向我投来怀疑的目光，似乎把我看成是作弊嫌疑人了。

这一定是幻觉。我在心中暗自提醒自己。然而，金色身影出现的频率却越来越快，越来越快。我闭上眼，用手使劲揉了揉，努力让自己把注意力放在试卷上，但情况更糟糕了：试卷上的一个个字都扭曲变形，最后化为一道道金色的身影，在试卷上爬来爬去。

在我的脑海中，突然出现一幅幅画面：有我看瓢虫吃米粒的画面；有我看瓢虫做引体向上的画面；有我和瓢虫畅谈两小时昆虫的画面；有我和瓢虫畅看两小时电视的画面……一幅幅画面，历历在目，飞快地从我眼前流过。

我模糊地看见监考老师向我走来，也模糊地听见老师紧张的声音："这位同学，你怎么哭了？你是不是身体哪里不舒服？要不我带你去找校医……"

我失魂落魄地走回家。

我知道，这是我有史以来表现最差的一次考试。尽管我还不知道成绩，但我清楚地知道，我一定考砸了。

回到家，我失魂落魄地把书包丢在大沙发上，紧接着把自己也丢了上去。

这样失魂落魄地，我坐了好久。

这样失魂落魄地坐了好久，我才眼睛一亮：难不成瓢虫在闹钟里写下了留言？难不成瓢虫告诉了我通知它或找到它的方法？

我拿来了螺丝刀，将闹钟拆了个七零八落。但最后，我仅剩的一丝希望也破灭了。

在闹钟里，什么都没有。什么痕迹都没有。这里丝毫看不出一只瓢虫居住过的痕迹。这里面所有的，只是一抹淡淡的金色的幻影……

疯狂的仙人球

"嘭嘭嘭嘭！"

陌生，却又无比熟悉的敲门声。

是谁？

我正打算通过猫眼向外瞄一眼，身子却不受控制地扑到门前，一把将门打开。

如各种电影桥段中那样，门外光芒大放，照得我睁不开眼。强撑着抬起眼皮，我只感觉面前人影一晃，一只温暖的大手放在了我的头上。

陌生，却又无比熟悉的大手。

眼睛的反应比我大脑快上许多。没等我回过神来，眼泪已"哗"地一下子涌了出来，我甚至还不知道自己为何要流泪。

当嘴巴激动地喊出"爸爸"两个字时，我才反应过来。面前那高大身影，凑到我眼前的微笑脸庞，不正是属于我那千盼万盼的爸爸吗？

八年了，他仍是帆布衣帆布裤，脚踏一双皮质靴，头戴一顶皮质牛仔帽，肩上仍背着那个巨大的帆布登山包。那张脸上神秘的微笑，与我记忆中的微笑不差分毫。

八年未见，心里想说的话多得不能再多。可如水一般即将喷涌而出的话，却又硬生生堵在嗓子眼，我张着嘴，不知该先说什么好。

好不容易有几个字要抢先从嘴中挤出，爸爸却开口了，将这几个字又打回肚子里。

"儿子，老爸终于成功了。"

我一愣，张大了嘴。现在，我已经不是八年前的孩子，对父亲也不会只是盲目地信任。这件事情是现在全球人都正面临着的巨大危机，各个国家都关注着它。但解决它的可能性无限接近于零，估计没人会真的在这上头花心思，除了我的爸爸。我原以为爸爸是放弃了研究，这才灰溜溜地跑了回来，没想到竟然是成功了，这会在世上引起多大的轰动啊！

不等我有所反应，爸爸又说："好了，儿子，我赶时间，不得不立马前往非洲。不出几个月，我就回来了，你放心好了。"

头顶的大手忽然消失，门也被关上了。"砰"的一声，我被惊醒。我发现，我正躺在床上，并没有站在门口。

看来，这只是个梦啊。

我叹了口气。唉，八年了，爸爸离开已经整整八年了。估计是外星人看中他的才华，将他掳走了，他才没有联系我。

突然想起最近看的一本关于梦境的书，我脑中闪过一个念头：方才梦中的内容，会不会正是几天后就要发生的事情呢？

立刻，我撇了撇嘴，对自己刚才那幼稚的想法大大嘲笑了一番，严肃地说："杨街，你想多了。"

我坐起身，想到今天是周末，就又躺下了。但隔壁厨房里的声响不断飘入耳中，我翻来覆去，怎么都睡不着。

最后，我只好放弃了继续睡觉这一念头，伸手去拿床头的手机。若不是梦中缺德老爸为增添气势将门"砰"的一声用力关上，我还要再睡上几个钟头呢！

看了看时间，我瞥见手机屏幕上显示的一条通知。这是新闻软件所推送的新闻头条。看到标题，我一愣，不敢相信地把手机压在鼻子上，让眼睛再次确认标题的内容。

是的，没有错，我并没有看走眼。

"仙人球包围腾格里，不知是天成还是人为。"

这条标题像是打开了我脑中的某道闸门。无数记忆涌入，大脑如撕裂了一般疼痛。我浑身一颤，手机从手中滑落，掉在被子上。双手抱头，疼痛使我的十指忍不住在脑袋上用力，像是要把疼痛抠出来。想叫喊，却已无力叫喊……

自从我能记事开始，家里就到处都是仙人球。

爸爸是个植物学家，至少他自己是这么说的。他每天坐在家里，坐在各种仪器中间，解剖，观察，翻找资料，配制各种各样的试剂，死在其手下的小仙人球数不胜数。后来听叔叔说，事实上，爸爸只不过是个半路出家的和尚，是个根本称不上什么植物学家的植物学家。在我差不多两岁的时候，他还只是一大学的生物学教授。一次，学校组织活动，他与其他教授一起去了趟腾格里沙漠，从此深深地迷上了沙漠——他的"迷"，就是从仙人球入手，想方设法让沙漠彻底消失。立刻，他辞了职，把各种仪器搬到了家里。然后，他就成了一个植物学家，成了一个疯狂的植物学家。

妈妈起初也支持爸爸研究，只不过那时她并不知道爸爸会这么疯狂：辞职，购买仪器，换着法子折磨仙人球。甚至连平时的交流，都几乎变为了零。最终，她受不了这疯狂，突然消失了，不可思议地消失了，狠心地抛下我和爸爸，完完全全从我们的生活中消失了。

那时我只有三四岁。这一切，都是我从叔叔口中撬出的信息。妈妈离开后，爸爸没有丝毫变化，至少从表面上看是这样。他仍然每天捣鼓着仪器，像是根本没注意到这件事。一个月后，他弄了辆破旧的货车，把一台台仪器、一摞摞笔记搬入车厢，穿着帆布衣帆布裤、脚踏皮质鞋、头戴牛仔帽、背着登山包的他，用手摩挲了一下我的头，然后带着神秘的微笑坐上车，吹着口哨走了。

一眨眼，已是八年时间。那天爸爸离开时的每个细节，都深深刻在我的脑中，怎么也无法忘记，这正是因为八年里重复了无数遍的相同的梦境。梦境中的内容，就是那天爸爸的离开。

那时候，爸爸告诉叔叔，他的研究有了进展，只需要几年时间，通过几次实地测试，即可发现并弥补研究成果中的漏洞，使他的研究可以真正发挥作用。虽然他没有说自己要去哪里，没有说实地测试会在哪里进行，我也猜得出来。腾格里沙漠，一定是腾格里沙漠。正是那次腾格里沙漠之行，爸爸的第一次沙漠之行，改变了他的人生，也改变了我的。

新闻标题上写的，不正是仙人球吗？不正是腾格里沙漠吗？除了是爸爸的杰作，还有什么其他的可能性？

我激动得浑身发抖。拿起手机，我点了好几次，才终于打开了新闻。仔仔细细一字不漏看完报道，我才了解了这件事情大致的情况。

在八月十四日，也就是五天前，一支地质勘探队在腾格里沙漠的边缘地带安营扎寨，偶然发现了好多仙人球。它们整齐地排成了一条弧线，每两个之间，都有差不多一米长的间隔。它们都正好生长在沙漠的边缘，于是在沙漠与戈壁间，有了一条约百米长的由仙人球组成的分界线，在分界线的这边是戈壁滩，那边是沙漠。当时，已经是深夜了，勘探队队员在戈壁滩上挨着仙人球草草搭了帐篷，就都纷纷睡去。

八月十五日上午五点，所有勘探队队员都发现了那件神奇的事：原本长约百米的仙人球分界线，已变成了两百多米；原本紧挨他们帐篷的仙人球，已退到三十多米外。

他们放弃了原先的勘探计划。经过一段时间观察，他们发现，每过差不多十分钟，由仙人球组成的分界线会突然消失，每一个仙人球都会毫无预兆地化为飞灰。而同一时刻，在距离原先那行仙人球一米远的地方，一行新的仙人球以肉眼可见的速度长出。一眨眼，全部仙人球都朝着沙漠内部移动了一米。在分界线两端，又各冒出一个仙人球，于是这条分界线又被加长了两米。

当然，这并不是勘探队放弃计划的主要原因。分界线移动了，但它仍是分界线。分界线的那边仍是沙浪起伏的沙漠，这边的戈壁滩却无法移动。在一开始的分界线与那时的分界线间，也就是仙人球移动所经过的地方，既不是属于沙漠的细沙，也不是属于戈壁滩的碎石，而是土壤，像是可以种花种草种树木的正常土壤。

从勘探队的帐篷到分界线之间的三十米沙漠，已经全部消失，变为了土壤。而帐篷底下与帐篷另一边数十米内，同样是土壤。或许是因为半夜看不见，或许是因为太累没在意，在八月十四日晚勘探队到达时，无人发现异样。再说了，又有谁能料想到沙漠与戈壁滩间会是这个样子？

这些仙人球就像是一张嘴，硬生生吃下了一块沙漠。虽然消失的这一小块沙漠相对整片腾格里来讲有些微不足道，但若真的按照这个速度吞噬下去，腾格里被吃光也只是时间问题，勘探队生怕影响到这神奇的仙人球，不敢下手去研究，但又瞧不出什么名堂。在眼睁睁看着吞噬线又加长了几十米，又向沙漠内部移动了十来米后，他们放弃了。他们以最快的速度返回，将这一情况汇报给上级。当天下午，有关部门着手处理这个事件。大批人马带着各种仪器设备到达腾格里沙漠，封锁了整片地区，开始了一次大规模的研究。

经过这几天时间的观察研究，经过反复确认，官方终于放心地发布了关于这些仙人球的消息。一切数据都表明了一点：这些仙人球真的会保持这样的速度永恒地生长下去，腾格里沙漠真的会被吞噬干净。

准确地说，仙人球并不会永恒生长，但它们能够永恒繁殖下去。据探测结果显示，这些仙人球几乎所有的根都笔直向下生长，甚至能达到沙下数十米深的地方，却有一两条只是缓慢地沿着沙层表面生长。它们的寿命极短，只是短短十分钟，它就会死亡，神奇地化为飞灰，但沙层表面一米长的根的顶端，会在瞬间长出一个成熟的仙人球。最令人感到不可思议的是，这些仙人球只在沙漠里成长。它们所有的根都是在沙子里。而除了两端各有一条沿沙漠边缘生长，表层的每一条根都指向沙漠中心。因此，一条数百米长的由仙人球组成的绿色弧线消失，下一刻出现的仍是一条完美的弧形。

我不屑地撇了撇嘴。仔仔细细看了两遍，我才反应过来，这篇报道中没有提到任何发现。整整五天时间，研究人员什么都没有研究出来。

各个网站的头条都已经被这条惊人的消息占据。有专家说，肯定是腾格里在近期发生了一次不为人知的环境变化，这才导致仙人球产生某种变异。也有专家猜测，这是某位天才人物的创造，他赋予这些仙人球一种从未有过的向性运动——类似于平常植物身上存在的向光性、向水性这样的向沙性。正是因为向沙性，仙人球的根只在沙子中生长，那位于表层的根全都朝向沙漠内部。

各种说法层出不穷。有人说是某种微生物在仙人球中的寄生引起，有人推测是因为最初某一个仙人球的基因改变，才会有现在那么多仙人球。这些想法听起来像是蛮有道理，但仔细一琢磨，又像是全无道理。

不断地刷新界面，每一秒都会涌出很多新的消息。关于仙人球的事情已经传遍全球，很多国家都派了专业人士到腾格里参与研究。

研究有所进展，沙子变成土壤的原因也大概清楚了。这些特殊的仙人球会疯狂地从空气中夺取水分，疯狂地扎根。通过一系列反应，它们的根部会分泌出一种未知的物质，正是这种物质，使沙子变成了土壤。

还有记者对沙漠边上的居民进行了调查采访。大概记者本人都没想到这次调查会如此顺利。一说到仙人球，每个居民都立刻提起一个怪人。他在两年前搬到那儿，几天前才刚离开。他要么一整天把自己关在家里，要么一整天待在沙漠里头。最奇怪的是，他的家门前总扔有一大堆怪异的仙人球。有的大如西瓜，有的表面泛紫，有的长满密密麻麻的尖刺，有的像胀破的瘪皮球。虽然过一段时间它们就会被清理干净，但用不了多久，又会有新的仙人球垒得像小山一样。

唯一遗憾的是，怪人居住的地方已经空空如也，什么都没有了。由于从来不交流，也没人知道那怪人的名字。不过，根据居民们的描述，他们用先进的电脑技术合成了一幅肖像。那个人的容貌，和我记忆中的爸爸——好吧，说实话，一点儿也不像。

但不管怎样，我知道，这一定是我的爸爸。

他完成了研究，此刻正在赶回家的路上。我觉得我应该先想好见面时要说些什么，免得像梦中一样一句话都说不出。

将手机扔回床头柜上，我坐起身，穿上裤子。用脚钩出床下的拖鞋，我站起身。我打算先上个厕所，再跑去厨房，把这条新闻告诉正在做早餐的叔叔。

从书桌边上经过时，我忍不住看了一眼桌角的沙漏。这只精美的沙漏，是爸爸八年前离开时送给我的生日礼物。在这专门定做的沙漏中，装着爸爸那时候从腾格里沙漠带回来的沙子。它们特别细，特别美，就像是宇宙中的一粒粒星辰。

我打了个哈欠，伸手将沙漏翻了个个儿。

本文入选多种试卷
微信扫码入群看杨渡如何做题

幻

　　缓缓下降的房间悄然无声地停下。我走出升降室，走进了我的记忆室。

　　这是一个极为巨大的地下空间。除了银白色金属墙面上整齐嵌着的无数个金属盒子与一张记忆椅外，什么都没有。

　　柔和的光线从银白色的地板底下渗了出来。虽然房间里还是很暗，但这光线已足够让我看清每个盒子的位置了。

　　我没有给那些长得一模一样的金属盒子编号，因为我不需要。打开其中的一个我打开过无数次的盒子，从里头取出那个我摩挲了无数次的银白色金属小圆片，我转身走向记忆椅。

　　用手指轻轻一摁，金属圆片就牢牢吸附在了我的眉心上。坐上记忆椅，我向后微微一仰，靠背自动调整使我处于平躺状态。一条条光线自椅中钻出，编织成一张网，将我全身束缚住。我思考了一会儿，缓缓闭上眼……

幻纪元1989年12月13日。

"完成这项任务后，你就能晋升了吧？"屏幕那头的哥哥打了个哈欠，很随意地问。

"嗯，升到三星。"我点了点头。

哥哥把脚跷到操纵台上："离你哥还差得远呢，继续加油吧。"

"要不要加油还用得着你说？"我翻了翻白眼，"总有一天我会成为九星幻将的，统率全部舰队。"

哥哥哈哈大笑："你都多大了，还说这种幼稚的话。算了吧，等我成了幻将，你就老老实实做幻将的助手吧。"

"不就是比我大七岁吗？"我不屑地撇了撇嘴，"超过你还不是迟早的事情。"

虽然嘴上这么说，我心里还是很佩服哥哥的。他是有史以来最年轻的六星幻兵，是所有低阶幻兵心目中的偶像。并且，虽然只是六星幻兵，他的星舰操纵技术与战术指挥能力超越了不少的高阶幻兵。对他来说，成为幻将，还真是迟早的事情。我能参与这次重要无比的任务，和哥哥一起运输这件最强武器——"幻"，也全靠哥哥的推荐。

战争又一次爆发，幻国又与隔壁灵国打了起来。除了必要的几名坐镇总部，其余高阶幻兵全被派往前线。于是，把"幻"所有零件安全送到战场上的任务就落在了仍是六星幻兵的哥哥身上。至于我，就是被哥哥拉来蹭点儿军功的。

唉，也不知这次又要死多少人。

就在我这么想时，探测器屏幕上突然冒出大量密密麻麻的红点，包围住了代表我和哥哥各自星舰的两个绿点。同时，警报声响起："请注意，大量疑似有侵略意图的星舰出现。战胜可能性：0%。"

"这不可能！"哥哥赶紧坐直了身子，"我们是怎么被发现的？"

但他立刻冷静了下来："这是集体传送？不不不，应该是各自传送过来的。他们之前想必是分散躲藏在附近星系中，但毕竟有这么多星舰，为什么没有一艘被发现？隐藏技术如此之高，难道是灵国？不，无视边境屏蔽层的传送技术还没那么快出现。莫非是一直与我们作对的反抗军？"

"管不了那么多了，我们赶紧跑，"哥哥沉声说道，"就传送到最近的幻灭星吧，能量应该足够了。"

我立马打开传送系统，结果吓了一跳。屏幕上显示的可传送位置变成了一个极小的圆，并且它还在继续缩小。仔细一看，这个圆与那些星舰形成的包围圈完全重合。

"该死！"哥哥大吼一声，"他们竟然带上了小型屏蔽器，这技术连我们都还没完全掌握，他们怎么已经可以投入使用了？"

我慌了："我们是被困在这儿了吗？"

无法战胜又无法逃离，那我们岂不是要死在这里了？

屏幕那头的哥哥沉默了一会儿，咧开嘴笑了笑："不，我们有机会。我最近几个月秘密设计组装了一门武器，现在正安装在我的星舰上。虽然它还不是很完善，但也足够在屏蔽墙上打个大洞了。就算他们立即发现进行修补，时间也够我们传送走了。"

我松了一口气。哥哥的武器设计能力也是毋庸置疑的，既然他敢保证能破开屏蔽墙，自然就没什么问题。

"我来搞定屏蔽墙，你只要紧紧盯住传送屏幕就好。屏蔽墙一被打破，你就赶紧选择幻灭星进行传送，到那里我们再联系。"哥哥神情严肃，"准备，三、二、一！"

一束光线划过，远处原本透明的屏蔽墙显了出来。在那淡红色的屏蔽墙上，多了一个大缺口。

时间不容许我为这惊艳的一击鼓掌，屏蔽墙的缺口已经开始修复。仪器屏幕上显出了远方幻灭星的位置，我选定坐标，赶紧去按按钮。

但就在我即将按下按钮时，我停下了。左侧哥哥的星舰突然取消了隐形模式，暴露在漆黑的宇宙中。我这才意识到一个问题：击破屏蔽墙，那得消耗多少能量啊！现在，哥哥星舰的能量已经不足以使它隐身，更不用说什么传送了。

我扭头一看，哥哥和我对话的大屏幕也关闭了。我的心沉了下去。

"哥哥？"我试探着喊了一声。

"你赶紧传送，不然来不及了。"哥哥淡淡地说。

"能量不足的话你可以把自己传送到我的星舰里啊，'幻'你就别管了，留一半零件他们也研究不出什么的。"我着急地说。

没有反应。我知道，我担心的事情发生了，哥哥星舰的能量甚至已经不足以支持他把自己传送过来了。

他用轻松的语气说："趁屏蔽墙还没修复赶紧走。不用担心我，他们也不敢对我做些什么。只能麻烦总部花一大笔赎金把我赎回去了。"

我呆呆地看着远处逐渐愈合的屏蔽墙缺口，大脑里一片空白，不知道该怎么办。那边的哥哥气急败坏："你快走啊！"

眼泪顺着脸颊流下，我想说些什么，但喉咙里发不出声音。屏蔽墙即将修复完毕，我低吼一声，拍下了传送的按钮……

我睁开眼，坐起身，擦了擦眼角的泪水。尽管这段记忆我已经重复看了无数遍，我还是忍不住要流泪。

等总部派出大批舰队赶到那里时，什么都没有了，除了星舰爆炸残余的能量。我当时就知道哥哥会这么做，哥哥也知道我是知道的，但我们都没有说。于是，我失去了我的哥哥。

发了一会儿呆，我拿起记忆椅右扶手内侧凹槽中稍微大一点的另一个银白色金属圆片，贴在自己的额头上。我再次躺下，闭上了眼……

幻纪元1989年12月13日。

"完成这项任务后，你就能晋升了吧？"屏幕那头的哥哥打了个哈欠，很随意地问。

"嗯。"看着屏幕上我无比熟悉的哥哥的脸，我没有说什么，只是点了点头。

哥哥把脚跷到操纵台上:"离你哥还差得远呢,继续加油吧。"

我笑了笑,又点了点头:"我知道。"

哥哥轻咦一声,把脚从操纵台上拿了下来。他身子前倾凑到屏幕前,饶有兴趣地打量我一番,声音略带惊讶:"你今天怎么了?这话可不是你的风格。这时候你不应该说'总有一天我会成为九星幻将''我迟早会超过你'之类的话吗?"

我无声地笑了笑。哥哥真了解我。但他了解的只是十年前的我,他不知道,现在他面前的我,早就不把这些无畏的话挂在口头了。

突然,探测器屏幕上冒出大量红点。同时,警报声响起:"请注意,大量疑似有侵略意图的星舰出现。战胜可能性:0%。"

尽管我已知道这是怎么一回事,尽管这警报声我也听了无数遍,我还是很配合地做出吃惊的表情。

"这不可能!我们是怎么被发现的?"哥哥瞪大了眼,很是吃惊。

"应该是反抗军,"我说,"他们可能知道我们要经过这儿,提前做好了准备,现在同时传送了过来。"

哥哥表情凝重,点了点头:"管不了那么多了,我们赶紧跑。就传送到最近的幻灭星吧,能量应该足够了。"

"无法传送,"我摇了摇头,"他们应该是带上了小型屏蔽器,隔绝了信号,我们根本没法进行定位。"

哥哥看了我一眼,似乎对我这么快就能做出判断感到有些诧异,但并没有说什么。沉默了一会儿,他咧开嘴笑了笑:"我们还有机会。我……"

"不行！"我无情地打断了他的话，"就算你打破了屏蔽层，我也不可能抛下你一个人传送走，这些能量只能白白浪费掉。倒不如一起努力杀出包围圈，屏蔽层拦得住信号可拦不住星舰，我们出了屏蔽层直接传送就好。"

他的手段我了解得一清二楚，这给他造成的震惊不亚于那突然出现的大量星舰。他张开嘴好像是想问我什么，却又忍住了。他摇了摇头："敌方星舰太多了，冲出包围圈的可能性几乎为零……"

"但也还是有可能的。"我操纵着星舰，向前方由无数星舰组成的黑色浪潮冲去。三枚光球悄无声息地黏上了最前方的三艘星舰，爆炸产生的气浪使得它们周围的几艘也变得有些东倒西歪。我平静地看着哥哥："哥哥，我们还没有真正并肩作战过吧？"

哥哥一愣，旋即笑了。他的星舰加速冲了上来，冲到我的前面。他的神情变了，变得像头骄傲的狮子："好，我们一同冲出去。不过，你什么时候变得这么强了，我怎么从来不知道……"

我缓缓睁开眼，取下了额头和眉心上的那两个金属圆片。

还是失败了。

我已经不记得这是我第几次通过模拟器回到那段记忆中了，我也不记得这是我第几次与哥哥一起突围了。我和哥哥的星舰都算是顶尖的，比那些普通黑色星舰强上不少；哥哥的操纵技术一流，我这十年的努力也不是白费的。但我们还是失败了。反抗军的星舰实在太多了，他们也有优秀的幻兵和指挥官。耗尽能量后，我们一同按下了自毁的按钮。

不过这是意料之中的。在无尽涌来的星舰之中，看不到任何能冲出包围圈的希望。但我还是经常回到那一天，回到那个战场，和哥哥一同死在那儿。只有这样，我心里才能好受一点儿。这能够证明，哥哥的死的确和我的弱小无关，的确和我无关。

坐在记忆椅上，我又发了好久的呆。这时，一道信息传入我的脑中，它来自我的助手幻雷："长官，你赶紧来总部，有一个重要会议。"

"好，我知道了。"我发送信息。

我站起身，把记忆模拟器塞回记忆椅中，再将储存记忆的金属圆片放回原先的盒子。走出记忆室，走进升降室，房间开始缓缓上升。

上升停止，我走出房间，走进传送室。

周围光芒大放，随即恢复正常，我已到达总部大楼里我的专属传送室中。

幻雷已经在门口等着我了。

幻雷在前面带路，我跟在他的身后。一路上碰到的工作人员和幻兵都微微躬身喊我一声"长官"，我一一点头表示回应。我有些恍惚，他们是什么时候开始对我这么尊敬的呢？我是什么时候摆脱"天才幻兵幻梦的弟弟"这个称号的呢？是六年前我打破哥哥"最年轻六星幻兵"纪录的时候吗？是我两年前成为八星幻兵的时候吗？

"到了。"幻雷打断了我的思绪。他替我打开了会议室的大门，我朝他笑了笑，走了进去。

"幻心，你终于到了。"

说话的是九星战将幻术先生。他是哥哥以前的老师，也是我现在的老师。他坐在长桌尽头的首席，左右两侧则是前几任九星战将、各军团统领等大人物，只留下长桌这一侧与幻术正对着的唯一一个空位子。

什么重大会议，竟使得他们一齐现身？

我抱歉地向他们笑了笑，坐了下来。

"幻心，情况是这样的，就在今天，我们抓住了反抗军里的一个小头目。他说，他参与了十年前的那个计划。"幻术说。

"哦？"我忍不住攥紧了拳头，又控制着使它慢慢松开，"是有什么新的发现吗？"

"是。"他点了点头，眼睛直视着我。我突然察觉到一丝异样。不只是幻术看着我，在场所有人都转头盯着我。

"他说，你和幻梦会从幻影星前往幻境星这条信息，是他提供给反抗军的。而这件事情，是你告诉他的。"幻术说。

我一愣，随即冷笑一声："开什么玩笑。我会把这告诉反抗军，好让他们提前调动三万星舰，做好充分准备吗？"

"但是，在这之前，我们给他吃了幻药。"幻术慢悠悠地说。

我不由得皱了皱眉。幻药的主要成分是幻草，它会使服用者在一段时间内失去正常思考能力，不再考虑自己说话的后果，会变得有问必答，知无不言。在这样的状态下，服用者不可能说假话。

但根本没有这回事啊！我不可能这样做，我的大脑中也没有任何与此相关的记忆。莫非有谁在他脑中植入了一条合成记忆，所以在他看来这件事就是真实的？

我摇了摇头："肯定有问题。带他到这儿来，我当面问他。"

片刻，幻雷带着那个人走进会议室。他长着一双小眼睛，大耳朵大鼻子，浓密的络腮胡子，右脸颊上有一条细长的刀疤。他抬头看了我一眼，又低下了头。

看到他的脸，我浑身一颤，猛地从座位上站起，后退了两步。椅子受到挤压，"砰"的一声炸开，化为一团光钻到地板下，我才意识到自己的失态。

所有人都霍地抬起头，眼睛像刀子一样紧紧钉在我身上。我深吸一口气，勉强压下心中的不安与慌张："抱歉，失陪一下。"

我一把推开门口的幻雷，迅速冲了出去……

我摆手示意幻雷不用跟着，独自穿过长廊，进入我的传送室。回到家，我又直奔升降室。房间开始下沉。

我不认识那个人，我也从未看到过那张脸。但我又知道，我肯定见过那个人，也肯定看到过那张脸。就在我看到他的脸的一瞬间，我的脑中弹出一道信息："已解锁一条隐藏记忆，可选择重新导入脑中。"

隐藏那条记忆的，只能是我自己。将看见那个人的那张脸设置为解锁条件的，也只能是我自己。

下降的房间停下，我已到达记忆室。

我心里很是害怕，害怕知道真相，但我别无选择。我走进记忆室，坐上记忆椅，对自己的大脑下达指令：重新导入记忆。

记忆椅调整使我处于平躺状态，光线自椅中流出，将我包裹……

幻纪元1990年1月14日。

我坐在记忆椅上，自言自语："先剪下这段记忆，存入记忆金属，再将之前直接回家睡觉的记忆稍加修改，导入这段空白记忆中。嗯，就这么干。"

我从左扶手内侧取出一个未储存记忆的空白金属圆片，贴在自己的眉心上，平躺下来。光线缠绕住我又很快消失，没多久就结束了。我取下金属圆片，跳下记忆椅，走向嵌着无数记忆盒的金属墙面。在那一列记忆盒的最下端，有一个隐秘的凹槽，我轻轻一碰，最上端的墙面内就钻出了一个隐藏的记忆盒。我打开记忆盒，放入那个储存着刚剪下的一段记忆的金属圆片。关上盒子后，它自动缩回到了墙内。

"然后，将之前计划这件事和安装秘密记忆盒时间段的记忆删除，改为发呆。再把从刚才到现在这一整段记忆剪下，压缩加密隐藏，设定解锁条件为……那个人的脸，并用之前通过记忆椅回忆那件事情的记忆填充这一段空白。这样就搞定了。"我默念一遍整个过程，确认没有什么遗漏，这才拿出那个储存着我最后一次见到哥哥的记忆的金属圆片，贴在眉心，伪装成真的要再看那段记忆一遍的样子，躺在记忆椅上。光线又一次将我的身体包裹……

我坐起身。

我知道，真相就在那一面记忆墙中，在那列记忆盒最上端墙面内的秘密记忆盒内。

我想知道真相，但又不想知道真相。我强忍着不转头去看那个记忆盒所在的位置，强忍着不去想那个记忆盒与盒中未知的真相。但最终，我放弃了。

我很慢很慢地走到记忆墙前，很慢很慢地伸出手，去碰触那个凹槽。深吸一口气，缓缓抬起头，然后，我就看到了那个记忆盒。

双手止不住地颤抖，我尝试了几次才打开盒子。那个金属圆片就在这里面，真相就在这里面。我的手指摸到它好几次，但每次我的手都不受控制地像触了电般猛地抽回来。不过，最后，我还是一咬牙把它拿了出来。

捏着金属圆片的手微微有些刺痛。我赶紧将它贴在眉心，免得自己忍不住把它丢出去。躺在记忆椅上，我又深深地吸了一口气，闭上了眼……

幻纪元1989年12月11日。

又为那个早已制定好的计划讨论了一整天，做了十几个细小的毫无意义的改动。我被彻底无视，全程都只是乖乖地坐在一旁，没有人问我的建议，也没有人问我对那些建议和计划的改动有什么看法。终于，会议结束了。

哥哥被一帮高层人员围着，不知道还在说些什么，但明显不是一时半会儿能结束的。没有人把注意力放在我身上，于是我趁机溜出了会议室。反正不管什么事情，有哥哥在就行。

我和一群刚完成任务的工作人员一起挤进公用的传送室。而就在"回家"命令下达并执行的一瞬间，我还是忍不住做了修改。眼前那片刺眼的光亮消失，我已站在梦幻酒吧巨大的招牌前。

梦幻酒吧独有的幻啤享誉全国，我几乎每天都会来喝上几杯。想到之后连着那么多天都喝不到幻啤，我心里已经开始觉得痒痒了。

走进门，我随便找了个空位子坐下。我把手伸进桌面上的那个光团中，取出一大杯我所喜欢的口味的幻啤。

刚喝两口，我感觉有人拍了拍我的肩，赶紧放下酒杯转头去看。而在我转头的瞬间，那只放在我肩上的手的小拇指以极小极小的难以察觉的幅度轻轻一弹，一粒极小极小几乎完全透明的药丸轻巧地落入我的杯中，眨眼间溶化，不留丝毫痕迹。

站在我身后的是一个壮汉，他长着一双小眼睛，大耳朵大鼻子，还有浓密的络腮胡子，只是右脸颊上还没有那条刀疤。我注意到他另一只手上拿着的幻啤，和我的是同一个口味。

他在我身边的位子坐下，略带惊讶地盯着我的衣服："我没看错的话，你是一名正式的幻兵吧？"

我点了点头，脸上是一种"没什么大不了的""幻兵其实随随便便就能当上"的淡定表情，却还是忍不住挺了挺胸，微微调整坐姿。不出我所料，我胸前的二星幻兵徽章不小心被他看到了。

他啧啧出声："这么厉害。我当年也想当一名幻兵，但幻兵考核实在太难了，简直就是刁难人。我不是这样不合格就是那样不及格，参加好几次，都是刚进去就被淘汰了。算了不说了，我们干杯！"

我举起酒杯，和他狠狠碰了一下，仰头喝了几大口。

"真过瘾！"他爽朗地大笑了几声。但突然，他好像想到了什么事，收敛了笑容。他叹了口气，身子向我微微前倾："现在前线是不是打得很激烈啊？"

"是很激烈。"我点了点头。

"那……"他有些迟疑，"我们幻国是处于劣势吗？我一个住在边境旁的朋友告诉我，他们好几个星球的人都移居到了别处，说是可能会被战争波及。"

"目前是这样，"我笑了笑，"但不要紧，'幻'还没登场呢。灵国一开始就动用了'灵'，而我们却能一直抵挡住他们的进攻。等到'幻'运上战场，局势肯定会立马改变。"

"'幻'？就是那个最强武器'幻'？那就太好了。"他有些兴奋，又和我碰了一下杯，"但为什么我们还不动用'幻'？都过了这么久了。虽然把它一下子传送到战场得花大量能量，但这也是可以承受的吧？"

我喝了口酒，开始耐心地解释："这可没你想的那么容易。在运输之前，要对'幻'各个零件进行各方面的测试，替换掉所有不合格的零件，单是这个程序就要花掉不少时间。而且，'幻'的所有零件都是用娇贵的幻金打造而成，它不太能承受空间传送的波动。中短距离传送零件还能勉强扛个几次，要是远距离传送，直接全部报废。所以，还要制定一个星舰运输计划，选择合适的星舰、人员、时间、路线，并花几天时间对计划进行讨论、修改。星舰成功把零件运到目的地后，技术人员又要花好些时间把'幻'组装好……总之，想看到'幻'出现在战场上，还得再等个好几天吧。"

他若有所思地点点头："原来要用星舰运输啊。那到时候岂不是要出动好多厉害的幻兵和大量的星舰？"

我摇了摇头："高阶幻兵对战局的影响巨大，他们几乎全被派往前线了，只有几名还坐镇总部，提防刚因战争发生又开始蠢蠢欲动的反抗军。星舰也已尽数前往战场，只留下一部分保障总部安全。因此，'幻'只能由低阶幻兵负责运输，而且还只能派出两三艘星舰进行秘密运输。"

他一愣："怎么可能，这么重要的事会让低阶幻兵去做？你不会是在开玩笑吧？"

这话让我觉得很不爽。我明明已经说得够详细了，他肯定没有认真听。我撇了撇嘴："我跟你开什么玩笑，事情就是这样。告诉你吧，'幻'一半的零件就是由我负责运输的。"

"什么？"他吓得浑身一颤，险些丢掉手中的酒杯。他尴尬地朝我笑了笑："虽然二星幻兵已经够厉害了，但这么重大的任务，按理说，你们应该连时间、路线什么的也不知道吧？"

我冷哼一声："别的二星幻兵的确不知道，但我负责运输，我会不知道？我们明早就从总部出发，先到幻影星，再从幻影星到幻境星，然后……呃，我没仔细听，忘了。反正……"

话还没说完，他却已哈哈大笑，用力拍了拍我的肩。而在同时，又是一粒半透明的小药丸掉到我的酒杯里。他向我竖了竖大拇指："厉害厉害，来，我们干杯！"

再次碰杯，我仰头把杯里的酒喝光。

还没把酒杯放回桌上，身后就有人揪住了我的衣领，把我从座位上提了起来。我立马知道，完蛋了。

小心地转过头，果然，身后的是我哥哥。他冷冷地看着我，眼神像冰一样："看你溜得那么快，我就猜到有问题。结束后我直接去了你家，没有找到你，我就知道你在这儿。现在都什么时候了，你还来喝酒，真不像话。跟我走！"

在生气的哥哥面前，我只能赶紧低头认错。看杯底还有浅浅的一点儿酒，我想再拿起酒杯把它彻底喝光，但哥哥已一把将酒杯丢回光团中，拎起我朝门外走去。

他和我一起传送到我家。在他冷冷的目光下，我乖乖地刷了牙洗了脸，躺上床闭上眼睛，就跟多年前我还是个孩子的时候一样——好吧，在他眼里，我可能永远都只是个孩子。

我坐起身。

在看这段记忆前，我已大致猜到真相了。

的确是我泄的密。

在酒精和微量幻药的作用下，我把我所知道的全部告诉了他。离开前，我吃下了解药，哥哥自然也发现不了什么。想必是事后我通过记忆椅翻找记忆，这才知道那天晚上发生了什么。那时我一定很绝望吧，得知是自己害死了哥哥。我肯定是想忘记这一切，又怕真相会永远地消失，这才精心策划，将那些记忆储存了起来，而不是干脆利落地全部删除掉。

也许正是因为我的大脑在潜意识里认为哥哥的死是我的责任，我才忍不住要天天通过模拟器回到那段记忆中，借此不断地告诉自己，哥哥的死与我无关。

其实一切本都可以避免。要是那天晚上我没有去喝酒，而是直接乖乖回家睡觉，那就什么都不会发生了；要是我再小心再敏锐一些，发现他往我酒里下的药，那就什么都不会发生了；要是我注意到酒吧里有不少幻兵他却唯独找上了我，那就什么都不会发生了。

但实际上并不存在那么多的要是。一切都已经发生了。哥哥已经死了。

我原以为再次得知真相的自己会大哭一场。但是，我没有。我只是有一种特殊的感觉。我感觉自己的心好像已停止了跳动。我感觉我的这具躯体已不再属于自己，尽管它仍然受我控制。我感觉我已经失去了属于自己的情绪，所以我想笑笑不出来，想哭也哭不出来。

我闭上了眼。我看到了我的内心深处。那个小孩正抱膝坐在地上哭泣，但无穷无尽的黑暗，像层层乌云一样的黑暗，将他囚禁在了里面，没有一丝哭声能传到黑暗之外。

我睁开眼，站起身，取下金属圆片丢在一边，走出了记忆室……

无视门外向我问好的幻雷，我一把推开会议室的门，走了进去。

幻术和其他人依然坐在原先的位子上，似乎都等着我回来。

"对不起，的确是我泄的密，"我说，"我把包含整个过程的记忆传给你们……"

"不用了，"幻术正抬头看着我，"我们刚才读取了那个人的记忆，现在已经知道这是怎么一回事了。"

"好，"我点了点头，"我承认，这一切都是我的责任。十年前那一战中因'幻'未及时到达战场而产生的额外的巨大损失，以及我哥哥幻梦的死，都是由我的疏忽大意造成的。不仅如此，我还故意隐瞒了真相。我会主动退出军团的。不管你们决定对我作何惩罚，我都接受。"

幻术突然笑了。他边笑边摇了摇头："不，你错了，大错特错。"

我一愣。

"责任并不在你身上。那时你要是能发现他们的阴谋，他们精心做的准备岂不全白费了？就算换成我，也不太可能察觉他们的计划。其实，责任全在我们这帮决策者身上。我们只觉得你哥哥是运输'幻'的最佳人选，却没想到反抗军早已料定我们会派低阶幻兵进行秘密运输，也没想到他们已经关注上当时正崭露头角的幻梦了。只有这样，他们才会直接找上身为幻梦弟弟的你。并且他们也许早就打探到了整个计划，所以才会知道是由你和幻梦负责那项任务，只是再找你本人确认一下。所以，这一切都和你无关。对了，你刚才说你要退出军团？你想去干吗？现在军团大部分的事都由你主持着，你要是退出了，我们这帮老家伙该怎么办？"

说完后，幻术哈哈大笑，而其他人也都笑了起来。

看着那一双双微笑着的眼睛，我心中微微一动。突然，我听到内心深处传来的如蛋壳破碎般的细小声音。那个由无穷无尽的黑暗构成的囚笼上出现了裂缝，随即彻底破裂开来。层层乌云退去，光线照在了那片土地上。那个小孩没有哭泣了，他站起身，抬头看着光亮，拍手咯咯笑，笑得很大声。

我也忍不住笑了。

"对了，其实我们叫你赶来，是为了另一件更为重要的事情，"幻术清了清嗓子，摆出一副严肃的表情，"通过那个人的记忆，我们能大致推算出反抗军隐藏着的总部的所在位置。我们决定立即派出全部兵力，一举剿灭他们。至于指挥官，没有比你更合适的人选了。"

没等我做出反应，他继续说："如果你不需要做其他什么准备的话，现在就可以出发了，以免再出什么变化。至于地点坐标，我之前就发送给幻雷了。等你完成这项任务，你的军功绝对会远远超过九星幻将的要求，我也终于可以把事情都推给你办，好好放松放松了。"

我点了点头，没有说什么，只是向他们微微躬身，便转身走向门口。但走到门口时，我还是忍不住转过头，笑着对幻术说："老师，你这话说得好像你现在没把所有事情都推给我办似的。"

我赶紧走出会议室，并顺手关上了门，因为我已知道幻术会有什么反应。我大步走向我的专属星舰库。

"幻雷，通知所有舰队，十五分钟后出发。"

"是！"

魔幻大楼

1月7日 星期六

"轰——"

一阵爆炸声使睡梦中的我瞬间清醒过来。我鼓膜发痛，耳边像是有千万只苍蝇在嗡嗡作响。

我吓了一大跳，赶紧坐起身。发生了什么？

我冲到窗边，打开了窗户。而在同时，周围大楼几乎所有的窗户都打开了。

每一张探出窗外的脸都变了颜色，我和隔壁房间的爸爸妈妈也不例外。本应该出现在我视线中的巨大商场消失了，在那个位置上的，是一片废墟。

怪不得会有那吓人的爆炸声，怪不得刚才整幢楼都颤了一颤。估计是哪个缺德的家伙要建造些什么，竟采用了爆破这一蛮横无比的手段。

从四面八方的怒吼声中可以得知，周围所有的居民都没有得到消息。爆破也就算了，竟然不通知我们，不让我们做好心理准备。不通知也就算了，竟然还在我们做着美梦时进行爆破。前一刻睡得正香，后一刻被吓得从床上弹起，这巨大反差有多少人的心脏能承受得住？

我立刻穿好衣服，和爸爸妈妈一起下楼探探情况。

邮递员来得特别早，今天的报纸已经躺在信箱里了。

信箱是封闭式的，平时看不出里面有没有东西，但若是邮递员走得匆忙，没有关上信箱的门，报纸还有一部分露在外头，自然不会看不见。我觉得有些奇怪，那个做事一丝不苟的邮递员怎么会犯这种小错误？

爸爸顺手取出报纸，关上了信箱的小门。

而在楼梯口，原本一边走着一边翻阅手中报纸的爸爸突然停下了脚步，感叹道："啊，要是能住在那幢大楼里该多好！"

听他这么说，我和妈妈也停了下来，把头凑过去看报纸。我一眼就看到了那行巨大的粗体字："魔幻大楼设计完毕，将于我市动工。"

我粗略地看了一遍报道。这将是幢两百零二层高的大楼。除了大厅、餐厅、音乐厅、酒吧、健身房等所在的二十四层楼和分别位于两百零二层与一百零一层的观星台、观景台外，其余一百七十六层对外出售。报道对大楼的各个方面都介绍得非常详细，比如那一个个设计新颖的套房，比如设备齐全的健身房，比如一秒钟就能从一楼到达十楼的电梯，甚至连餐厅提供的千余道菜式都有提及。

看完报道，我的脑海中立刻浮现出一幅幅画面。我仿佛已经走到了大楼的门口，抬头仰望，却怎么也望不到大楼的顶部。走进大厅，我不禁为它的富丽堂皇啧啧称赞。穿过大厅，进入豪华的如我家客厅一般大小的电梯，只是一眨眼时间，就到了音乐厅。走出音乐厅，我又去参观了一下酒吧，接着是餐厅、咖啡厅……在观景台上看了看风景，在观星台上观察了一会儿星星，我才下楼一巴掌拍开自己套房的房门……

爸爸妈妈同时"哇"地赞叹一声，刚要进入幻想世界里那幢魔幻大楼的套房的我被一把拉回到现实世界。我再次把头凑了过去。

没想到，除了这占了整整两版内容的报道，后面几个版面也全是关于这幢大楼的图片，有各种家具的照片，有观景台、观星台上能看到的景象。当然，更多的是效果图，是未来套房房间、大厅、音乐厅、酒吧等地方的效果图，连电梯也没落下。

文字加图片，我脑中的大楼变得无比真实。再次走进大楼，我飞快地穿过大厅，通过电梯到达音乐厅、酒吧、餐厅……从观星台下来，我一巴掌拍开自己套房的门，走了进去。壁纸瞬间散发出柔和的光线，灯也一个接一个亮起。我一屁股坐在棉花糖似的沙发上，挥了挥手，墙上出现清晰的画面，却不知是新闻还是电影还是肥皂剧……

还没看清画面中的内容，我又被爸爸妈妈同时发出的"咦"的一声赶出了房间。看到他们脸上的惊疑不定，我也赶紧低头看报纸。

那是一张巨大的电脑合成的效果图。图中那幢大楼简洁大气，上半部分竟像是透明的，融入空气之中，有种说不出的美感。我不禁赞叹："太酷了！"

只是，我没发现有什么能让爸爸妈妈吃惊成这样。他们似乎早料到会这样，没等我开口就伸手指了指图片的下端。

我看出了端倪。在大楼边上，有几家和它比起来小得不能再小的店铺。从左到右，分别是一家火锅店、一家面馆、一家便利店、一家理发店、一家眼镜店以及一家澡堂。

图上的店铺实在太小，按理说是不可能被认出来的，但我还是一眼认出了它们，因为我对它们实在是太熟悉了。这不正是我家附近的那排店铺吗？这不正是我每天上学放学都要从门口经过的店铺吗？

也就是说，那引起全世界轰动的魔幻大楼，将建在我们家边上？

想起之前的爆破，我连忙又看了看那张图片。果然，未来魔幻大楼所在的位置，正是刚才爆破的地方。那家巨大商场，将被这幢大楼替代。

收好报纸，我们一同冲下了楼。

一般这时候街道上都还是空空荡荡的，现在却挤满了人。

我一眼从人群中找到了他，那个平时从不出差错今天却出了差错的邮递员。他毫无怨言地穿着那身难看的绿色制服，推着那辆全身上下每个部位都像铃铛一样"铃铃"作响唯独真正的铃铛不响的自行车，使劲往人群里钻。在一群穿着睡衣的人之间，他特别显眼。

可以想象，正当他把报纸塞入信箱时，爆破声响起，吓了他一大跳。他肯定非常好奇，赶紧往楼下跑，这才忘了关上信箱。

我们跟在那辆自行车后面，轻松穿过人群。

当清楚看到爆破地点的模样时，我们都愣住了。之前在楼上远远地看倒还没觉得有多厉害，现在站在这里才真正感受到它的恐怖。昨日还满是顾客的巨大商场已消失不见，取而代之的是一个直径至少有两百米的圆形巨坑。在这巨坑中，填满了碎砖块与钢筋混凝土疙瘩。

愣了好长时间，我才回过神来。四下一看，越来越多的人赶来凑热闹，也有越来越多的人离开了。先是赶着送报的邮递员跨上全身作响的自行车骑走了，接着人们就一个接一个离开了。并不是所有人都订了晨报，也并不是所有订晨报的人都看到了报纸上的新闻，大部分人都还不知道是怎么一回事。他们站在坑边揉了揉惺忪的双眼，就转身走了。

既然已经知道是怎么一回事，就更没有站在这里的必要了。爸爸将报纸甩给妈妈，说要去睡个回笼觉，妈妈又将报纸甩给了我，说她要开始做早餐了。

我回头看了看那个已成为废墟的商场。在废墟的最顶端，恰好立着那块巨大招牌。不过，招牌上那几个由霓虹灯组成的大字已黯淡无光，不再变换颜色。

回到家，爸爸奔向卧室，妈妈奔向厨房，我则奔向我房间里的书桌。下星期就要期末考试了，有数不清的作业正等着我去完成。

厨房里的妈妈大喊"吃饭了"时，我正好写下最后一个数字。站起身，正要放下笔去吃饭，我浑身一颤，笔尖在纸上划出一道优雅的弧线。

天哪！

那个由爆破产生的废墟，正被上百辆重型卡车包围着。废墟上，数百辆挖掘机忙碌着。

他们是想把废墟完全清理掉！

也不知这项浩大的工程是何时开始的，废墟中的碎砖块和钢筋混凝土疙瘩差不多已经少了一半，上百辆重型卡车的车斗也有将近一半被装满了。那块巨大的布满霓虹灯的招牌，也正躺在一辆卡车的车斗中。

妈妈在餐厅大喊了几声，我这才回过神来。我连忙跑到餐厅，把我所看见的告诉了妈妈和打着哈欠的爸爸。

我是一个人离开窗边的，回来时却是三个人。

我已经吃了一次惊，本不需要像爸爸妈妈一样再张大嘴巴吃上一惊的，但我还是忍不住张大了嘴。就在我转身离开窗边跑到餐厅抓起一只馒头边啃边描述楼下的情况，爸爸妈妈好不容易猜出我因啃馒头而变得含混不清的话的内容并赶到窗边这短短的时间内，巨坑中所有的砖块和疙瘩都被搬光了。

那些重型卡车排成一条长龙离开了，而在这同时，又有上百辆重型卡车将巨坑围了起来。在它们的车斗中，装满了木材、石材、钢材以及各种我叫不出名字的建筑材料。

数百个工人突然出现，像是从地底下冒出来似的。只是几眨眼工夫，数十辆卡车上的材料被搬了出来。没多久，所有卡车的车斗都变得空空如也。它们一辆接一辆开走，紧接着，新的一批装满材料的卡车驶来。

好不容易合上嘴，也不知已经有多少批卡车开来又开走了。那些从车上搬下的材料已堆成了一座座小山，将巨坑围在了中央。

那么多的重型卡车来来去去，难道不会造成大范围的交通堵塞吗？

我的疑问立刻就被刚收到的短信通知解决了。真是没想到，为了这个工程，大楼方案的策划者管制了附近几乎所有的街道、公路，以便搬走废料、运输材料的卡车通行。

过了一会儿，我和爸爸妈妈的肚子同时"咕咕"叫了两声，我们才想起吃饭这件事。简单吃完早餐，我们又赶紧挤到窗边。除了运来的建筑材料越来越多越叠越高，没有任何变化，至少我没看出来。

幸亏工地边有一个极大的广场。若不是这样，此刻周围所有的建筑都已淹没在材料构成的海洋中了。

卡车一队队开来，工人们不停歇地工作，从早上到中午，从中午到下午，从下午到傍晚。爸爸妈妈早已失去了兴趣，只是让坐在窗边的我汇报了两次情况。

直到我们开始吃晚餐，楼下才没了动静。我被材料的数量吓了一跳，但想到这些材料是要用来建造一幢两百零二层高的摩天大楼，我也就不那么吃惊了。或许这些材料也只是建造大楼所需材料的其中一部分吧。

1月8日 星期日

一大早，我被楼下那些杂七杂八的声音吵醒了：卡车马达声，脚步声，说话声，还有各种材料碰撞的声音。它们原本是极其细微的，但当它们汇集在一起，化为一把可以砸破脑袋的大铁锤时，情况就不一样了。

这把铁锤迫使我睁开眼睛，迫使我从温暖的被窝里爬出，迫使我穿上衣服跑去关紧窗户，将噪声关在外头。

工人们又开始工作了。

走出房间，我正好听见隔壁卧室的窗户也"啪"的一声关上。紧接着，爸爸妈妈从卧室里走出，一边穿上拖鞋，一边不满地抱怨着。

正在这时，"叮咚"一声，门铃响了。

大清早的，是谁摁响了我们家的门铃？

来者穿着一身难看的绿色制服，戴着一顶同样颜色同样难看的帽子。

爸爸张了张嘴，似乎是想问一问邮递员的来意。可没等他开口，邮递员就抢着说："别问我为什么会来，这个问题已经有上百人问过了。我是来送报的。从今天起，这一带客户订的报纸都将在每天早晨送到你们每个人手中，而不是塞在信箱里。别问我为什么，因为我也不知道。即使你原先没有订，报纸也会免费送给你。别问我为什么，因为我也不知道。至于原先订了报纸的，今天就能收到退款。好了，再见，我要继续送报去了。"

爸爸几次张嘴，像是要问问原因，但都被邮递员无情地打断了，一个字也没能说出口。他悻悻地关上门，而在同时，我听到了隔壁邻居那独特的门铃声。

我十分纳闷，爸爸妈妈也是如此。挨家挨户送报纸却又不收费？真是匪夷所思。

在门口发了会儿愣，我们各自都去刷了牙洗了脸。妈妈煲了粥，炒了几道菜，我们就开始吃早餐了。

早餐，向来都是我们看报纸的时间。先是爸爸看，再是妈妈看，等我吃完了，报纸才会轮到我手中。

注意到爸爸妈妈看报时那写满诧异的脸，我连吃饭的心思都没了。报纸到手，我立刻将还剩有一些粥的碗推到一边。

第一个版面上的都是些再正常不过的事：这边有什么交通事故，那边有什么打架斗殴；这边有什么店铺着火，那边又有什么店铺失窃。草草看完这些，我赶紧翻到下个版面。我发现，原本刊登一些广告、活动消息的地盘，全被一个熟悉的话题占据，那就是魔幻大楼。

我终于知道刚才爸爸妈妈是为何感到吃惊了。他们所吃惊的，一定就是那些有关魔幻大楼的疯狂的新计划。

两百零二楼的观星台，将是一个巨大的人工海滩。建成第两百零一层楼后，就会有数万吨海水与数万吨泥沙空运至此。住户们可以坐在沙滩上，享受舒服的海风，拿着天文望远镜欣赏那些富有魅力的星星。

大楼底下，是一个巨大的游泳池。透过游泳池四壁和底部的玻璃，可以直接看到潜水区里那数不清的鱼。策划者计划在各大海域捕捞各种海洋生物，填到游泳池下那个巨大的鱼缸中。只要业主愿意，他甚至可以穿着潜水衣与鲨鱼面对面交流。

在大楼外部，将会开凿出"口"字形的护楼河，把大楼围在中间。如果有谁想潜入大楼内部，就要做好被鳄鱼咬上几口的准备……

我擦了擦额头上的冷汗。人造沙滩，护楼河，装着鲨鱼的"鱼缸"……这也太夸张了吧！还能更荒诞一点儿吗？

但既然已经登在了报纸上，它再怎么荒诞我也不得不相信。舀了一小勺微凉的粥送入嘴中，我看到一张半身照。这是一个西装笔挺的贼眉鼠眼的小个子中年男子，在他的脸上，是一个孩童般顽皮的微笑。

估计又是哪个官员涉嫌贪污畏罪潜逃了吧。又舀了一勺粥，我才继续往下看。

但事情并非我想的那样。这个看上去贼眉鼠眼的男子，正是魔幻大楼的设计师。

我一直以为设计魔幻大楼的是一支由很多个变态组成的团队，哪知所有疯狂的设计，都是出自他一人的脑袋。天哪，这抵得上数个变态脑子的脑子，到底是怎么样的脑子啊？

贾想，这个小个子男子，本是一位名不见经传的生理学、心理学专家。但突然，他摇身一变，变成了一名建筑学家，变成了这幢魔幻大楼的设计师。

夹了块煎鸡蛋，我继续翻看报纸，但没有找到其他什么有趣的内容。我合上报纸，将它扔到一边。爸爸坐在沙发上看书，妈妈正在厨房里洗碗。我仰头喝光剩下的粥，站起身，走向自己的房间。

坐在窗边的书桌前，我忍不住伸长脖子去看楼下那个巨坑。我以为又会有什么新奇的事情发生，但巨坑边除了一堆又一堆的建筑材料和坐在材料上无所事事的工人外，什么都没有。我有点儿纳闷：难道那些工人真的一点儿事都没的做？

正在这时，五辆巴士缓缓驶来，停在巨坑边上。十扇门同时打开，车内的人一个接一个跳了出来。

他们统一穿着西装打着领带，戴着副眼镜，提着个巨大的公文包，一看就知道是些所谓的"专家"。他们在巨坑边站成一圈，包围了巨坑。工人们一个个拍拍屁股站起身，走向那些专家，站在他们的身后。

每个专家身后，都站着几个工人。他们摆出一个十分诡异的阵型，像是要举行什么神秘的仪式。

每一个小小的差错都可能会导致失败。所以，在施工场地上，总会有几个建筑学家做监工，分配给不同工人不同的任务，指挥他们干这个干那个。但我听说过聘用两个三个监工的，听说过聘用五个十个监工的，却从未听说有谁一次性聘用上百个监工。

五辆货柜车缓缓驶来，停在工地边上。工人们从集装箱里搬出一张张桌子椅子，摆成一个正方形，将巨坑围在了中间。监工们各自找了个位子坐下，打开自己的公文包，取出一大沓文件摆在桌上。

数百辆挖掘机咆哮着冲入巨坑中。大量的泥土被挖了出来，巨坑变得越来越深。一段时间后，挖掘机通过大型升降机陆续驶了出来，工人们又各自坐上一辆不知有何用途的银色小车，进入巨坑之内。由于巨坑实在太深，我看不清坑底的情况，只能通过不断被运到工地外的泥土来推测，这些银色小车大概是用来挖掘的新型设备。

除了从巨坑里抛出来的泥土，什么也看不到。我觉得无趣，关上了窗，这才想起一件事：我坐在这里不是为了看他们工作的。我赶紧拿起笔，开始写作业。

一开始我还抑制不住内心的好奇，每写几个字就要抬头看看楼下的情况。但除了工地边的土山越来越多越来越高，没有其他任何变化，我也懒得去看了。

我闷头写作业，直到菜香飘进我的鼻子。放下笔，站起身，看了看楼下毫无变化的工地，我转身走向餐厅。

吃完饭，我提议下楼散散步，爸爸妈妈立刻同意了。然而，只走到街边，我们就原路返回了。一辆接一辆装满土块、石块的重型卡车驶过，街道上尘土飞扬，让人睁不开眼睛。

他们的工作速度特别快。我以为那些土山够他们搬上两三天，但到他们傍晚收工时，土山已经少了一大半。

晚上，我躺在床上，心里仍在想着魔幻大楼。有很多令人担忧的事情：大楼建造期间，工地里机器隆隆作响，路上卡车来来往往马达声响个不停，岂不要吵死了？要是每个人都跑来看这幢大楼，全都挤在楼下，岂不要烦死了？

担心这个又担心那个，我在床上翻来覆去半天，好不容易才睡着。

1月9日 星期一

爸爸一大早就出了门。附近几条街道被封锁，想要去上班，必须绕好大一个圈子，若不早点儿出门，肯定会迟到。

像是前两天把能说的都说完了，报纸上没有再登出关于魔幻大楼的新消息，只有一个姗姗来迟的通知：大楼方案的策划者计划在1月15日之前完成地基的建造。在这段时间里，附近的几条街道禁止其他车辆通行。

看到这个通知时，我吓了一大跳。7日一整天清理废墟、搬运材料，从8日到14日打地基？花七天时间打地基？打一幢两百零二层高的大楼的地基？

但既然报纸上这么说，我也没什么好怀疑的。也许施工人员采用的并不是传统的打地基方式，而是我不知道的新方法。

吃完早餐，我立马背起书包出了门。街道上，满载着土块、石块的卡车飞驰，我赶紧捂住鼻子和耳朵，奔向学校。

中午回家吃饭，依然是这样的情况。街道边大部分的店铺都没有开张，且不说行人受不了这飞扬的尘土和卡车的噪音，店主自己也受不了。直到下午放学后走在人行道上时，我才看到最后一批卡车消失在转角处。

晚饭时，爸爸翻了翻早上没来得及看的报纸。在得知打地基只需要七天时间而不是几个月后，他开心极了，因为这意味着他没必要连着几个月绕远路去上班，意味着他没必要因为害怕迟到而天天早起。

1月14日 星期六

今天是地基建造的最后一天。

刚开始那几天，工人们都是从早忙到晚，但接下来这几天却不是这样。听妈妈说，在昨天、前天、大前天，他们都是到下午才开始工作。真是奇怪，为什么时间还宽裕这么多？难道策划者制定计划时没有考虑周全吗？

报纸上有两个通知。第一，1月14日地基建造完毕后，附近街道的封锁将全部解除。第二，由于建造这幢魔幻大楼所需要使用的机器耗电量极大，甚至会影响到周边地区，工人们将在每晚十点至第二天凌晨四点工作。而在这个时间段，工地周围一整片地区都会处于断电状态中。这样机器能正常工作，人们的生活也不会受到太大影响。

毫无疑问，我们家所在的南风大楼被"工地周围的一整片地区"包括在内。真是麻烦，刚解锁通道，又要开始断电了。

大概是在下午两点，工人才陆陆续续到达，开始工作。只是过了一个多钟头，那些银色小车从工地里驶出，升降机全部拆除，工人也都离开了。估计地基已经建造完毕了。

晚上十点，正和爸爸妈妈一起看电视，停电了。我打着手电筒刷完牙洗完澡，就去睡觉了。

在床上躺了好久，我依然没睡着。我翻了个身，转头看向窗外。

路灯全都熄灭了，那些原本二十四小时营业的店铺也被迫暂停营业。一般这时候边上那几幢大楼差不多所有的窗口都还应该亮着，但现在它们都隐在夜幕之中。我好像从来没有见过这么黑的夜晚。

工地旁没有光，我也没听到任何声音。他们还没开工吗？

我有点儿好奇，想起床去窗边看看，但又不想离开暖和的被窝，没有掀开被子的勇气。心里纠结了好久，结果我还没拿定主意要不要去看看情况，我已经睡着了……

1月15日　星期日

一觉醒来，我立马坐起身，转头看向楼下的工地。我立刻发现了它的巨大变化。银白色的围墙首尾相接，将整个工地围了起来。

一夜之间就建好了围墙？我不禁为他们的速度而咋舌。

报纸上有大量关于魔幻大楼的效果图。图上的大楼有二十层楼高。虽然只是淡蓝色的不明材质的框架，我已经能感受到它的漂亮与精致。

这是施工单位计划在今晚完成的内容。也就是说，明天早上醒来时，我只要稍稍转头，就能看到窗外大楼的淡蓝色框架，正如现在报纸图片上的那样。

但这么做有什么意义？之前发出大楼完工后的效果图倒还正常，现在为什么要发出大楼明天的效果图，还是三百六十度无死角的？

不过我也并没有在意。也许他们只是以此来强调大楼真的将在今天动工。

1月16日　星期一

从睡梦中醒来，我努力抬起沉重的眼皮，寻找窗外淡蓝色的大楼。但很快，我发现，窗外似乎并没有什么变化。

这怎么可能！我一把掀开被子，下床走到窗边。

工地里没有任何变化，至少看上去是这样。围墙里的还是那个巨坑，没有那几十米高的大楼框架。我很好奇，到底发生了什么，竟能让这个计划被迫改变？

没多久，我听见隔壁传来窸窸窣窣穿衣服的声音，爸爸妈妈也起床了。

我走进他们的房间。他们正站在窗边，我走上前，指着工地说："你们看，昨天报纸上明明说是……"

我说不下去了。爸爸妈妈好像都没听到我在说话，他们仰着头，伸长脖子看着窗外。顺着他们的视线看去，除了那一小块蓝天，什么都没有。

仰头仰得脖子都酸了，我还是什么都没发现。我想问问爸爸，可还没来得及张嘴，他已转头对另一边的妈妈说："他们的速度好快，还真一晚上建了二十层楼。"

我一愣。建了二十层楼？爸爸是在开玩笑吗？

可紧接着，妈妈点了点头："这么快完成，而且还造得和报纸上一模一样，真厉害。"

大脑里一片空白，我过了半天才听懂妈妈说的话。和报纸上一模一样？也就是说，昨天报纸上所写的计划现在已经全部完成了？

这样的话，爸爸的惊叹也是真的惊叹而不是玩笑了。他和妈妈仰着头看窗外，看的正是那精致的淡蓝色大楼框架。

这本应是件再正常不过了的事情。但现在，它很不正常，因为爸爸妈妈能看见的大楼，我看不见。

难道是我的眼睛出了问题？可若真是这样，为什么我还能清楚看到对面快餐店外正抠着鼻屎的胖店长？按理说他被工地里二十层楼高的大楼挡着，我是看不见的。

也许我和爸爸妈妈生活在两个不同的空间。在他们的空间里，魔幻大楼已经开始建造，但在我的空间里却没有。似乎只有这样才能解释为什么我看不见爸爸妈妈所看见的大楼。

我的解释之所以这么匪夷所思，是因为事情本身太匪夷所思了。

爸爸妈妈都没在意我之前说了一半的话，这倒也省得我去把它编完整了。我要是告诉爸爸妈妈我看不见大楼，估计立马就被他们送到医院去了。还是等我先弄清是怎么一回事再说吧。

很快，我就知道，并非我和爸爸妈妈不在同一个空间内，而是我和其他所有人不在同一个空间内。

大量车辆将工地附近的道路堵得水泄不通，人们个个都举着手中的手机或相机，记者们也都架起了三脚架。所有镜头聚焦在同一个地方，那就是在我眼里并不存在的魔幻大楼。一大帮人对着空气左拍右拍，我甚至还看到有好几台相机正对着我们家窗口疯狂拍摄。看着他们，我想笑又笑不出来。

互联网上的每一个角落都充斥着关于大楼的新闻。那些新闻没有太大差别，不外乎是大楼昨日动工这件事，而所有新闻中穿插在文字间的图片上，都只有那一小块蓝天，还有透过透明不可视的大楼所拍摄到的其他建筑物。

新闻底下有很多评论，但都只是些期待、赞美，或是嫌弃、不支持的话，没一个人说图片有问题。我心里有些动摇了：难道大楼真的存在？难道真的是我的眼睛出了问题？

报纸上又有很多大楼的效果图。今天晚上，工人们会再建好二十层楼的框架。也就是说，明天早上我醒来时，大楼已经从二十层楼变成了四十层——如果它真的存在的话。

其实根本没必要看报纸。如果报纸上那些计划是真的，明天我自然能看到那百米高的大楼；如果是假的，这些报纸就和昨天的一样毫无价值。现在，我只是需要花时间判断一下，到底是我的眼睛出了问题，还是除我之外所有人的眼睛出了问题。

但这又该如何判断呢？

我决定从照片入手，从那些我看不到大楼的大楼照片入手。

随便点开一个关于魔幻大楼的新闻，我找出一张照片。虽然照片拍摄者要拍摄的是这幢大楼，但照片上只有看不见的大楼后的南风大楼，至少我看上去是这样。

我把手机递给妈妈："你看，这是哪儿？"她瞥了一眼手机屏幕，疑惑地皱了一下眉头："不就是我们家这幢楼吗？怎么了？"

我再点开那个包含这张图片的新闻给她看，她快速翻了一下，就把手机还给了我："我已经看过好几条新闻了，内容都和这差不多。怎么了？有什么问题吗？"

我把图片和新闻给爸爸看，他的反应与妈妈一模一样。这说明，照片上确实没有魔幻大楼，它确实还没开始动工。可为什么新闻那么多的读者——包括我的爸爸妈妈，都没有发现这一点呢？

我出了门。人行道上停满了车辆站满了人，我好不容易从他们之间挤了过去。站在工地的那一头，我用手机给我们家所在的南风大楼拍了张照片，隔着那看不见的魔幻大楼。

然后，我开始实施我的计划。

我把照片给那些正站在工地边仰头望着魔幻大楼的人看。我发现，如果我先告诉他们"这是我站在那儿拍的魔幻大楼的照片"，再给他们看，他们都会一脸纳闷地瞧着我，问我"怎么了""有什么事吗"，没有一个对我说的话提出疑问。如果我先问："您知不知道这照片上的大楼在哪里？"他们都会立刻伸出手，指向南风大楼——除了那两个人没注意到边上的大楼，傻傻地摇头说不知道。

我有点儿明白了。在一般情况下，人们看到的照片依然还是那张照片，照片上没有大楼。可如果在他们看照片前告诉他们"这是魔幻大楼的照片"，大楼就会出现在照片里，只是我看不见罢了。

每个人都能看到那幢事实上并不存在的大楼，会不会也是这个原因？

难道这就是设计师把它命名为"魔幻大楼"的原因？

我呆呆地站在窗边。窗开了一条缝，带着些许寒冷的风就从这条缝钻了进来，像蛇一样嘶嘶地叫。楼下热闹无比。透过窗玻璃，看着那围着工地的人群，我突然有了一种奇怪的感觉。

陌生感。这是一种陌生感。整个世界突然变得很陌生，人们围观那幢并不存在的大楼，读着关于那幢并不存在的大楼的新闻，与别人谈论那幢并不存在的大楼。我与这个荒诞的世界之间似乎出现了断层，只是因为我仿佛知道了某件事情的真相。没有人会相信我，包括我的爸爸妈妈。他们也变得格外陌生，正如这个世界一样。

餐厅里的妈妈已经是第四次喊我吃饭了。我这才回过神来，一边喊着"来了来了"一边转身去吃饭。其实，大楼究竟是存在还是不存在，和我一点儿关系都没有。它影响不到我，我也影响不了它。既然这样，我又何必为此纠结呢？

1月25日 星期三

仅仅十个夜晚，近千米高的大楼框架已经建造完毕。但建好的只是报纸、网络新闻上的大楼，工地里并没有什么变化，只是工地边堆成山的材料每天都有减少，像是花在了建造那幢不存在的魔幻大楼上。

直到昨天，工地里才出现了一些新变化：一个由数百根巨大淡蓝色柱子组成的巨大的网，罩在了巨坑的上方。到了今天上午，网上已铺了一层同为淡蓝色的不明材质的砖板。工地里出现了一个巨大的圆台，正好把巨坑盖住了。

　　这样一个完美的能容纳上万大妈跳舞的广场，却被一幢根本不存在的大楼霸占了。

　　大楼内部外部的装修、护楼河的开凿，只需二十天即可完成。二十天后，大楼就可以交付使用了。只有观星台和地下鱼缸没那么容易搞定，得花时间慢慢完善——当然，这些都是新闻里的内容。如今，对我来说，新闻的可信度几乎为零。

　　再过两天就是春节了。下午，我和爸爸妈妈提着大包小包的东西到了爷爷家。

　　对于春节后回家时大楼的样子，爸爸妈妈都很期待，他们一路上都在聊这幢大楼。真是搞不懂，别说大楼不存在，就算它真的存在，聊它又有什么意义？

　　我不相信大楼能建成。即使工人们不放假连着工作几天，也没办法建好大楼并完成装修，顺便再挖个护楼河吧？难道他们还会把这个刚弄好的圆台拆掉？

　　我期待着接下来几天在爷爷家的田园生活。但爸爸妈妈仍聊着无趣的大楼，我几次说话都被他们无视，这把我的好心情破坏得一干二净。

2月7日　星期二

　　魔幻大楼像病毒一样入侵了整个互联网，不管在哪儿都能看到与它相关的新闻。

　　策划者们专门为魔幻大楼建立了一个网站。每天一大早，网站页面上就会贴出大楼次日的效果图。接下来，这些图片被疯狂转载，于是一天之内你会无数次看到它们。

除此之外，还有摄影师、各路记者拍的照片。他们从各个角度拍摄那正在建设中的大楼——我正是从他们这几天拍摄的照片中得知，工地里没有任何变化，大楼依然没有开始建造。

下午，从爷爷家回来，爸爸妈妈立马赶去看魔幻大楼，我也只能跟着。

不存在的大楼的周围，是数不清的车、数不清的人，我们只能站得远远的。爸爸妈妈和边上那些人一样傻傻仰着头，嘴里惊叹出声。妈妈在自言自语："还真是透明的，不仔细看还真看不出来呢。"

网站上介绍，大楼外表面覆盖了一层特殊物质。在以特殊技术进行处理之后，大楼拥有了模拟的功能。由于近地面有其他建筑物影响，大楼达不到隐身的效果，但在空中就没有这个问题——大楼的上半部分完美地融入大气之中，像是根本不存在——好吧，它真的不存在。

我真想立刻告诉爸爸妈妈，大楼是不存在的。但我不能说。如果有人告诉我，那幢我从未怀疑过它的真实性的大楼是不存在的，我会有什么感受，做出什么样的反应？我无法想象。同样，我也无法想象我把这件事告诉爸爸妈妈会有怎样的后果。

还是静观其变吧。再过一个星期，魔幻大楼内部外部装修完毕，那些购房的业主肯定忍不住会搬进去住上几天。大楼是不存在的，这能骗过那些站在外面看的人，难道还能骗过那些住在里面的人？到时候，策划者们又该怎么办？

2月13日　星期一

寒假结束了。

今天是大楼装修的最后一天。我以为这几天会有告示说大楼交付日期因意外推迟，但是并没有。网站上午新推送的文章中还多次强调，大楼的装修将于今日完成，业主明天即可入住。

策划者们的计划没有改变。我只想到两种解释：一、策划者们也不知道大楼还没开建；二、策划者们确信那些业主不会发现大楼是不存在的。

但是第一种解释的可能性不大。建造大楼的一切计划都是由策划者们制定的，他们会连大楼有没有开建都不知道？难不成工人集体罢工却没有告诉他们？

看来，策划者们有把握，业主入住那幢不存在的魔幻大楼后不会出现任何问题。这一定是有所依据的。虽然这是那么的不可思议，我也只能相信。

想明白这一点后，我忍不住倒吸一口凉气。如果真会如此，这将是一个极其巨大的骗局，比我之前想象的还要大上许多。

2月14日　星期二

吃完早餐，我立马背起书包去上学。

从圆台边经过，我发现，圆台外的围墙上多了两个缺口，每个缺口边都站着四个身穿黑西装的壮汉。

这两个缺口所在的位置，正是大楼效果图中护楼河上的两座大桥的桥头。过不了多久，就会有购房的业主到了。我很想看看接下来会发生些什么，可时间不容许我在此停留，我必须赶去学校。

中午回家吃饭时，我再次从圆台边经过。一排豪车停在圆台的边缘，那里应该是护楼河底下的豪华地下车库。在圆台的中央，大楼所在的位置，几十个购房者各自被身穿黑西装的侍从领着乱走。他们应该是在属于自己的新套房内，所以看不见那些好像是从身边经过但实际上是在其他楼层的其他人。

我心里又有些动摇了。莫非大楼是真实存在的，问题的确出在我自己身上？如果大楼真的不存在，为什么没有一个人发现问题？

妈妈说，上午陆续来了上百辆豪车，不过大部分都又开走了。想想也是，那些购房的业主里有几个不是大忙人？他们愿意花一大笔钱买下魔幻大楼里的套房，但也许几个月都不来看上一次。今天是大楼完工第一天，自然有不少业主赶来瞧一瞧，以后来这儿的业主肯定不会有这么多。

等到下午放学后，圆台上只有十来个人了。晚上，借着月光，我隐约看到三四个人影在圆台上滑稽地走来走去。他们大概是要留在这里住一晚上。

真是太诡异了。如果问题不是出在我身上，大楼真的不存在，又是什么使他们感受不到夜晚的寒冷呢？

2月17日　星期五

那些业主中大部分都是外国人，他们当然不可能随随便便就跑来一趟。这几天，圆台上的人比我想象的还要少。

我每天都要从圆台边经过好几次。之前，我每次都会停下脚步，朝围墙里张望半天。但现在，我已对此失去了兴趣。离那些人距离太远，我连他们在干什么都看不清楚。圆台上也没有什么值得我感兴趣的变化——除了人数，我还真看不出有其他什么变化。

下午放学回家，我再次从圆台边经过。我发现，我之前找到的观察圆台的最佳位置被一个男子霸占了，好在我本来就没打算在这看一看圆台。

与那男子擦肩而过，走了两步，我一愣。我突然觉得他很面熟，好像是在哪儿见过。

那是个贼眉鼠眼的小个子中年男子。虽然他现在没有像报纸上的照片中一样西装笔挺，我还是立马认出了他。不会有错，他就是贾想，魔幻大楼的设计师。

现在能为我解答的只有他了。若他也没法回答我，我的疑问恐怕是没人能解决了。只是稍微一犹豫，我就转身走向他。

"您好！您是这幢魔幻大楼的设计师贾想吧？"我小心地问。

他瞥了我一眼，没有说话，又把目光收回去了。我注意到，他没有仰着头，顺着他的目光看去，就是圆台中央的那些业主。

我深吸一口气，按捺住疯狂的心跳。舔了舔干燥的嘴唇，我盯着他的脸，斟酌着一个字一个字说出心中的疑问："请问，这幢魔幻大楼，它是真实存在的吗？"

一瞬间，贾想的脸色变了。不过立刻，他恢复了镇静，缓缓转过头看着我。他面无表情，但我依然能从他的眼睛深处读出些许震惊与慌张。

他仔细地打量了我一番。沉默了许久后，他终于开口了："跟我来，我把所有你想知道的告诉你。我就住在离这不远的地方。"

那是一幢离圆台只有百米之远的房子。一进门，是极为宽敞的大厅。穿过大厅，贾想坐在了沙发上，并示意我坐在他的对面。

我还没想问什么，他先开口了："也许你已经知道了，我以前是个生理学、心理学专家。几年前，我突然发现，人类身上出现了一种奇怪的现象。当外界信息传输到大脑时，大脑会不自觉地用之前已有的类似信息将其替换掉。这种现象会严重影响到人的行为。而且，经过几次调查，我发现，越来越多的人身上出现了这种情况，信息替换的发生也越来越多。于是，我设计了一个以全世界所有人为对象的巨大实验——就是这个正在实施的'魔幻计划'。"

他起身给我倒了杯水，又给自己也倒了一杯。喝了口水，他继续说："我和我的团队花一年多时间设计了建造一幢顶级大楼的方案，我把这幢大楼命名为'魔幻大楼'。在开始动工前，我就通过新闻媒体把大楼的信息传播了出去。工程启动后，大楼并没有开始建造，但因为提前知道了大楼每天的建造计划，工地周围的居民、赶来围观的人，都以为大楼的建造在按着计划进行。不管是工地的样子还是拍摄工地的照片，当它们通过神经传输到大脑后，都被替换成了先前看到的效果图中的模样。同样，我把更为详细的有关大楼内部的信息发给了那些购房的业主。他们甚至发现不了自己是在圆台上而不是在自己买下的套房里。"

大量信息涌入我的大脑，我一时间根本没办法消化。贾想好像早就料到这一点，特地停下来让我有时间整理一下刚听到的信息。

"其实，这和梦境有很多相似的地方。先由几个主要人物和主要事件构成梦境的框架，再是其他大量细节的补充才使它变得完整真实，梦境中全部的人物、事件和细节都是梦境主人的大脑自动生成的。控制信息替换，则是事先在目标的大脑中输入那些重要的信息，剩余的细节部分留给他自己补充。"他停了停，又喝了口水，"是不是觉得非常不可思议？不过实际上，信息的输入是很难做到的。比如这次'魔幻计划'的实施，我们不知为此做了多少的准备。我们在设计大楼时考虑到了每一个方面，还设计好了大部分的细节，使信息更加具体全面。我们控制了周边地区的交通。我们还在秘密的世界会议上提出了这个计划，得到所有国家的支持，于是才能控制各国的新闻媒体来传播信息。此外，为了确保计划实施点附近看得见工地的居民能正确接收到有关大楼的信息，我们设计了那个夸张的爆破，对外说要在夜晚建造大楼并断了周围地区的电，给那几个偷偷爬过围墙的好奇少年催眠修改了记忆，还让邮局每天给这片区域的居民送上免费报纸。我们甚至把整座城市里的鸟驱逐了出去，因为要是有鸟从圆台上空横穿过去，看到它的人就无法很好地处理这段外来信息，就会对整幢大楼的信息产生怀疑。至于其他的准备，我就不一一细说了。"

"那么，您这么做的目的是什么呢？"我试探性地问。

"信息替换能应用的地方可多了，"讲到这个，他变得很兴奋，"首先，我们可以通过信息替换来解决粮食短缺问题。一粒小小的药丸，即可骗过人体，维持人一整天的正常活动。也许你会觉得这不符合能量守恒定律，但我们的一些实验证明，这是可行的。然后，我们可以推出使人不再需要睡眠的药丸，推出可以治疗一切疾病的万能药。只要那些吃了药丸的人相信自己可以不用睡觉，那些吃了万能药的人相信自己的病能被万能药治好，药效就能发挥出来。再接着，我们将着手处理人口过多问题。信息替换将允许人的生活被压缩在一个极小范围内，各地区的人口合理容量可以变为原先的好几倍。正是我的这些想法，换得了世界会议上所有国家的支持。"

突然，他叹了口气，摇了摇头："不过，这些都只是我的想法，目前我们还没有彻底了解信息替换这一现象。我们能让人脑接受信息，但还没法让人体也接受信息。比如这次的'魔幻计划'，就算那些业主相信自己是在大楼里吃着美味的饭菜，他们的身体依然得不到能量补充。因此，我们只能在众多有购房意向的富豪中选出那些不太可能花时间在大楼里享受美食的，以免影响他们的身体健康。"

听他这么说，我有点儿生气："可不管怎么说，你欺骗了他们。他们以为自己正住在舒适的大楼里，可实际上，他们只是站在一个什么都没有的圆台上！"

贾想脸上露出了诡异的笑容："那你凭什么认为，我们现在所处在的世界就是真实存在着的呢？"

我愣住了。但他显然没想得到我的答案，并没有给我思考这个问题的时间："不说这个了，我们还是继续聊一聊大楼吧。你看过《皇帝的新装》吗？"

我又是一愣，没明白他的意思，但他已自顾自地说下去了："两个骗子为皇帝制作了一件没人能看见的新装。它的确是不存在的，但又可以说它是存在的，是世上最华丽的衣服。为什么？因为每个人都这么说，每个人都这么认为……"

"除了那个小孩。"我忍不住补充了一句。

"没错，除了那个小孩。"他重复了一遍我的话，对着我笑了笑。我这才意识到，我掉入了他话中的陷阱。

"现在，你就是那个小孩。"他把玩着手中的空杯子，"也许像你这样的小孩有好几个，但目前，我只发现了你。只要除掉了你，这幢魔幻大楼就变成真实存在的了。"

恐惧包裹了我。我吓得赶紧站起身，不小心打翻了杯子。正想着要逃跑，贾想哈哈大笑："只是和你开个玩笑，别紧张，我怎么可能做这种事情。再过三天，实验就结束了，我会找个借口把业主全赶出来，建造一幢真正的魔幻大楼，就是之后给每个工人剪去记忆比较麻烦。在这期间……"

"我保证，我不会把这件事告诉任何人。"我抢着说，"而且就算我现在去告诉他们，他们也不会相信。"

贾想又笑了，那是一个如孩童般顽皮的微笑："这我倒不担心。

不过，我把有关信息交换的知识告诉了你，又把我所有的计划告诉了你，要是你回去之后告诉了别人，那可怎么办？就像你知道万能药里没有任何特殊成分后，你还会相信它能治好你的病？所以，我只能删去你的这段记忆。你的保证也毫无用处，因为很快你就会忘记自己见过我，也会忘记这个保证。另外，我会顺便帮你检查一下身体，看看你身上为什么没有出现信息替换。放心，我会派人把你送回家的。"

他拍了两下手，身后一个房间的门猛地打开。七八个黑衣服的壮汉走了出来，冲向了我。

当我回过神来转身跑向大门时，我已经知道，我逃不掉了。大厅这么大，我根本来不及在被抓住前跑出房子。

果然，背后的脚步声眨眼间就逼近了我。我该怎么办？

突然，我脑中产生了一个想法。

我大叫："哎呀，不好，我摔倒了。"

背后的脚步声立刻放缓了。我赶紧再大叫："哎呀，被抓住了！"

脚步声消失了。我不敢放缓速度，继续跑，只是转头看一看情况。其中两个壮汉手里像是抓住了什么东西，转身往回走，其他壮汉也跟着他们往回走。

和我料想的一样。我用"摔倒""被抓住"这两个信息替换了他们前面我逃跑的信息。现在，他们成功抓住了那个并不存在的我，正要回去交给他们的老板。

我忍不住去看仍坐在沙发上的贾想。我以为目睹了一切的他会脸面铁青，但是他没有。他正微笑着看着我。

　　为什么微笑？因为我出色地应用了刚得到的知识？因为他觉得我逃不掉？因为他觉得我还没有能力破坏他的计划？还是因为我知道的根本就不是他真正的计划？

　　时间已不够我琢磨他那神秘的微笑，我已跑到了门口。我打开门，冲了出去……

吱 呀

1

不知为何，在我有了意识，第一次睁开眼，睁开身上的那些疤节时，我就知道，我是一个名为"凳子"的东西。左边的是个名为"桌子"的东西，右边则是另一个比我矮一点儿的同样名为"凳子"的东西。我们全在一个名为"房子"的东西的肚子里。桌子上，我左边眼睛的视线中，放着好多木工工具。凳子上，我右边眼睛的视线中，坐着一个名为"人"的东西，一个名为"老头子"的东西。凡是该知道的东西，我好像全都知道。

老头子站起身，开始绕着我转圈，我也只好交替着用不同位置的眼睛看他。然后，他蹲下来打量我，这边摸摸那边摸摸。正当我被摸得浑身难受，他又突然站起，在手舞足蹈的同时仰天大笑，笑得下巴上的山羊胡子一颤一颤的。

这举止怪异的老头子，大概就是创造了我的木匠吧。

我无法看到自己的模样，但根据老头子无比满意的目光与表情与动作与笑声，我猜测，我应该是一张十分完美的凳子，至少比他做的其他凳子完美。

我已经做好头顶一屁股的准备，哪知刚见天日——哦不，我现在是在屋子里，只能看到天花板——我又被老头子郑重地放入了一个大纸箱。头顶上的纸箱盖子缓缓盖上，我陷入了无限黑暗之中。

2

迷迷糊糊中，箱子被打开，几只大手将我抬了出去。当我清醒过来时，我已站在一尘不染的桌面上。

这是个没有窗户的密不透风的房间。房间里有好几台巨型的机器，有好几个穿着白色制服的人，还有那个创造了我的老头子。

老头子从之前装着我的箱子里抽出五六张写满字的纸，递给那些身穿制服的工作人员。他解释着说："纸上写着的，正是我这最满意的作品的相关资料。"

工作人员中为首的那位快步上前，稍稍弯下腰，恭恭敬敬地将几张纸双手接下。他说："独孤大师，我不是告诉过您了，您若创造出新的作品，只要打电话给我们就行，我们会帮您安排好所有的事情。怎么好意思让您亲自跑这一趟。"

他们的表现使我目瞪口呆。这是怎么回事？

据我所知，虽然人们嘴上都说着"人人平等"，但干粗活的人在有学问、从事脑力工作的人面前永远抬不起头，觉得自己低人一等，从事脑力工作的人在干粗活的人面前也总是趾高气扬，觉得自己高人一等。那些工作人员的仪表、谈吐、举止等各个方面，都说明他们是大有学问的人。为什么他们会对一个木匠如此尊敬？

只有一种可能：这老头子不是一个普通木匠，而是一名身怀高超技艺的木匠大师。我有点儿不敢相信：创造了我的糟老头子真有这么厉害？

想到老头子对我的重视，我不禁有些沾沾自喜。老头子是一位成功的木匠，我又是这成功木匠最成功的作品。恐怕这世上没几张凳子能像我一样完美吧？

那几位工作人员开始埋头研究那几张有关我的资料。我很好奇，连忙睁开离他们最近的眼——那块圆得出奇的树疤。

由于角度不错，我正好能清楚看到纸上的所有内容。我一阵狂喜，赶紧定下神来仔细看。可看了半天，我只认出了几个字。

老头子的狂草狂得没边儿，也许只有他才知道自己写了些什么。纸上密密麻麻的字就像是孩子的涂鸦，我完全看不懂。

老头子的狂草还真是自成一家。那几位工作人员并没有露出吃惊的表情，大概与这老头子打过不少交道，但在看资料的时候还是显得非常吃力。尤其是最左边那矮个子的男子，瞪大了眼像是恨不得将手里的资料撕个粉碎再一口吞下。

他们看了很长时间，最后好像都琢磨得差不多了，才放下了手中的资料。他们各自戴上白色的硅胶手套，呼啦一声围上了我。

他们一个个神情肃穆，仔仔细细地将我从头到脚研究了一遍，半个疤节都不放过。我忍不住想笑，一是因为他们怪异的举动，二是因为他们时不时用手挠我，让我浑身痒个不停。

最终还是没能忍住，我笑出了声。不过，我的笑声只有其他木器才能听到。那些工作人员自然没有丝毫反应，仍是面无表情地不停挠我。

也不知过了多久，他们才停了下来，摘掉了手套。只听为首那个黄头发的男子赞叹道："我从事这行多年，还从未看到过这么漂亮的纹路，感受过这么清凉舒服的触感。创造它所用的木材一定是出自某种还没被世人了解的无名之树。"

我一愣：这是在说我吗？

老头子摸摸自己的山羊胡子，笑着点了点头："我也是这么想的。我经常为了找一块合适的木材满世界跑，差不多见过所有种类的树。可以说，没有人比我更了解树了。但我同样不认识那棵树。"

边上那个矮个子犹豫着说："这会不会是一棵变异后生成的新物种？"

另几位工作人员你看我我看你，似乎拿不定主意。最后，黄头发无奈地叹了口气，说："我们打开仪器吧。"

听他这么说，其他所有工作人员也都叹了口气。我纳闷了：既然有仪器，刚才为什么不用？为什么要研究我研究了那么长时间？

很快，我就知道了原因。他们重新戴上手套，将我从桌面上搬下，放在桌边一台巨大的仪器里头。透过透明的仪器外壳，我看到那些工作人员的手指在键盘上飞快敲打着。一时间，房间内只剩"嗒嗒"一连串手指敲击键盘的声音。

直到个个都开始全身抽搐了，他们才完成操作，停了下来。抹了一把汗，黄头发一拍按钮，仪器开始隆隆作响。

一面淡蓝色光幕在面前缓缓成形，迅速朝我移来。立刻，带有一丝冰凉之感的蓝色光幕从身前移到了身后。我知道，关于我的一切信息都已化为数据，显示在仪器边的那块显示屏上。

所有工作人员同时扑向显示屏。而在看完显示屏上的数据后，他们惊讶得瞪大了双眼，张大了嘴巴，又同时后退了两步。矮个子更是吃惊地喊出了声："这怎么可能！世上四万多种木材，竟没有任何一种能有一个方面与其相似！"

黄头发转头对老头子说："独孤大师，您创造这件作品所用木材的所有数据，都已显示在屏幕上了。从数据上看，这块木材是独一无二的。它与目前所有已知木材的相似度皆为零。要知道，如果那棵树是变异而来的，它一定会与某种树有不低于六十分的相似度。这说明，那棵树属于一个从未被发现的新物种。"

他顿了顿，继续说："当然，事情没那么简单。若仅仅只是个普通的新物种，我们也不会吃惊成这样。自然界奥秘无穷，不知有多少物种是人们尚未发现的。真是难以置信，这世上竟然还存在和其他树之间相似度为零的树。要知道，随便挑出几样木材，它们之间的相似度都至少有十五分。但您用来制作这张凳子的木材，却与目前发现并记录下来的四万余种木材没有丝毫相似之处。"

听他这么一解释，我大致懂了。也就是说，我的前身，是一棵与其他树木都不一样的神树？

老头子哈哈大笑："我早就说了，这必定不会是一棵凡树。关于我在资料中记录的那些事，你们能给出个合理的解释吗？关于凳子的那些特异功能，你们能给出个合理的解释吗？反正我是找不到解释的。"

那几位工作人员没说话，只是点了点头，表示对老头子说法的赞同。黄头发像是在对老头子说话，又像是在自言自语："确实。仪器检测结果显示，那是棵五千岁的古树。可事实上，它只有五个年轮哪！这不科学！"

突然，他好像想起了什么，拿出手机，一边拨打电话一边抱歉地对老头子笑了笑，说："不好意思，一直在聊着，忘记通知他们了。"

"喂？我们这次拍卖会需要增加一件木器……独孤大师的，你说加不加……行，你去安排吧。"

挂断电话，黄头发和其他几位工作人员一起到隔壁房间，搬了个铁皮箱子回来。他笑着对老头子说："独孤大师，我已经派人去安排了。真巧，明天正是一年一度的大型拍卖会。现在，麻烦您把这张凳子放在我们这儿，以便明天的安排。您尽管放心，我们一定会小心保管的。"

老头子好像有些不放心。但他与拍卖行打过不少交道，似乎早知道需要这么做，也没说什么。

黄头发一挥手，身后戴好手套的工作人员很配合地走上前，小心地将我抬起，放入铁皮箱子中。

看着黄头发手拿铁皮箱子的盖子朝我走来，我惊恐地大喊："不要！"

我不知道这害怕从何而来。也许喜欢阳光、厌恶黑暗是树的本性，就算变成木器也不会消失的本性。

因为背光的缘故，黄头发脸上的笑容看上去有点儿阴险。他完全无视了我的声音。毕竟他是人类，无法听到我说的话。

在我绝望的叫喊声中，盖子出现在我的正上方。光线一<u>丝</u>一<u>丝</u>被遮挡住，黑暗一点一点将我吞噬……

3

过了很久很久，外面依然毫无动静，周围依然还是一片黑暗。我觉得奇怪。不是说第二天就举办拍卖会吗？我怎么感觉像是已经过了十几天时间了。

正当我怀疑他们是不是忘记了我的存在时，箱子突然抖了一下。然后，它开始轻微晃动。

大概是那帮工作人员正搬着箱子往哪儿赶去吧。

过了一阵子，箱子被轻轻放在地上，停止了晃动。盖子"砰"一声打开，刺眼的灯光猛地照在我身上。

刚忍不住眯了眯眼，我就感觉有四只大手握住了我的四条腿。当我适应了强光，重新睁开眼时，我已经被工作人员从铁皮箱子里拿出，放在一辆不知是何材质的半透明小推车上。

推车的平面上镶嵌着数十颗发出淡淡柔光的圆珠，将我围在中央。全身上下都在柔光的笼罩下，我感觉很舒服。

推车边上站着一位女工作人员。她嘴角忍不住微微翘起，那双充满笑意的眼睛眨也不眨地盯着我，使我毛骨悚然——如果我有毛发有骨头的话。我赶紧转移注意力，向四周看去。

这一看，吓得我差点儿从推车上掉下来。

在我的右侧，有一整排的工作人员，与那一整排的推车。它们由不同材料制成，有木头推车，有塑料推车，有钢制推车，也有玻璃推车，五花八门。它们大小各异，有些大推车上头放着一张桌子、一面屏风，有些小推车上头却只摆着一只小笔筒、一双木筷。圆角柜、方角柜、坐墩、方凳、圆凳、交椅、躺椅、方桌、圆桌、衣架、书架、屏风、箱子。还有各种奇形怪状的雕塑，凡是能想到的木头玩意，都能在这些推车上看到。

我排在最左侧。右边是无数的推车，左侧却空空如也，这让我感觉怪怪的。

看来，我要么是第一个出场，要么是最后一个出场。不过我想，我是独孤大师的作品，作为重头戏的可能性更大些。

这是我第一次见到那么多的木器。我十分兴奋，试探着对离我最近的那只笔筒打了个招呼："嘿，你好吗？"

但等了半天，他也没有理睬我。我不禁有些纳闷。这是怎么了？

难道说，因为我抢了最后也是最主要的这个位子，他心里不大高兴，所以不想搭理我？

很快，我明白了过来。是我想多了。

正如人们听到有人向自己打招呼时，他会立刻转身看向声音的来源，笔筒听到我向他打招呼后，也应该会有一些类似的反应。但经过观察，我发现，他没有做出任何反应。这说明，他根本没有听到我说的话。难道说——

我连忙又向笔筒下的小木头推车打了个招呼，可他同样没有反应。这证实了我的想法。看来，在我有了意识的那一刻，我得到的一些知识是错误的。我们天生就能与同类交流，但普通木器并不是我们的同类。也许，我只能和那些像我一样罕见的有意识的木器交流。

我突然有一丝异样的感觉。这种感觉像"兴奋"或"激动"，却又与它们有些不同。我知道，这叫"骄傲"。

骄傲不是一种好的心态。但既然我有骄傲的资本，为何不稍微骄傲一下呢？

我骂了自己一声愚蠢。我是谁？我怎么会有与那只丑陋的笔筒打招呼这样愚蠢的念头？

那一整排的破烂玩意，根本不值得我打量。我收回了目光，开始闭目养神。

过了一小会儿，我听见外头传来"叮"的一声铃响。一阵掌声过后，有嘈杂的说话声响起。拍卖会终于开始了。

拍卖师的说话声通过音响远远传播开来。声波穿透墙壁，钻入我耳中，震得我头脑发晕。

开场白超级长。我等得昏昏欲睡，它却依然没有结束。终于，又是一阵掌声过后，排在第一个位置，也就是离我最远的玻璃推车，被推了出去。我知道，拍卖正式开始了。那个小坐墩，已通过那扇小门到了台上，到了无数竞拍者的目光之下。

拍卖师的声音再次响起，他大概是开始介绍那个破坐墩了。我懒得凝神去认真听，更何况拍卖师语速很快，就算认真听也听不清什么。好像只是简单介绍了两句，他就没说话了。

"叮叮叮叮叮叮叮……"

尖锐的铃声响彻不绝，一声接一声扎入我的大脑，使得我浑身发颤。等到铃声结束后，我还在止不住地颤抖。

这是怎么回事？

我好不容易才回过神来。只听拍卖师说了句"交易成功，请看下一件"，那辆放着小方凳的银白色推车也被推了出去。惹凳厌的拍卖师的声音第三次响起，令我浑身发颤的铃声也再次出现。铃声停止后，第三辆推车出去了……

推车一辆接一辆被推走，房间内的推车也越来越少。幸亏介绍每件木器所花的时间都不算长，不然我肯定等晕过去了。

虽说还没到晕倒的地步，我也好受不到哪儿去。等了大半天，拍卖却只进行到一半，我的耐心已所剩不多。更何况还有那隔几分钟就要响一阵子的铃声。尖锐的声音钻入我的灵魂深处，令我痛不欲生，为数不多的耐心也消失殆尽。我多么希望我能控制自己的四条腿，从这儿逃出去。

拍卖仍在继续进行。时间一分一秒过去，等待拍卖的木器也随着时间的流逝缓慢减少。终于，这偌大的房间中，只剩下一位女工作人员、一辆推车，以及推车上的我了。

一阵铃声过后，一块红布猛地将我罩住。身下的推车开始移动。在这么长时间的等待后，终于轮到我出场了！

转个弯，向前。再转个弯，然后笔直向前。

推车的速度渐渐变慢。最终，它停了下来。

那个熟悉的声音响起："好了，这场拍卖会的重头戏开始了。之前的所有木器都已完成交易，若这件也交易成功，这场一年一度的大型拍卖会也就圆满结束了。"

拍卖师说："相信在场的各位有许多已通过某些渠道粗略地了解了这件宝物，也有很多竞拍者正是冲着这件宝物来的。没错，这，就是木匠鼻祖独孤造的传人——独孤方大师的最新作品。"

正认真听着的我感觉头上一空。紧接着，数道强光照在了我的身上。

我还是在推车上，但推车早已不在那个房间里了。

这是一个宽敞明亮的展台。我的左侧另有一个高高的台子，台上放着一只小巧精致的拍卖锤。至于台边站着的那个男子，应该就是拍卖师了。我身后是一个巨大银幕，身前台下就坐着一堆竞拍者。

将注意力移到台下，我顿时吓了一跳。我知道这是一场大型拍卖会，肯定会有很多竞拍者参与竞拍，却也没想到会有这么多竞拍者。台下黑压压一片坐满了人，看不到一丝空隙。也只有大型拍卖行举办的大型拍卖会，才会有这样的影响力吧。

只听那拍卖师继续说："各位肯定都是内行人，我就没必要介绍那位大师了。我们直接进入正题。这是凳子材料的相关数据。"

也不知他在台上怎么一拨弄，银幕就亮了起来。上面显示出密密麻麻的数据与好多古里古怪的符号，看得我一头雾水。我唯一认识的，就只有每行数据后面"无相似值"四个鲜红大字，以及银幕最下方巨大的同样是鲜红色的"0%"。

认识归认识，我同样不清楚这表示的是什么。不过，从台下竞拍者们的表情看，这一定是件非常不可思议的事情。

拍卖师的话打断了竞拍者们的惊讶。他说："大家肯定都觉得难以置信。我保证，这些数据是百分百真实准确的。当初看到这些数据时，我也十分震惊，但我不得不相信。仪器有出错的时候，但它不可能在所有方面同时出错。"

他顿了顿，继续说："据初步判断，这是首次发现的特殊木材，或许全世界仅此一块。最不可思议的是，这种木材与其他所有种类的木料间的相似值都为零。那棵树，是一棵不可能存在却偏偏又存在着的神树！"

竞拍者像是全被吓住了。那么大的拍卖场中，没有任何声音。过了好久，他们才同时回过神来，同时倒吸了一口凉气。

拍卖师似乎对竞拍者们的反应很满意。等到吸气的"嘶嘶"声全部消失，他才继续说："用来制作这张凳子的那棵树只有五个年轮，但经过仪器检测发现，它的实际树龄高达五千岁。这张凳子还有一些仅存在于童话世界中的特异功能。它的表面永远冰凉如玉，不管你心里是多么紧张急躁，一坐在这张凳子上，你就会感到神清气爽，全身心放松下来。坐在这凳子上，你立刻就能回忆起很多你需要回忆起的事情。坐在这凳子上思考，你的脑海里会有灵感不断涌现，一切问题都不再是问题。坐在这凳子上做事，效率高，质量好，事半功倍。当然，这些全是独孤大师描述的，我们拍卖行也没人敢去尝试。但独孤大师的信誉大家也都知晓，既然他这么说了，就一定不会有错。"

"那天，独孤大师在林子中寻找合适的木材，发现了那棵与众不同的树，于是将它锯倒，做成了这张凳子。据独孤大师描述，那棵树没有任何枝条与树叶，只有一株圆柱形状的树干，酷似一根插在地上的长有树皮的棍子。更匪夷所思的是，以那棵怪树为中心，方圆三丈内寸草不生。要知道，在那树挨着树的林子中，连穿行都是件很困难的事，怎么会有一块空地？那棵像是棍子的树，似乎将方圆三丈内所有的灵气都吸走了。对此，只有唯一的解释：这是一棵神树！"

虽然知道拍卖师口中那棵树就是我的前身，听了这个故事，我还是吓了一大跳。至于台下的那些竞拍者，更是一个个张大了嘴，被吓得不轻。

这次拍卖我所用的时间比之前拍卖其他木器的时间长多了。拍卖师又不再说话。等到差不多所有竞拍者都回过神来了，他才用一种愉悦的语气微笑着继续说："行，废话就不再多说了，本次拍卖正式开始。起拍价已显示在银幕上，有意竞拍者，可通过扶手边上的仪器参与竞拍。银幕上将会一直显示着最高价。好，开始！"

当我反应过来，要去看看起拍价是多少时，拍卖已经开始，数字也开始变化。它的上升速度实在太快，我根本看不清价格是多少。

我终于知道之前那讨人厌的铃声是怎么一回事了。每次出现新的最高价，铃声就会响一次。价格不断上升，铃声自然就响个不停了。

过了好几分钟，铃声才逐渐少了下来，没有之前那么密集了。又过了一会儿，铃声才变得断断续续，只剩下几个人还在较劲了。

最终，不再有铃声响起。拍卖师笑着拿起拍卖锤，象征性地敲了三下，这笔交易算是完成了。没等我数清那巨大数值后面有几个零，一旁的工作人员已快步上前将我放回箱子中。在盖子盖上之前，我听到拍卖师说的最后一句话："好了，这场拍卖会圆满结束。请买主过后联系我们拍卖行……"

4

箱子摇晃了几下，将我摇醒。我打了个哈欠，看了看四周。依然还是一片黑暗，什么变化都没有。

应该有人正拿着箱子小心走着。虽然有轻微晃动，但晃动的幅度不是很大。很快，箱子被放下了，不再晃动。"砰"的一声，门被关上，我就听见大卡车"突突突"的马达声响起。箱子开始颤抖，在箱子里的我也只能随之颤抖。

一路颤抖，我感觉自己到了散架的边缘时，车才停了下来。"嘭"的一声，车门打开，箱子被拿了出去。

拿着箱子的那人明显有个啤酒肚，顶得箱子整个倾斜着。而当箱子不再倾斜，我的身子没有紧贴箱子内壁时，我知道，我已经到达了目的地。

箱子被打开，一双胖乎乎的大手握住了我，将我从里头拿了出来。一个高大、肥胖、挺着一个啤酒肚的可爱男人出现在我眼前。他把我放在实木地板上，用手轻轻拍了拍我的头顶，就像是父亲拍拍自己孩子的头一样。

他，就是我现在的主人。

他满脸欢喜，马上坐了下来。他很开心，但我可不开心。虽然说，作为一张凳子，让别人坐下来休息是我的义务，但头顶这么一个巨大屁股，换作谁都不会乐意。

好在他很快就站了起来，蹲下身子开始研究我。他要是再多坐一会儿，我铁定被累垮。

我无奈地看着他。他像是一个什么都不知道、对什么都很好奇的孩子，不停地拍拍我，摸摸我，捏捏我，左看看右看看，似乎怎么都看不厌。也不知过了多久，手机铃声响起，他接了电话后，才依依不舍地将我放到墙角，转身走出了房间。

我叹了口气。我有预感，无聊的生活要开始了。

5

照常从睡梦中醒来，我脑中突然闪过一个念头：这两天会发生些出乎意料的事。这个突如其来的预感引起了我的高度重视。这好像不是没有依据的，尽管我不知道依据在哪里。

从来到这儿的第一天开始计算，已经过去四天了。每天下午固定的一段时间，胖男人都会待在这个除了我之外别无他物的房间里，在我身上坐一会儿。一天到晚我能做的，就只有看着头顶白花花的天花板发呆。

前几天的这个时候，我都已经开始发呆了，但今天却没有。我忍不住在想：到底会发生什么事情呢？

想了大半天，我想出了很多有趣的事。只可惜，当我停下想象时，之前想出的内容差不多都忘得一干二净了。

正在努力回忆，我听见隔壁房间传来说话的声音。很快，说话声没了，却又多出一大堆其他的声音。

"砰、轰、哗啦、吧嗒、丁零当啷……"各种细微的声音不断响起，听起来像是有一大帮人正在搬运东西。虽然那些家具晃动、摩擦、碰撞的声音都不是很响，但当它们汇聚在一起后，整个房间都因此不停震动，弄得我十分难受。

声音不间断地响了一个上午，到中午才完全消失。终于可以放松了，我舒了口气。而正在这时，门"砰"一声被打开，胖男人兴奋地走了进来。他将我拿起，走出了房间。也不知是对我说话还是自言自语，他喃喃地说："我们走，去我们的新家。"

穿过长长的走廊，我发现，每个房间都空无一物，什么也没剩下。所有东西都被搬走了。

胖男人抱着我走出了房子，出现在我视线里的是三辆蓝壳巨型货柜车。我知道，每个车厢里装着的，正是原先好好待在房间里的那些家具。

胖男人打开了最后面那辆货柜车的车厢，走了进去。他亲自将一些家具挪到边上，在家具堆中开辟出一条小道，并将我放在小道的尽头。随后，他转身走出车厢。

"咔嗒咔嗒咔嗒"三声，门外插销被插上了。伴随着一声巨响，货柜车发动了，开始行驶。

我仿佛已经看到那些即将要发生的事。等上几个小时，货柜车才会到达目的地。我又会被安置在一个安静的房间里，开始新的一段无聊的生活。除了新的环境，我的生活不会有其他任何一点儿变化。

那突如其来的预感确实是有依据的，这依据就是我脑海里的想法。正是因为我希望有出乎意料的事发生，才会产生这种预感。

我看了看四周的家具，叹了口气。打了个哈欠，我闭上了眼睛……

6

突然像是有人拍了拍我的头，吓得我立刻醒了过来。可车还在路上开着，边上只有家具，哪儿来的人？

看来，这是梦中的情节。

可正当我闭上眼睛想继续睡觉时，我感受到车厢外的一股强大的吸力。我猛地向前一移。还没回过神来，我又移了一下。

我惊呆了。作为一张凳子，若没有外力相助，别说四条腿，即便有四百条也绝对无法移动。但刚才，我移动了。只不过是受到一股强烈的吸引力，我就不受控制地要朝车厢外飞去。

我上午预感到的，正是现在发生的匪夷所思的事！

又是一股巨大的吸力施加在我的身上。它并不像之前那般一阵一阵的，而是持续的。我以极快的速度朝着铁门撞去。

都怪那个胖男人。如果有其他家具挡着还好点儿，他却莫名其妙开辟出这条小道。我不禁倒吸一口凉气：以这样的速度撞上去，肯定会疼个半死吧？

凉气还没吸完，我已感受到一股属于钢铁的冰冷气息迎面而来。而正当我闭上眼睛打算接受这即将到来的巨大疼痛时，我忽然听到清脆的"啪嗒"一声。

这似乎是门外插销被抽开、门即将被打开的声音。

正怀疑这是不是我的错觉时，我已看到左右街旁各种各样的商铺，看到商铺前各种各样的人类，还有前方飞速驶来的一辆大巴。

还没反应过来的我随着惯性向大巴冲去。所幸我恰好擦着大巴底部滑出，没有被撞到。在地上跳了两跳翻了几个跟头后，我擦着地面滑出四五米，停在一堵残墙的墙脚下。

这些事瞬间发生又瞬间结束，当我反应过来时，我已浑身疼痛靠在墙上。好在只是些擦伤，我的身体完好无损，只是表面火辣辣地疼。

前一刻在车厢里，后一刻却在垃圾堆边上。这是为什么？为什么铁门会打开？为什么会有这股吸引力，硬生生将我从车厢里拽出来？

至于其他我倒不是特别担心。铁门大开，过不了多久就会有大量家具从车厢中跑出，掉到马路上。司机肯定立刻就会发觉，下车清点，发现我的失踪，最后沿路找来。

车水马龙间，庞大的蓝壳货柜车格外引人注目。看着它如一只巨大的蓝壳蜗牛般在车流中缓慢移动，我笑了。

但立刻，我就笑不出来了。我发现，那扇货柜车车厢的铁门，关得紧紧的。

怎么回事？难道刚刚是车一颠簸震开了插销？难道在我从车厢中掉出来后，车又是一颠簸，将插销插回了进去？

我暗叫不好。原本我指望会有一大堆家具从车厢里掉出来，从而引起司机的注意。但现在，插销不可思议地重新插上了，除了我之外一件家具都没有掉出来。估计只有到达胖男人的新家，开始搬家具时，他们才会发现我的消失。到了那时候，他们再来寻找我，恐怕只比海底捞针容易一些吧？且不说要在这么长一段路上寻找，万一我被谁捡走，他们还能找到我？

这一切是那么不合理，却又那么理所当然。今天一大早，我就预感到会有这么一件大事发生。如果只是主人搬家，我要从这个房间换到那个房间，根本算不上什么大事。如果只是半路摔出来，又被他们轻易找回，也算不上是什么大事。只有这样，我的生活才会有所改变，我的命运才会真正有所改变。

只感觉冥冥之间有谁在操纵着这一切的发生。他让我上了货柜车，让我从货柜车车厢中掉出，让那群想找到我的人永远找不到我。

这么一想，我重新放松了下来。这或许是我的一个大机遇吧。

也罢，就让我看看，这个机遇到底是什么。

我不再焦虑，懒洋洋地躺在原地。一束阳光斜照在我身上，那股暖意传遍全身。路上一辆辆造型各异的车，路边一个个设计独特的店铺，还有来来往往神态万千的行人，都是那么有趣。一切都是那么美好，除了身后垃圾堆传出的恶臭与垃圾堆边上数不清的苍蝇……

7

等着等着，太阳落山了，月亮跑了出来。我以为机遇会在半夜降临，可等到月亮消失、太阳升起时，还是一点儿变化都没有。

清晨，一个西装笔挺、手提公文包的男子从我身边经过，并顺便将我踢进了垃圾堆。正要破口大骂，我却突然看见胖男人带领一群人从墙边走过。如果没有这神奇的一脚，我肯定已经被发现了。

架势再大也没用。又有谁能想到，此刻半个身子被垃圾覆盖的，竟是世界第一木匠所创造的无价之宝呢？走在队伍最后面的矮个子中年男子明显发现了我，但他只是匆匆瞥了我一眼，就立刻快步跟上队伍离开了。

我大笑三声，这才发现一个问题：现在我全身粘满垃圾，又有一群苍蝇"嗡嗡嗡"地绕着我飞。恐怕还没等机遇降临在我身上，我就已经被臭味熏死，被苍蝇群烦死了。

无奈的我只好切断了自己的嗅觉与听觉，忍受着身陷垃圾堆的痛苦，满怀期待地望着街道口。等着等着，我就在苍蝇所演奏的"嗡嗡催眠曲"中睡着了……

8

猛地浑身一颤，一种怪异的感觉使沉睡中的我瞬间清醒。左看右看，除了垃圾之外，什么都没有。角落有"吱吱"声响起，大概是到了晚上，老鼠开始行动了。

老鼠是天生的夜行者，我却不一样。在晚上，我不睡觉还能干什么？

重新闭上眼，我突然意识到，现在是深夜。又是一天过去了。

我吓得立刻睁开了眼，睡意全无。那机遇是不是在我沉睡之时悄悄来到，又悄悄离开了呢？

就在这时，一股神秘的力量施加在我身上。

我是第二次感受到这种吸力了。而上次，正是在蓝壳货柜车的车厢里。

眼前一晃，我已冲出垃圾堆，回到了之前待过的墙角下。稍作停顿，我又擦着青石板滑出好远，停在了柏油马路上。

难道接下来要迎接我的，是车轮子无情的碾轧？

正这么想着，身后有细微的声音响起，吓得我出了一身冷汗。好在来的不是汽车，而是一个背着大箩筐的老头子。

他戴着个破草帽，一身灰不溜秋的布衣布裤，脚上只是一双破草鞋。他挽起了两只袖子，裤脚也一高一低，看上去很喜剧。他背着一个和他差不多高并装满了东西的箩筐，正低吟着一首没有歌词的歌。

他衣着简单，甚至可以说是破烂，像个捡破烂的流浪汉。但仔细一看，我发现，他身上有一种古怪的气质。他的那双眼睛，漆黑得如两个黑洞，无比深邃。只是看了一眼，我就感觉心神像是要飞离自己，投入其中。

很快，他就走到了我面前，发现了我。他那双深邃如没有一丝水花的深潭的双眼中，出现了一丝波动。他俯下身看了看我，轻笑一声，自言自语地说："竟然是通灵木，而且还这么大一块。真是可惜，竟落到凡人手中，被糟蹋成这样。"

我可以断定，我的机缘就是遇见他。仅仅只是看了我一眼，他就认出我是块通灵木做的，这足以说明他的不凡——尽管我不知道他说的通灵木是什么。

他轻叹一口气，站起身，像是又要继续往前走。我慌了，大喊："等等，别走哇！"

我知道他不可能听见我说的话，可看他要走，我条件反射般喊出了声。如果他不带走我，也许几分钟后，我就会被一辆在黑夜中行驶的汽车撞得四分五裂。

我苦笑一声。他不带走我很正常。虽然那些人觉得我很完美，但在这位称呼独孤方为"凡人"的仙人眼中，我只是件粗劣的次品。

可就在我绝望之时，正要离开的老头子猛地转过身，吃惊地说："咦，你竟然会说话！你竟然具有灵智！真是奇怪。"

我比他更吃惊：不是说，我只能与同为木器——同样具有灵智的木器交流吗？为什么他能听见？

他再次蹲下了身子。眯着眼，用手指指尖轻轻碰触我表面的纹路，他笑着摇了摇头："真是个幸运的小子啊。"

老头子将我拿起，放进了他背后的大箩筐里，站起身继续走。他笑了笑，说："凳子啊凳子，我知道你有很多疑惑，我慢慢解释给你听。你应该知道，你们木器能听懂人类所说的话，但人类听不到你们的说话声。没错，确实是这样的。而我之所以能听见，是因为我不是人——呃，我是说，我不是个普通人。我从事木匠这个职业不下三千年。这三千年中，我创造出的类似你一样的作品，至少也有好几万件了。而每完成一件，我的身体都会吸收少许属于木头的灵气，久而久之，我就能与你们进行交流了。"

原来如此，幸亏我刚才喊了一声。我若没喊，老头子早已撇下我走了。

而很快，我注意到老头子话中的一个重点：三千年？

像是察觉到我的震惊，他立刻解释说："这都是通灵木的功劳。当一件用凝天地精华的通灵木制造的木器诞生后，它释放的灵气会被制造它的木匠吸收，因此，他对木的理解会上升到一个新的境界，还会获得额外的五年寿命。我遇到过的通灵树至少有一千棵，所以我目前还是死不了的。"

他沉默了一会儿，说："不久前，在你身上肯定发生了很多匪夷所思的事。其实，这些都是你自己安排的。通灵木有一个与生俱来的能力，那就是改变自己的命运。你之所以能遇见我，是因为你不知不觉中使用了这个能力。我想，若什么意外都没发生，你肯定不会在这里吧？我原本也应该在朝另一个方向前进的路上，只是因为突然想走这条路，我才会经过这儿，才会遇见你。"

他好像想起了什么，笑了笑，说："通灵木十分罕见。一个灵气充沛的地方，经过上千年时间孕育，才能诞生一棵由天地灵气凝聚而成的通灵树。你可知道，我为什么能遇上那么多的通灵树？"

不等我回答，他就继续说了下去："那时候我还是个小伙子，刚接触木匠这个职业。有一天我意外地在一座小山的山林中发现了数十棵我从未见过的怪异的树，像是经过加工已经成为棍子的树。没错，那些树，就是我所命名的通灵树。到了今天，我依然没有明白，为何那座山上会长出那么多的通灵树。"

"我大胆地将那些树锯倒带走，全部制成了木器。于是很快，我的技艺飞升，成为天下第一的木匠。也正是因为这样，遇见我成了通灵树最好的归宿。也忘了是从哪天开始，我经常会控制不住自己的脚，朝某个方向走去，最终发现那棵呼唤我的通灵树。如果不是我的传人幸运地发现了你的前身，锯倒那棵通灵树的肯定是我。"

创造了我的独孤方，是眼前这老头子的传人？

回想起不久前拍卖会上拍卖师的话，我立刻反应了过来："原来如此，你是独孤造！创造我的那名木匠，是你现在唯一的传人！"

听到我惊讶的呼声，老头子也有点儿得意，嘿嘿一笑："没错，我就是独孤造。那个叫独孤方还是独孤圆的真丢我的脸，还好意思说是我传人！他创造你所使用的'独孤之法'，真是烂得我差点儿认不出来。这一脉相传的神技竟变成这样，真是气死我了。要不是怕吓坏他，我早把他拖走打个半死了。"

　　这倒也是。如果独孤方看见传说中的老祖宗，肯定会被吓得当场晕过去吧？

　　"也不知他走了什么狗屎运。"他挠了挠头说，"我自创的'独孤之法'应该已经失传得差不多了。在你身上，我只看出一点点'独孤之法'的痕迹。仅仅靠这点儿本事，是绝对无法赋予你灵智的。可为什么出现在我面前的你会有灵智？真是搞不懂。"

　　我不禁好奇地问："既然你对自己传人的水平如此不满意，为什么不找到他，再传授给他一些本领啊！"

　　老头子摇了摇头，说："真难以相信，你的前身只是一株五岁半的幼年通灵树，你却拥有这么高的灵智，反应这么快。没错，我很早就想到了这一点。大概是在两千年前，我就发现我的传人开始一代不如一代。我立刻找到那时我的传人，解释了我活了上千年的原因，并好好传授了一下午。但第二天，我找到他时，他已经不认识我了。这么多年以来，我找过不同的传人，尝试过很多次，但一种神秘的力量把他们脑中关于见到我的记忆消除得一干二净。我把'独孤之法'的内容写下来交给他们，纸上的字也会在第二天消失。估计是这个世界不想让我这本不该存在的存在干扰到他们吧。"

　　一个个疑惑被解决，但伴随着它们的解决，又总会出现新的疑惑。我消化了一下老头子的话，不禁惊讶地喊出了声："五岁？我只有五岁？可拍卖行那些工作人员说，那棵通灵树是已经存活五千年的古树哇！"

　　老头子点点头："他们测出'五千年'这一数据的方法是正确

的，但这方法只适用于普通的树。你生长一年，即可抵得上其他树生长千年。实际上，你也只有五个年轮，不是吗？"

和老头子一路交谈，我感觉时间过得飞快。太阳不知什么时候已经升起，我不知不觉已经到了山林之中。老头子从背上取下箩筐，一座精致的木头小屋出现在我的面前。

老头子大臂一展，似乎是要拥抱眼前的木屋："欢迎光临寒舍！"

9

屋子正面没有门。我猜它或许在背对着我们的那面墙上，可老头子根本没有绕到屋子背面的想法。手随便在墙上一推，只听"吱呀"一声，眼前一花，我就和老头子一起到了屋子里。

屋子里的声音消失了一小会儿，就又立刻爆发了出来。笑声，喊声，尖叫声，此起彼伏。

我好不容易才使自己相信了眼前的一切。屋里除了老头子，没有别的人。这些声音，是从眼前那么多正为老头子的归来而欢呼的木器身上发出的。他们和我一样，都拥有灵智。

我有些失落。这里竟存在着那么多拥有灵智的木器。在外界，我是人们口中独一无二的珍宝，但在这里，我只是一张不起眼的普通凳子罢了。

我开始打量这间木屋。

也不知老头子是怎么做到的，屋子的墙壁看不出一丝木板拼接的痕迹，就像是一段内部被挖空的树干。

不知为何，墙上没有任何一扇窗。可尽管如此，屋子里一点儿也不闷。紧盯着墙，甚至还能隐约看到外面的事物。真搞不清老头子又在墙上玩了什么花样。

突然，我注意到之前一直没注意的事：这座木屋是那么大，至少要比外面看到的大十倍。通过盘旋而上的楼梯可以得知，这木屋有三个楼层。可从外面看来，这明明只是座一层楼的小木屋哇！

"是不是想知道屋子为何这么奇特？"老头子像是会读心术，看出了我的心思，"这木屋之所以比外面看到的大十一倍，是因为我对屋外的墙面做了简单处理，将雕出的花纹与木头本身纹理相结合，使其产生特殊的效果。只要不是用手仔细触摸，谁都无法发现屋子的实际大小。当然，这些花纹还有其他的作用。"

他从桌上灯台边拿起一根细细的木棍。也不知是怎么一碰，灯上的那簇火苗就更旺了。它左右摇摆，跳上跳下的，有种说不出的顽皮。

大概是这几天见过太多的不同寻常，我已经麻木了。看到如此奇怪的事，我本应该惊呼出声，现在却没有特大的反应。我只是感到有些疑惑：完全用木头做成的灯台，难道不怕被火烧坏？灯台的灯盘中没有灯芯也没有油，这火苗是怎么出现的？

"灯台与那根小棍子，是我用火树的枝条制作而成的。火木本身不惧火，即使你把它扔进火中烧上几天几夜，它也依然会完好无损。但神奇的是，只要火木之间相互一摩擦，就会产生火焰，并附着在火木的表面上。因此，只要风一吹，火树的枝叶就会燃烧起来，无比炫目。"老头子的脸上浮现出一种向往的神情，眼中闪过一丝逼人的光彩，"现在人们所说的'火树银花'这个词的前半部分，指的就是它。只不过以前，'火树银花'是用来形容罕见的华丽景象。传说这世上有一座不可思议的神山。从山脚到半山腰，全是燃烧着的火红的树，而在那山顶上，却是一片在月光的沐浴下会变成白银的花朵。我不知道那座神山是不是真实存在，但至少火树银花是确实存在的。不过它们实在是太稀少了，甚至和通灵树一样罕见。我苦苦寻找数千年，发现了两棵火树，却依然没有见到过美丽的银花。"

我想，不管是哪个木匠听到这些信息，都会吃惊得下巴掉在地上吧？

不愧是木匠的鼻祖，不愧是所有木匠心中的神。我今日的所见所闻，颠覆了我对"木匠"二字的认知。

老头子随手抓过一把椅子坐下，将箩筐放在了地上。他把我从箩筐中拿出，对大厅里的那些木器说："别吵了，都来认识认识你们的新朋友。"

那些木器愣了一下，目光齐刷刷从他们主人身上转移到我身上。密集的目光下，我有些不好意思。

摆在桌上的灯台看了看我，疑惑极了："咦，这是什么玩意？"

其他木器皆是哈哈大笑。老头子屁股下的椅子笑得最为厉害，还笑岔了气，上气不接下气地说："主人，你从哪儿捡到这玩意？"

我非常生气，大吼道："我……"

可刚喊出一个字，我就想起，我只不过是独孤造第一百八十代传人的作品，连生气的资格都没有。一时间我感到羞愧无比，说不出话来。

他们愣住了，你看看我我看看你，没有说话。最后，那个灯台开口了："主人，这凳子看上去不像是您的作品哪，为什么他会有灵智？"

老头子笑着点了点头："这确实不是我的作品，而是我的传人碰巧创造出的。它之所以有灵智，是因为它的材质是通灵木。"

他们恍然大悟般同时"哦"了一声。从他们的语气中，我察觉到一丝不屑。

那种不屑令我极其不爽。最不爽的是，我没有能力证明这不屑是不该存在的。确实，我拥有灵智，靠的是通灵木的特殊性，而他们表面的色泽、身上的纹路各有各的不同，显然都不是用通灵木制作而成。要知道，只有最为完美的木器，才能拥有灵智啊！

老头子发现了我的不爽。他笑着说："放心，我明天就把你改造一番，免得你在我这些作品面前抬不起头。我先去干活了，有什么事明天再说。"

他拿起装满东西的箩筐，走进了边上一个房间。

门被关上，发出"砰"的一声，就像是导火线般点燃了大厅里所有家具物件的活力。瞬间，屋子里叽叽喳喳一片。没有谁来和我聊天，但我并不在意。我所有的神思，都放在了刚才老头子所说的话上……

10

最近，"睡觉睡到自然醒"对我来说都是奢望了。我每次还在沉睡中，就被硬生生拉出梦境。

清晨，一个惊天动地的喷嚏震得我差点儿从地上弹起。

屋子内的寂静消失殆尽。所有家具物件都大叫了起来，前边桌子上的灯台声音最为尖细："大个子，你醒了就醒了，干吗还要吵醒我们？是不是想提醒我们你睡够一个月又醒来了？"

一个尴尬并带有歉意的声音响起："呃，真不好意思，我不是故意的。刚才我没控制好。"

雷鸣般的声音从四面卷席而来，给我巨大的压迫。它似乎是从各个方位响起，我无法判断声音的来源是哪里。想到灯台所说的大个子，我确定，刚才打了个喷嚏的并不是哪个物件哪个家具，而是屋子，这座木屋子。

边上的灯台不满地说："大个子，我们跟你说过多少遍了，你说话声音别这么大。要是我有像人类一样的耳朵，早被你震聋了。"

其他的家具物件也都这么说。随即，一个被压得极低却还是如雷霆炸裂般的声音响起："知道了知道了，我一不留神就会忘。我尽量控制吧。"

不远处那扇门缓缓打开，老头子走了出来。他倚在门框上，狠狠地打了一个哈欠。他一手扶腰，一手拼命敲打自己的背，似乎是想让略微有些驼的背挺挺直。

他又忍不住打了个哈欠，说："你们这群臭小子，就不能老实点儿吗？我昨天一晚上忙着试验，几分钟前才完成。哪知我刚躺工作室的床上，睡了几秒钟，就又被你们吵醒了。"

很快，大厅里安静了下来。老头子满意地点了点头，抬脚走上楼梯，却又突然想到了什么，转头对我说："哦，差点儿忘了。我先去楼上好好睡一觉，等会儿就来好好改造一下你。昨晚琢磨了好多新东西，都可以用在你身上。你先做好准备。"

我一阵狂喜。不过，高兴了一小会儿后，我决定继续睡觉。老头子让我做好准备，但他没告诉我要做什么准备。昨晚，我过于兴奋，半夜才睡着，今天一大早又被吵醒，因此感觉非常困。我唯一能做的，就是好好睡一觉。只有这样，当老头子开始改造我时，我才能拥有充沛的精力……

11

在梦中，我感觉自己好像被一双大手托起。当我醒来时，我已经从原来的位置移到了一个宽敞的房间里。

房间里没有灯，却有柔和的光从墙壁中透出。除了一张小床，一个小木台和一把小椅子之外，满地都是木匠使用的工具。他们看上去稀奇古怪的。除了五花八门的木工斧、木工锯、木工凿、木工刨、木工尺之外，还有长长短短形状不一的无数把刻刀，以及其他更多我从未见过也从未听说过的怪异工具。

虽然这些工具的形状、用途各不相同，但他们有三个共同点：

一、他们全都晶莹剔透，如水晶打造成的一般；二、他们的材质，实际上都只是木头；三、他们都拥有灵智。

这里的上百件木匠工具，无一不是外界千年难遇、举世无双的珍品。

当看到这些工具时，我比之前得知这屋子拥有灵智更为吃惊。

坐在椅子上的老头子摆弄着手中的工具，很随意地说："觉得吃惊？没什么好吃惊的。木头接触铁器后，表面虽看不出什么异样，实际上内部已被铁的冷意破坏。外界那些人不知道这一点，导致木头的灵气在制作的过程中流失得一干二净。这就是多年以来无人能够创造出具有灵智的作品的原因。这些工具都是用最为坚硬的晶木打造而成，不会对木头造成任何破坏。为了它们，我足足花了三年时间。"

"晶木千年成材，密度是普通木头的十多倍，坚硬无比。我费了九牛二虎之力，才将一棵晶木的树枝打造成了这些工具。由于找不到原先那棵树且没发现别的晶树，这套工具我用到了现在。"他轻轻抚摸着手中工具，"不过，我竭尽全力做出的这些工具，也还是十分粗劣的。那时我的工具只是用钢铁打造而成。晶木与钢铁是天生的死对头，其他种类的木头我用钢铁工具都能轻松应付，晶木却不行。这些工具虽然拥有灵智，但它们远远比不上你们。当然，最大的问题还是在于晶木的硬度。它实在太硬，我用最好的钢铁锻造成的刻刀也奈何不了它，刻不了几下就会缺一个口子。"

十分粗劣？这些无比精致、外形独特、布满美丽花纹的水晶，十分粗劣？那我算什么？

老头子站起身，将我放在了木台上。他活动了一下手腕，做了一个深呼吸："好了，我要开始了。"

话音刚落，老头子手里已经多了一块长条形的木头。这木头看上去很眼熟。低头看了看，我才确定，我的一条腿已经到了老头子的手上。

正要叫出声来，我突然发现，我没有感觉到任何一丝疼痛。更神奇的是，虽然这条腿脱离了我，却和平时没什么两样。我照样能把它表面的疤节当成眼睛和耳朵，照样能通过它感受到从老头子手指上传来的惊人力量。

老头子什么都没干，只是将我的那条腿左捏右捏，捏了半天。我只能猜测：莫非他可以直接用手指探查出木头的内部结构？莫非他是打算设计好方案后再正式开始改造？

正这么想着，只见老头子手一招，一把刀身至少是刀柄长度五倍的璀璨刻刀出现在他的手中。

老头子手一颤，刀一抖，我感到腿上一寒——那条被老头子握在手中的腿。它的底部被削下一张薄如白纸的木片。

仍然没有预料中的疼痛。

我发现，那条腿的底部变得无比平整。

可不知为什么，当重新看向自己的腿时，我又觉得它并没有什么变化。相比之前，它只不过变短了一点点而已。之前瞬间的感觉，似乎也只是错觉。

"确实是有变化的。一开始你所感觉到的平整，并不是你用疤节看到的，而是你的腿反馈给你的信息。当然，平整只是其中一个变化，更多的变化在内部。"

我一惊。没琢磨老头子为什么知道我的想法，正要问他到底有什么变化时，突如其来的几阵透骨寒意冻住了我的"嘴"，硬是让我没能说出话来。

木台上又多了几片木片。这条腿的每一面，都被削下一层。顿时，我感觉这条腿像是被塞入了千年冰窟，冻得我直打哆嗦。

老头子捏着那条腿，一脸惋惜："真是可惜了，好好一块通灵木，竟被糟蹋成这样。内部完全被破坏，虽然勉强能修复，也修复不了多少。"

他叹了口气，看了看我，手一扬，手中刻刀一闪，换成了另一把同样如水晶般璀璨的刻刀。不过，恰恰相反的是，这把刻刀的刀柄至少是刀身长度的五倍。

刚才那把刻刀是用来削，这把刻刀的刀身短，应该就是为了刻吧。

老头子抬起手。而在刻刀就要落在那条腿上时，它又突然停住了。老头子的瞳孔放大且发直，右手拿着那把刻刀开始在空中乱舞，像是着了魔。他好像在雕刻，只不过材料是空气，所以什么都看不出。

他似乎进入了一个十分奇异的状态。我不敢打扰，只能无聊地看着那在空中飞舞的刻刀，等待老头子清醒过来。

看着看着，我发现了一丝不对劲：这把刻刀的刀尖，怎么像是有分叉的?

正想仔细瞧瞧,空中飞舞的刻刀却突然不见了。准确地说,是老头子的那只手不见了。更准确地说,是那只握着刀在空中挥动的右手不再挥动了。

老头子清醒过来了?

没等我有所反应,一种酥麻感已通过老头子手中的那条腿传到了我身上。我全身的疤节都因这瞬间难以描述的感觉而收缩,以至于无法视物。

强撑着定神看向那条腿,我不禁呆住了。

刻刀的刀尖在腿的表面游走。木屑飘落,细密的花纹像藤蔓般爬上了我的腿。奇怪的是,老头子看上去明明只是在一刀一刀进行雕刻,速度非常慢,我却连刻刀刀尖的模样都瞧不清。

看了好久我才发现,老头子的雕刻手法十分不简单。他每刻一刀,我腿的表面就会多出六道纹路。他这变幻速度是快到了什么地步,竟然能做到骇人的一刀五变!

并且,按理说,锋利的刻刀在木头表面迅速一刻,是不会出现木屑的。而现在,刀尖一动,就会有雪花般的木屑飘落。这说明什么?这说明老头子用的不是刻,而是剜。虽然看不出,但我知道,这每一道纹路都是由数十个剜出的小槽组成。

一眨眼,六条纹路,就是剜上百下呀!

只感觉自己的腿被轻风般无孔不入的酥麻包裹,很快,上面就布满了怪异繁复的花纹。它们初看杂乱无章,像是随随便便刻上去的,再看几眼，我又觉得它们是有规律的，每一条纹路的安排都是那么恰到好处的。但凝神再看，杂乱无章的感觉又来了，我根本找不出它们有何规律。

正想继续仔细瞧瞧，老头子怪异的举动吸引了我的注意。他将手中的刻刀轻轻贴在我腿上，又立刻拿下，换成另一个不知名工具，同样在腿上一贴。

就这样，老头子不厌其烦地重复了六七次。我一头雾水，只能纳闷地看着老头子脸上那掩饰不住的狂喜。

老头子又找其他木块试了试，终于停了下来。他长长地舒了口气，笑着说："刚才在你身上雕刻的，正是我昨天一晚上研究的成果。原本我也没有足够的把握，可没想到，在雕刻前，我竟幸运地进入了我足足五年没有进入的状态，又有所领悟，所以现在才能完美地完成。"

我好奇极了：这花纹到底有什么功能？

我正要问老头子，却见他的眼神一下子变得无比锋利，手中出现了一把怪异的工具。

完工之后并不是没有机会问问题。相比之下，自然是我的改造更为重要。看老头子又要继续工作了，我只好乖乖地将话咽回了下去。

这次，我总算看到了一把工具的真面目。老头子似乎还没决定如何改造，一只手捏着我的腿，一只手拿着那把工具，一动不动站在那儿，皱着眉头思考着。

它的把柄与之前我看到的工具没什么差别，但它也只是把柄正常一点罢了。它像是一根从顶端到末端一刀剖开的细长的空心管，唯一的区别就是它多了个把柄。

只感觉腿的内部一寒，那把不知名的工具已从腿的一端扎入。手指轻轻一动，工具轻轻一转，我的腿内部一空，一根细长的木棍被抽了出来。

我不禁瞪大了疤节。若这么做的不是老头子，打死我我也不会相信这是在帮我改造！

我拥有视觉和听觉，但这只限于我的疤节。我拥有触觉，但这只限于我的皮肤。因此，这根从我身体内部抽出的棍子，已经完全脱离了我，成了一个独立的个体。

立刻，因惊讶而瞪大了的疤节再次瞪大。老头子一挥手，我的那条腿就断成了两截，目测长度相等的两截。

若这么做的不是老头子，打死我我也不会相信这是在帮我改造！

一刀斩断我的腿，老头子瞥了我一眼，发现了我的惊愕："你尽管放心，我不会把你弄坏的。很快，你就会明白我的用意了。"

那把刀身短得可怜的刻刀再次出现。飞雪般的木屑中，那根细长木棍的表面，出现了一道道流畅的线条。它们在游走的刀尖下舒展，眨眼间包裹住了整根木棍。然后，老头子把断成两截的腿拼成原来的模样，将木棍插回了原先的小孔中。

顿时，我产生了一种奇异的感觉。我与那根木棍之间，似乎构建起了千丝万缕的联系。

我好像能控制这根木棍了。

开玩笑，这怎么可能！我立刻否定了自己的想法。

一把刀身极薄的刀被老头子握在了手中。刀光一闪，我的腿又悄无声息地断成了两截。

并不是又挨了一刀。薄如纸张的刀刃钻入两截腿中间的缝隙，将缝隙间的木棍斩断了，那条因木棍连在一起的腿自然也断了。

当我明白老头子做了些什么时，腿中那根断成两截的细长木棍已经到了他手中。他拿起刻刀，在两截木棍的切口处刻了两下。然后，他用手指在切口处轻轻地搓动。很快，两截木棍神奇地重新变成了一根木棍。

之前的感觉变得更加强烈，我似乎真的能控制这根木棍。我没有再立刻否定这个荒谬的想法。盯着那根木棍，我默默对它施令："弯起来，弯起来，弯起来……"

我简直不敢相信自己的眼睛。在我默念的魔咒之下，它竟真的缓慢但稳定地弯了起来。两截木棍的接口处，竟如人类的关节一般，能被我控制。

老头子无奈的声音响起："我说，你是不是应该将这木棍弄直，好让我继续工作？我都没法把它塞回去了。"

不好意思地干笑两声，我赶紧盯着木棍施令："变直，变直，变直……"

我还不能自如地控制我的关节。费了好大的劲，我才让木棍变回了原来的模样，边上早已等得不耐烦了的老头子一把将木棍塞进腿中。这下子，腿变回了原样，根本看不出被斩断、抽出一根木棍又塞回去的痕迹。

我激动得浑身发抖，而当我好不容易使自己冷静下来，回过神时，我早已被老头子拆成了一个个木头零件。

老头子将我每个部位的表面都重新削了一下。立刻，桌上多出了许多薄如纸张的木片。

那把我已见过三次的刀身极短的刻刀又一次跳上了老头子的指尖。又是一阵持续很长时间的暴风雪。飞雪过后，所有零件的表面都布满了花纹。手上不停，老头子用同样的方式，对我另外的三条腿进行了与之前相同的处理。

最后，是组装这一环节。眨眼间，散乱的零件组装成了全新的我。

老头子这才有空抹了一把额头上的汗。他将我拿起，放到一块像镜子一样的木板前，微笑着说："来，好好看看你自己吧。"

我呆呆地看着木头镜子镜面上那熟悉而又陌生的身影。那个身影上布满了花纹，布满了怪异繁复的花纹。这些花纹无比杂乱，却又富有规律；无比显眼，却又毫不碍眼。

这个镜子中的身影，真的就是我吗？

虽然我的外形没有太大变化，可看上去却更加精致了。

不知为何，我隐隐有种感觉：身上的花纹、腿部的改造，都不是我最大的变化。

改变的不是外形，而是气质。

一股大力突然从身下传来。面前一花，镜子消失，取而代之的是老头子笑眯眯的脸。他将我从镜子前拿起，放到了他工作时使用的木台上。

"看你在镜子前的模样，我就知道，没一个时辰你绝对清醒不过来。"老头子搬来椅子，坐在我面前，"不过我必须得叫醒你。有好多事情，你必须要知道。"

我努力控制自己的说话声正常一些："什么事？"

老头子呵呵一笑："你知道你身上的这些花纹有什么特别之处吗？"

我一愣，疑惑地说："特别之处？难道说这些花纹不仅仅只是用来装饰？"

他摇了摇头，说："你也小瞧我了。我雕刻出这么多纹路，怎么可能只是为了装饰？这顶多算是其中一个小小的作用吧。"

我好奇极了："还有什么作用？"

老头子神秘一笑，没有说话。他抓起边上一块方形木头，拍在我的一条腿上，说："你自己看看。"

我很纳闷。正想问他我应该看什么，却看见老头子那空空如也的手。往腿一看，我不禁目瞪口呆："这，这是怎么回事？"

那块方形木头并没有被老头子拿走，也没有从腿上滑落。它竟直接贴在了我的腿上！

老头子嘿嘿一笑，十分得意："想不到吧。这些花纹可不是你想的那样没用。它不仅装饰了你，而且还赐予了你魔力。"

将木块取下，老头子解释着说："这些花纹是我昨天一晚上琢磨出的成果。不过目前看来，这方法只能在富有灵气的通灵木上使用。我先用刻刀破坏了你表面的结构，放出其中的灵气，再借鉴千年前符师的符术，雕刻出一道道花纹，构成一个个灵符，将那些灵气汇集凝聚。当有木器碰触到你的表面时，你的灵气会瞬间侵入它的体内。那些逸出的灵气就像千万条不会断裂的丝线，把木器绑在你的身上，或者把你绑在那巨大的木制品上。可以说，你现在已经成了一块磁铁——不，是成了一块磁木，成了一张具有磁性的凳子。"

我原本还奇怪老头子为什么拿木头在我身上碰来碰去，想问问他，现在不需要了。

好不容易平复的激动又压抑不住了。

正在我努力镇压它的时候，老头子莫名其妙将我从木台上抬起，又放回了原位，问："你有感受到什么吗？"

我十分困惑："感受什么？"

老头子无语地翻了一个白眼："你难道没发现吗？你身体表面唯一没有刻上花纹的地方，就是四条腿的底部。知道这是为什么吗？"

听老头子这么一说，我才发现，我的脚底真的没有磁力存在。之前老头子将我从木台上抬起时，脚底并没有和木头台面吸在一起。

是因为什么？如果我的脚会粘在木头地板上，会给老头子增添一些麻烦吗？不应该呀。且不说这磁力并没有大到惊人的地步，老头子那力量倒真是大得惊人。那天他背着的大箩筐里，除了斧子、锯子之外，还装着一块块巨大的木材，重量至少有三百斤，他却能十分轻松地背着，甚至还边走边唱。这小小的磁力，根本影响不到他。

　　我很想对他说："我身上的花纹又不是我刻的，我怎么知道！"但这也只能在脑中想想。我老老实实地回答："不知道。"

　　老头子点了点头："我早就料到你会说'不知道'了。其实，我这么做不是为了我自己的便利，而是为了你的便利。如果我在你的脚底也刻上花纹，那么你将很难在我这木屋子里走路。"

　　我一时没反应过来："什么？走路？"

　　老头子又点了点头："没错，就是走路。我对你的腿进行了处理，使你可以控制其内部木棍上的关节。因此，你可以控制着抬起自己的腿和放下自己的腿。多加训练，你就可以走路、跑步了。"

　　我呆住了，一时不知道该说些什么好。作为一张凳子，我最大的梦想就是能够自由行动。我相信，这也是所有凳子的梦想。要是我现在能控制自己的腿，肯定已经向赋予我新生命的老头子跪下了。

　　正想着怎么向他表达我的谢意，老头子挥挥手，走向门口："算了，有什么事以后再说。我雕刻了这些花纹，精神高度集中，现在昏昏欲睡。我再去好好睡一觉。"

　　话说完时，老头子已经走出了房间，关上了门。偌大的房间中，没有了声音。那些木头工具无法与别的木器交流，能交流的椅子、床、木台却都莫名其妙处于沉睡状态之中。我不好意思打扰他们，只能强行压下心中的激动，让自己也好好睡上一觉……

12

我花两个月的时间学会了走路，又花一个月的时间学会了奔跑。如今，我已经能完全掌控自己的四条腿了。

我十分敬佩老头子。你永远无法想象他脑袋里到底有多少奇思妙想。他甚至还有能力让这一个个奇思妙想变为现实。去年，老头子对外界的电风扇产生了兴趣，想制作一个仅凭自身控制即可使风叶旋转的木风扇，于是在木器自身意念控制方面下了大功夫。而我，就是第二个能控制自己身体的木器。

三个月时间内，我只与三个家伙说过话。一个是每天不与所有家具物件大声打个招呼就难受一整天的灯台，一个是因材质特殊被老头子从外头捡来、与我有共同经历的笔架，还有一个是不大起眼、除去这木屋之外算是资格最老的木头凳子。

我与灯台的交流，只不过是每天上午他对我说的一声"早上好"，与我每天回他的一句"早上好"。

我与那老凳子倒挺合得来，大概是因为我们同样是凳子吧。他是木屋中的第一件家具，所以熟悉这里的一切。不管我有什么疑问，他都能为我解答。三个月时间，他几乎把屋内所有木器都介绍了一遍，使我对他们有了些了解。

至于那只笔架，至今也只是对我说过一句话。那是我被改造后的第二天，她大概是察觉到屋内那些木器对我的冷落，向我打了个招呼："你是不是因为没朋友而难受？不用担心，我刚来时也是这样，大概这里的木器对外来成员都抱有一种不知从何而来的敌对心理。不过，只要多与他们聊聊天，用不了几日，他们就会接受你了。"

当时，我也是这么想的。可现在，三个月过去了，情况没有丝毫改变。百思不得其解的我找到老凳子，说出了我的疑惑。

老凳子静静听完我的话，想了想说："确实，按理说，他们很快就会接受你。但正如笔架小子说的，这有一个前提，那就是多多交流。只有了解你，才会接受你。你自己说，这三个月时间，你主动与谁打过招呼？这三个月时间，除了我，你还与谁聊过天？你到底怎么了？难道你不敢和他们聊天吗？"

是啊，我确实不敢与他们聊天。

自从老凳子将所有家具物件的特点、能力介绍了一遍后，原本还因自己有磁性、有行走能力而沾沾自喜的我，意识到了一件事：虽说老头子改造了我，使我能走能跑还带有磁性，可与他们的能力比起来，这又算得了什么？什么都算不上。

我与他们的差距，正如外界三岁小孩的作品与独孤方的作品之间的差距。

这座木屋，表面所能看到的大小与实际大小相差甚远。屋子大门与屋子融为一体，只有在特定位置施力，才能进入屋子内。他的墙壁坚硬得连大象都撞不出痕迹，却又会被细小的光线穿透。白天时，屋外阳光会透过墙壁照进屋内。阴雨天和夜晚时，只要大厅灯台上的火苗不灭，整个屋内都会一直亮堂着。

厨房的碗橱与碗橱里摞很高的木碗、木碟，都是如玉般的漂亮。

玉木材质的他们身体光滑如玉，任何东西都无法粘在其上。吃完饭，只要在门前溪边泡一下，那些碗碟就会立刻变得像新的一样。至于碗碟旁的筷子，全都被锤打得像面条一般，随便拿一支都能打个结。稍稍用力，他们甚至可以像橡皮筋一样被拉长三倍，松手后才会变回原样。

在一整套不惧火的木头厨具边上，是一个冰箱。只不过，和外界冰箱不一样的是，他不需要任何电力。他完完全全由木头打造而成，保鲜效果却比人类使用的冰箱还要好。他的主体是生长在极北之地的罕见寒木，内蕴沉淀千年的寒气。外裹一层隔绝一切的死寂木，反复锤打，使死寂木融入寒木中，在外部形成一层能隔绝寒气的隔绝层，便使其拥有了与外界冰箱一样的功能。

在没有放上那些传说中的竹简之前，谁都认不出那是书架，谁都认不出那是间书房。经过千锤百炼，数十棵老头子所命名的橡皮泥树变得更像是橡皮泥，一同拼成了一个墙一样大小的书架。书架的正面与背面没什么两样，光滑无比，一点儿也不像是书架，可他偏偏就是书架。尽管没有格子，依然可以将竹简轻易塞进书架里，就像塞进一摊稀泥似的。每一册竹简都可以单独存放，书架自己也能记住每册竹简的存放位置。从书架里拿竹简，比从竹简堆中找竹简要轻松多了。

书架边，一张可拉长的写字台上，摆着那笔架。她原本毫不起眼地躺在路边，却被老头子发现并带了回来。她由一块不知来历的冰木制成，平时与普通木头没什么差别，可只要遇到寒冷，就会变成一块不会融化的漂亮的冰，几星期后才会变回原样。老头子只是在她表面刻上漂亮的花纹，她就变成了一个完美无缺的笔架。偶尔老头子发现她变回了原样，就会将她在冰箱里放上一会儿。

笔架边的笔挂上，挂着大大小小、长短不一的八支毛笔。每支笔的笔杆都可以吸汗，与桌子是同样的材质。笔毫看上去与普通的笔无异，只不过那是由上千根毛树那如毛发般的枝条组成，并不是哪种动物的毫毛。

笔挂旁是一个通体漆黑的砚台。只要向墨木雕成的砚台中倒入一点儿水，就会有大量的墨汁涌出。虽然砚台里的神秘物质总有一天会耗光，它不可能无限造墨，但至少连老凳子都没见他报废过。更何况老头子还有五十多段从不同地区收集来的墨木，他随时可以雕个新的砚台。

书房的隔壁，就是卧室。

卧室中那张巨大木床的材质，是一种非常奇特的木材。从发现那棵高达五十米的巨树那天一直到现在，老头子都没想好该为它起什么名字。床的温度会因环境温度的变化而变化。夏天气温高时，木床表面会如玉石一般，带有丝丝凉意。冬天气温低时，木床表面会如烧过的炭一般，暖得恰到好处，甚至可以不盖上用蛛丝树蛛丝般的枝条编织成的被子。

床边摆着一个熏香炉，炉上烟云缭绕。本身带有清香的香炉是木质的，其中放着的圆球状香料，含有百余种不同树木与花草所磨成的粉末，是老头子实验数百次才侥幸配制而成的。一枚眼球大小的香料，足足可以焚上一整天，让屋子里足足一整天都弥漫着好闻的香味。与寻常香料不同的是，原本应该有提神醒脑作用的淡淡白烟，却会令人昏昏欲睡。据说，老头子要思考的东西太多，患有严重的失眠症，但因为这香炉与那有催眠效果的木枕，他一躺下就能睡着。

老头子的衣服看上去简简单单，只不过是一身土得掉渣的布衣布裤，但实际上它们的材质不是布，而是蛛丝树的树枝。蛛丝树的树枝长可达十米，每一根树枝都是蛛丝般粗细的丝线。只不过，除了晶木制成的刻刀，没有什么能弄断看似脆弱的它们。

在那巨大衣柜中，全是这样的衣服。我很好奇，老头子一年四季都穿这样的衣服，夏天不热死？冬天不冻死？

衣柜散发着一种只有虫类和老头子才能闻到的气味。对老头子来说，这是种清香，但对虫类来说，这是一种可以臭死它们的恶臭。不仅仅是放在衣柜中的衣服不会被虫子啃坏，整个屋子里都没有任何一只虫子。并且，衣柜能自动分泌出一种物质，去除掉放在他肚子里的衣服上的所有脏东西。也就是说，老头子根本不用洗衣服。只需把衣服放衣柜里挂上一小会儿，衣服就干净了。他需要做的，只是定期清扫一下衣柜的底部。

至于大厅，那比厨房、书房与卧室加起来都要大的大厅，放着更多稀奇古怪的家具物件。

大厅中央的那张桌子，看上去平平常常，其实并非如此。他的桌面看上去与普通桌子没什么两样，但事实上，它由无数细如牛毛的木头丝组成。如果你把东西放在桌上，东西底下的一小块桌面就会下沉，使它陷入桌面之中。像那可以点燃桌上那盏灯台的小木棍，就被完全塞入桌面之中，避免丢失。

灯台的边上，放着一整套茶具。茶叶自然是最顶级的茶叶，十几个死寂木做的小罐子里，分别装着十几种不同的茶叶。茶杯的杯身与杯盖都是用死寂木雕琢而成，能将茶中的淡淡苦涩与浓郁清香全部封在杯中。至于茶壶，则是由沸木雕成。沸木与普通木头没什么两样，只有一个特殊的能力——无须炭火，只要将门前清泉中的水倒入壶中，水就会立即沸腾，可以用来沏茶。

桌旁立着一台非常现代化的风扇，不过我丝毫不觉得他与屋子中这种氛围格格不入。在老头子从外头捡回一台电风扇并研究了一番后，他就诞生了。与我能控制自己的腿一样，他能控制自己的风叶。三片造型独特的风叶表面，都有一层在制作冰箱后用剩下的寒木，令风扇制造的风是让人舒服的凉风。

大厅角落，有一个四四方方的木头柜橱，上面有六个抽屉。每个抽屉都有半张桌子那么大，里面堆满了各种珍稀木材。我经常看见老头子从抽屉里取出一块块我叫不出名字的木料，跑入自己的工作室。

奇怪的是，抽屉里明明装着那么多木材，底下又没有安装滑轨，老头子却能轻轻松松拉开它，似乎没花多少力气。就算他力气大，拉开这些抽屉也应该要花好些力气才对吧？

不过这还不是最奇怪的。拉开大抽屉，还能从这抽屉中抽出六个小抽屉；拉开小抽屉，还能再从这小抽屉中抽出六个小小抽屉。不同的小小抽屉里，放着不同的小块木料，而所有小小抽屉里的木料加起来，比柜橱本身原先能装的要多得多。我跑去问过老头子，可听他说了一大堆，还是没明白这违背空间原理的柜橱是怎么创造出来的。

除了这些，还有永远一尘不染的鞋柜和鞋柜中看不出是木鞋的木鞋，还有鞋柜旁牢牢抓着衣服的衣架，还有衣架边那绝对不会被撑破的大箩筐，以及箩筐旁吸水的花盆。厨房里，可自动清洗自己的砧板边，立着一个不规则形状的刀架。他表面布满花纹，材质是与书架一样的橡皮泥树，上头插着几把晶木雕成的刀。由于没见过老头子写字，我不知道那特制的纸有何特别之处，也不知纸上压着的漂亮镇纸是否不同寻常。只是听老凳子说过，镇纸旁青蛙形状的笔洗，不用水也可将笔洗净。卧室墙上挂着一张水墨画，只不过这是雕在颜色会随下刀深度变化而变化的变色木板上的。水墨画下的桌子上，一只永远不会停的木头闹钟正工作着……

在这里，在这个全是木头也只有木头的世界里，我是如此不起眼，如此无用。我能不自卑吗？

作为一张凳子，作为一件家具，我的存在，一切都是为了主人。可现在我所能提供给老头子的，换作其他任何普通凳子也同样能做到。我能行走，但我不可能成为老头子的代步工具。我身带磁力，可要不是老头子的衣服裤子已经不属于木头这一范畴了，它只能成为老头子抛弃我的理由。我唯一的作用，和外界所有凳子一样：让老头子可以不用一直站着。

大概也正是因为这样，老头子很少招呼我过去，而是自己动手去挪老凳子。老凳子造型并不十分独特，外表也没有非常漂亮，可只是那一个理由，就足够让老头子选择他而不选择我了：坐在老凳子身上更舒服。泥巴木原本就是世上最软的木头，经过锤打，更是柔软得如正在发酵的面团一般。坐在他身上，自然比坐我身上舒服。

可以说，我是屋子里唯一一个毫无价值的家具，也是唯一一个可有可无的家具。和其他所有对于老头子来说都重要无比的家具物件在一起，我觉得抬不起头来。我不敢与他们聊天，甚至连看都不敢看他们一眼。

在我学习走路的这段时间里，经常有家具物件好奇地问我一些问题。只不过，他们问一句，胆怯的我顶多也只会答一句，有时还不知如何回答。一段尴尬的沉默后，尴尬无比的我才小心离开。

连他们提出的问题都应付不了，我当然不可能主动跑去和他们聊天。只有几次，我被老凳子极有煽动力的话打动，鼓起勇气向几个家具物件打了招呼。可每次，我所有的勇气都用在了这个招呼上。打完招呼，对方向我回了个招呼后，我都支支吾吾半天说不出话来，在对方满是纳闷的目光下仓皇逃走。

可这又有什么办法呢？

我知道自己自卑，我知道这自卑是自己不敢和其他木器聊天的原因，我知道自己不敢和其他木器聊天是所有木器都没有接受我的原因。可我也知道，这自卑深深地扎根在体内，不仅我自己无法解决，即使有谁帮我，也照样不行。摆脱自卑不是我现在应该去想去做的，我现在应该好好想想，我要如何找到一个不起眼、没有木器会注意到的角落，将自己藏进去……

13

最终，我的目的达成了。再也没有谁注意到藏在大厅角落巨大柜橱巨大阴影中的小小的我了。原本不与所有家具物件打声招呼就难受一整天的灯台，已经好久没有记得向我打招呼了。老凳子原本和我无话不谈，可由于我好久没有去找他，他自然也好久没有和我聊天了。他们全部都忘记了我的存在。老头子隔三岔五弄出些新奇玩意，将屋子塞得满满当当了仍不停手，我只是其中最平凡最无用的一个。即使有谁记得我，恐怕也只是"屋内唯一那个毫无用处只能当木柴烧的破烂玩意"之类的印象吧。

起初，我好不容易找到一个小房间，躲了进去。我事先通过门缝观察了一下，确定这是个没有放任何家具的房间后才小心地钻了进去。哪知在我看不见的角落，竟放着一只精美的柜子。当我关上门，放松下来，舒了一口气时，那个声音猛地响起，吓得我心跳都慢了半拍——如果我有心脏的话。接着，话痨柜子的话匣子就打开了。大概是因为太久没有说话，她难得见到一个能听她说话的家伙，激动得热泪盈眶——如果她有眼眶能流泪的话——吓得我赶紧逃了出来。

然后，我就找到了这个位置。在巨大柜橱的阴影中，我感觉很舒服。在这里，别的木器很难看见我、注意到我。在这个不算大但也不算小的空间里，我想干什么就干什么，不用怕被其他木器看到，不用怕被其他木器嘲笑——虽然事实上我什么都干不了。唯一能轻易发现我的柜橱，却是个和屋子一样的老家伙，一直在睡梦之中，很少有清醒的时候。这么多天以来，他只醒了两回，一次还是在老头子拿东西时被吵醒的。他只是瞧了我一眼，似乎要说些什么，可还没开口就又昏睡了过去。

不仅如此，甚至连老头子也好像忘记了我的存在。有好几次，他寻找老凳子，目光从我身上一掠而过，却根本没想到可以使用我，继续寻找。也有好几次，他把大半个身子探入柜橱抽屉里，翻找所需的木材，按理说不可能发现不了藏在他脚边的我，但他偏偏就是没有发现我。莫非是因为他年纪大了眼神不好找凳子时没看见我？莫非他挑选木材时心思全都放在之后的创作上，因此没注意到我？

我有些许高兴，又有些许失落。我高兴，高兴自己不用再在那些家具物件面前抬不起头，高兴自己不会再有那在老头子前说不出话来的尴尬。可正是因为躲在这里，我没有和老头子、家具物件说话，没有任何朋友，我的生活又变得简单无趣。我不禁想起了之前自己在胖男人家的生活。虽然那里没有灯台每天所讲的新的有趣故事值得期待，没有老头子手下诞生的新的有趣的木器值得研究，但那里同样没有这种令我喘不过气来的压抑感……

14

我以为，我的生活就只能是这样永远简单无趣下去了，如一张白纸，如一条永远笔直向前延伸的路，如一个湖面像镜子一般平静的湖泊，如一个简单得不能再简单、无趣得不能再无趣的故事。可没想到，简单无趣的生活中，突然被插入一样玩意。白纸上墨迹如花般绽放，似乎永远笔直向前延伸的路猛地拐了一个弯，湖面如镜子一般平静的湖泊被投入一块巨石。这样一个简单得不能再简单、无趣得不能再无趣的故事，第一次有了转折。

那天早晨，我照常醒来，瞬间发现了一丝异样。似乎有一件东西消失了，可究竟是什么，我又说不上来。左看右看，一切都是那么正常，又那么不正常。我绞尽大脑中那些不存在的汁，终于发现了那丝异样：那缕异香消失了，那缕淡淡的白烟，那缕从摆在卧室床边的香炉中跑出的袅袅白烟，那缕能穿过所有房间，所有家具物件都能看见的白烟，不知在何时消失了。

我并没有在意。大概是老头子没发现香炉中香料的不足，没能及时补充，以至于香炉里的香料彻底焚完，从未消失过的白烟消失了。当然，只是我从未见它消失过而已，至于它以前有没有消失过，就不是我现在能知道的了。

很快，更多的家具物件发现了白烟的消失。我以为他们会比我更不在意，毕竟我是第一次见到白烟的消失，而他们在这儿待了千百年了。没想到，他们个个都吃惊无比。仔细听了一下他们之间的对话，我知道了他们吃惊的原因：这从香炉中冒出来的白烟，竟真的从未消失过。不仅仅是我从未见过，甚至连那老凳子也说没见过。经过一番商量，他们决定去问一问香炉。

我有些期待，又有些害怕。我期待他们想起那张不起眼的会走路的凳子，派我去问一下香炉，却又害怕他们会真的想起我。事实证明，我想多了，那么多的家具物件，没有一个想到我。他们一同喊醒了屋子，让他去问问是怎么一回事。

在有些失落的同时，我也舒了一口气。

难得有这样的新鲜事发生。只是犹豫片刻，我就悄悄溜向卧室，溜向那个香炉所在的房间。

香炉十分慌张，变得语无伦次。听了半天，我才大概了解了情况。

香炉底部构造特殊。只有在焚完一枚香料后，他才会开始焚第二枚香料。因此，只要把他的肚子塞得满满当当，那缕白烟就能维持很长一段时间。他需要做的，就是在所剩香料不多时提醒一下老头子。

除开焚烧香料不算，这是香炉唯一的工作，他自然不会有丝毫疏忽。另外，由于他本身也迷恋这种香气，每当老头子要出门，他都会要求老头子拿香料装满他，生怕到香料焚完了老头子还没回来，屋子里就没有那种香气了。正是因为这样，香炉内的香料从来没有焚完过，屋内那缕白烟、那缕香气也从来没有消失过——直到今日。

稍一思索，我就明白了。似乎是听老凳子提起过，香炉能够装下九百九十九枚香料。若一次性装满香炉，其中的香料能支持他工作九百九十九天。从香炉的话中，能得到两点信息：一、这三千年以来，老头子从未离开超过九百九十九天；二、这三千年来，老头子第一次离开超过九百九十九天。

可能有什么重要的事情要做，可能在哪儿玩得太开心忘了回家，也可能迷路了……我脑中一下子冒出许多猜测。我有点儿纳闷：虽说这事情确实奇怪，但也没必要被吓得连话都说不清吧？

走出门，我怔住了。屋子磕磕巴巴地好不容易将香炉的话转述给大厅、书房等房间内的各个家具物件，于是整个屋子内都乱作一团。隔壁书房里，书架吓得浑身一颤，喷出两册竹简。毛笔在笔挂上摇摇晃晃，似乎随时都有可能掉下来。大厅里，灯台上的火苗蹿得老高，经风扇一吹，化作点点星火四散开来。茶壶紧张得直喷蒸汽，像是要顶替香炉的职位。

他们惊慌失措，有的甚至还紧张得瑟瑟发抖。在他们无序的讨论中，我剥离出"为什么会这样""发生了什么""该怎么办"这样的只言片语。

看来，事情并没有我想象的那样简单。若真只是老头子偶然一次在外头待得久了些，他们没必要紧张成这样。到底是因为什么？

或许只要随便找谁来问一声，我就能得到答案，但这个念头几次出现，都被身体内的恐惧打了回去。不过，尽管还不太清楚是怎么一回事，我有了些许猜测……

15

混乱持续了两三天后，一切都恢复了正常，至少表面看上去是这样。经过几天激烈的讨论，他们像是把能说的都说完了，很少有谁再提起这个话题。但稍作观察后，我就发现，他们仍在为此担忧。不管是什么时候，我总能看到几个家具物件神游太虚不知在想什么。每天，大厅里总有好几次突然变得安静，像是所有家具物件同时进入了发呆状态。前几年可从来没出现过这些情况。

　　表现得最明显的就是灯台了，任谁都看得出他有心事。从得知香炉中的香料焚完了那天开始，他讲故事时的眉飞色舞少了一大半，讲的故事也都不如以前有趣。每天讲故事时，他总有一两次会突然精神恍惚，过好久才能清醒过来，问我们听他讲到哪儿了。并且，他原本每天晚上清了清嗓子后都会说一句"我给大家讲个故事"，那天却变成了"这是主人出门后的第九百九十九个故事"，第二天自然是"主人出门后的第一千个故事"……

　　这倒也不难理解。在改造完成之后，我与老头子就没有多少交流了。连和老头子交情不深的我都时不时想起他，更何况与他相处上千年之久的他们？

　　不过现在，担心一点儿用都没有。若老头子要回来，你即使不希望他回来他也会回来。若老头子真的不回来了，就算你天天想着他念着他，他也不会回来。我相信，以这些家具物件的灵智，用不了几天就都能明白这个道理。不再会有谁时不时发呆，大厅里不再会出现突然安静下来的情况。灯台讲故事时不再会突然精神恍惚，故事也会变得像以前那样生动有趣。

　　但出乎我意料的是，大厅不仅没有恢复当初的热闹，反而变得更加冷清，甚至有时候连着十来分钟都听不到任何说话的声音。

　　莫非老头子在他们心中的地位比我所想象的还要高出好多？

　　我发现了一丝异常。他们并不是都在为此事担忧。更多的时候，他们只是在纯粹地发呆。我不时在他们身上感受到一种呆滞、一种迷惘。

这只有一个解释。自老头子离开后的第九百九十九天起，屋子内木器的灵智就在持续、缓慢地消失。

这么一来，很多事情都能有个合理的解释了。正是因为灵智的缓慢消失，木器们花在发呆上的时间越来越多，大厅里才会一天比一天冷清。正是因为灵智的缓慢消失，灯台讲的故事越来越短小简单，不再精彩丰富。

我有些害怕：他们的灵智都在缓慢消失，那我呢？

我的记忆似乎一切正常。这几天，我没有长时间发呆过，还察觉到他们灵智的消失。经过反复确认，我肯定，我的灵智暂时还没有消失的迹象。

为什么这些家具物件的灵智突然开始消失？为什么我的灵智没有消失？

这两个问题我目前都没法找到答案。唯一能肯定的是，灵智的消失和老头子有关。那为何我的灵智没有消失？难道是因为我的材质是通灵木？

我一愣。我突然想起，老头子、老凳子在向我介绍这个家时，都从来没有提起过通灵木。

这座木屋中，除了我之外，好像没有别的家具物件是用通灵木制成的！

想起老头子之前说过的话，我感觉到一丝不对劲。他说经他手的通灵木不下两千，那么那些用通灵木制成的木器在哪儿？他说他创造了好几万件有灵智的作品。虽说这座屋子里的木器千奇百怪什么都有，但与万这个数目还差上不少。其余的木器呢？总不可能全被老头子扔掉了吧？

我像是隐约看到背后巨大真相的一角，但它太高太远，不是我能够抓到的。一连思索两天，我感觉全身都像被撕裂了一般疼痛，只能作罢……

16

过了一天两天、十几天二十天你也许看不出什么，但过了一百天两百天，变化会非常明显。现在，偶尔听到边上两三个家具物件在聊天，他们的说话声都是含含糊糊的。而以前最会说话的灯台，讲起故事也会有结巴的情况。

在老头子离开后的第一千七百二十一天的晚上，灯台只讲了半个故事。他感到有些尴尬，讪讪地笑了笑，说是没有构思好，剩下的一半到第二天晚上讲。有了第一次，自然会有第二次、第三次、第四次……有把一个故事分两次说，自然会有分成三次、四次……于是，他再也没有一次性讲完故事了。

从第一千七百二十二天起，每天上午，灯台会说一句："今天是主人出门后的第多少多少天"，晚上讲故事时才说"我给大家讲个故事"或是"我给大家继续讲之前没讲完的故事"。

第一千八百九十天的晚上，讲故事的时间到了，灯台却没有说话。其他家具物件发现了这一点，但都默契地没有说什么。之后，灯台每隔几天才会讲一次故事。

第两千零一十四天，灯台上的火苗熄灭了。木器们都注意到了，但他们什么也没说。灯台自己也发现了，但同样什么都没说。以前，因为有灯台，即使是在深夜，屋里也十分亮堂。而从那天起，屋内没有了火光。白天时有阳光能透过墙照进屋子里，晚上可没有。随着太阳落山，整个大厅就会陷入黑暗。

第两千零一十三天的那个故事，是我听到的灯台讲的最后一个故事。从那天起，他再也没有讲过故事。

火树上的火是凭空出现的，不依赖燃料或是其他任何东西而独立存在。若它出现了，只要没有外物干扰，就能永久存在。然而事实上，它熄灭了。我不禁打了个寒战。难道说，这里全部的木器都会失去灵智、失去能力，变得普普通通？

那天，在灯台像往常一样说了句"今天是主人出门后的第两千六百六十四天"后，屋子出现了异常。那时还是清晨时分。按理说，随着太阳逐渐升高，屋外光线越来越足，屋内也会越来越明亮，可那天情况却不是这样的。大厅从一片漆黑开始慢慢变亮，但过了一会儿，光线又一点一点退出了大厅，大厅又重新回到了黑暗之中，像深夜时候的黑暗之中。

一开始，我还以为是自己看错了。但我看错很正常，所有家具物件一同看错就不正常了。我反应了过来：原本透光的木屋的墙，现在没法透光了。

这是老头子离开后的第两千六百六十二天。我早已料到会有这么一天，但没想到它会来得这么早。之所以是第两千六百六十二天，而不是灯台所说的第两千六百六十四天，是因为我清楚记得，灯台一共出过九次错。其中五次被其他木器纠正，却还有三次漏报、一次重复。

这是我所能知道的最后一个准确时间。屋里再也没有光亮，永远都只是黑暗，我没法知晓昼夜的更替了。唯一能看到屋外情况的就是屋子，但自香炉中的香料焚完那天起，他连个喷嚏都没有再打过了。他能注意到自身的异样？

一开始，在黑暗中，我还能听到一些说话的声音，只不过无法辨出是谁在说话。但几天后，一切声音都消失了，真的全部都消失了。黑暗像是把所有声响都吞噬掉了。不知为何，我感觉很累，累得全身都无法动弹。身体表面对木头的吸力像是消失了，腿上关节像是锈住了。脑海里模糊一片，我的灵智也像是被封印了起来。我陷入了沉睡……

17

这是一个只有黑暗的世界。

脚下是一座独木桥，笔直向前的独木桥。如果盯着它仔细看上半天，你会发现，它是虚幻没有实体的。可它偏偏给你一种真实的触感，你偏偏正在它的上面行走着。

黑色浪潮无声地拍打在脚边。水花溅到身上，让你感到一种真实的寒意，但实际上这只是幻觉。身体并没有被打湿，连脚都没有沾上任何一点水。

身边是深灰色的雾气，它封闭了你的所有感官。你什么都看不见，什么都听不到，什么都摸不着。它将你的身体完全包裹住。它在流动，就像是无比顺滑的丝巾在身体表面拂过。

漆黑的苍穹如囚笼般当头罩下，使你感觉压抑。它的黑是深邃的黑，是好像能吞噬一切、包容一切的黑。它是如此的美丽。在它面前，你不禁觉得自己是那样的渺小，渺小得像是下一刻就会被它吞噬。

我不知疲倦地在独木桥上行走着。尽管看不到起点，也看不到尽头，我也依然这么走着。也不知已经走了多少年了。是几百年，还是几千年？

身体里一直有个声音说我应该停下，但我没法停下。想停下都不行。我无法控制自己的身体，也无法控制自己的大脑。在它里头，只有一个念头：向前走。

而就在这时，我仿佛听到远处传来一个声音。在这个从未有过声音的世界里，我仿佛突然听到"吱呀"一声响。

这声音很熟悉。我努力回忆了半天才想起，这是有人推开木门的声音。

我怀疑这只是我的幻听。开玩笑，这儿一片混沌，哪儿来的木门，又哪儿有人可以去推木门？

但这时，囚笼般的苍穹裂开一条细缝。一束光芒照了进来。它照在黑色的浪潮上。很快，黑色褪去，海面上波光粼粼。它照在深灰色的雾气上。雾气一阵翻滚，变成了赤金色。我身上的束缚消失得一干二净。我的灵魂像是活了过来。

缝隙一点一点变大。囚笼破碎，压迫消失。依然是那样深邃，那样美，像是能吞噬一切，像是能包容一切。只不过漆黑不再，金黄取代了它。

我停下了脚步。

虚幻的独木桥到了尽头。

但很快，新的真实的独木桥从波光粼粼的海面下钻出，与原先独木桥的尽头相接。它笔直地通向那条金色裂缝的外头。

我笑了笑，继续向前走去。

踢馆子

我要去踢馆子。

我要踢的馆子，是一个武馆。

武馆，简单说，便是传授武功的馆子。它是专门传授别人武功，把普通人培训成武林高手的地方。

这正如同书院教的是书；武馆，教的是武。三百六十行，虽然行行的方式不同，但目的都是相同的——赚钱。

当然，赚钱不犯法。况且，我也不是什么六扇门中人，即使有人犯法，我也不能去捉拿他。我之所以要踢馆子，那是因为这个武馆并不是在真正地传授武功。或者说，这个武馆并不是在传授真正的武功。它，这个武馆，只是打着一个武功的幌子，在骗别人的钱罢了。

原本，我并不知道这件事。我只是曾经听别人说过，城里是有这样的一个武馆。我只知道，这个武馆的收费特别贵，贵得不得了，上一堂课，便要二两银子。所以，家境贫穷的人家都没有去学习，而所有的富家子弟，都被自己的父母送进了这个武馆培训。他们肯定都认为，这个武馆所收的费用很贵，肯定不一般，更不会骗人。况且，在如今无比险恶的江湖之中，多学一门武功，用来防身，总比什么都不会要好得多。

只是，没有想到，这个武馆与我们头脑中所想的不一样，而且还正好相反。我们认为，这个武馆一定不会骗人，可事实却说明，这个武馆偏偏是在骗人。

听这个坐在我面前的小老头说武馆在骗人，我有点不相信：为什么有那么多的人都在这个武馆中上过课，却只有他这一个平凡的小老头认为这是骗人的呢？

小老头把他所知道的一切情况都说给我听，我这才明白了事情的来龙去脉。

事情是这样的：小老头有一个儿子，曾经在这个武馆中上过一堂课。小老头曾是一个在乡下靠种地来维持生活的农民，后来才搬到城里住下的。他听说了有这么一个武馆，便狠下心来，花了二两银子，让儿子上了一堂武功课。儿子上完课回来后，他立刻让儿子给他开开眼界，看看到底学到了什么本领。他的儿子也不含糊，立刻打了一番拳。这让做父亲的大吃一惊。不是为拳的厉害大吃一惊，令他大吃一惊的是，这拳法根本不是什么武功，更算不上拳法！

我正想问一下小老头，为什么他这么确定这不是拳法，他却不容我说话，立刻从背后拉出了他的儿子，要让我这一个专业的江湖人士，来看看他儿子耍的那一套所谓拳掌。我只能把我想要说的话咽回到肚子里，打算等会儿再说。

只见他的儿子先是双手紧握，成一条直线，一手高举过头顶，一手放至胸前十余寸的地方。随后，原本高举过头的手突然朝前方狠狠地砸了下来，另一只手，则先是同时往后一缩，再向前猛地打出。而当那只手猛地打出时，原本下砸的那只手又已经重新抬起来了。

我看出来了。这招是先以下砸的手来吸引对方的注意力，另一只手再出其不意地对对方进行攻击。这招虽然有点狠辣，但是，能伤到对手的招数便是好招数。只不过，我并没有看出什么问题。我只能继续看下去。

小老头的儿子在重复了这个动作几遍之后，突然一弯腰，手化刃，朝下斜斜一斩，一卷，没有丝毫耽误，立刻往另一边削去，动作十分干脆利落。我也看出来了，这招式虽然非常普通而平凡，但却是最有效的招式。在那个部位上，有着人体的重要大穴——沧海穴。只要手刃反切在上面，即使是神仙，也要不由自主地跪下去。而在那一刻，便是攻击对手的好时刻。同样，这也没什么问题。我感到奇怪：问题到底在哪儿呢？

他儿子又重复了这个动作几遍之后，整套拳法便结束了。

小老头问道："杨大侠，你看出了问题的所在吗？"

我正想羞愧地说，我没有看出来，哪知小老头根本不给我说话的机会，自顾自地继续道："你也一定看出来了。这个武馆所教的拳法，分明便是锄地与割草的动作。"

什么？

我仔细回想了一遍刚才他儿子的动作，又想到了以前父亲种地时锄地与割草的动作。两者一比较：嘿，果然是一致的！

但虽然是这样，那个拳法虽然是锄地与割草的动作，可毕竟也算是一种招式，父子俩并没有吃什么亏呀。于是我把这些动作中的奥义告诉了他们二人，他们便满意地走了。

只是，虽然在这个武馆中学到的也算是武功，并不吃亏，但这武馆确实是在骗人。我也必须要去那里做件事——踢馆子。

心动不如行动。我立即出发……

一番问路后，我来到了武馆中。

我问边上的一个小伙计："请问，这里到底是谁教武功？我想见见他！"

"教武功的当然只有我们武馆的掌门人了。"大概以为我是来学武功的，伙计满脸堆笑，"不过，他现在可没空见你。他应该在练功房里，正展示他的气功本领呢！"

我心中冷笑，暗自道："哼，一个只会锄地、割草的掌门人，怎么可能掌握气功本领呢！"

我向他问清了掌门人展示"气功本领"的地方，便飞快地跑过去。

来到了那个房间前，我一推门，走了进去。

没有任何一个人注意到我，也没有任何一个人因为听到开门的声音而瞧我一眼。他们所有的人（除了那个表演气功的掌门人），都跟青蛙似的，毫不例外地瞪大了眼，紧紧地盯着掌门人（因为掌门人自己不能盯着自己），怕错过他的任何一个动作。

还好，掌门人才刚刚开始表演。

我找了一个位子，在人群后面坐了下来，赶紧与他们一起看着掌门人，看他展示他的"气功本领"。

我看见，掌门人的面前摆着两张凳子，其中一张在下，另一张凳腿朝上，倒过来放在那张凳子上。只见掌门人一扎马步，双手猛地对着摆在上面的凳子伸出。他做了几次深呼吸后，肚子鼓了起来，原本便极胖的身子变得更胖了，活像只大青蛙。突然，他手掌虚抓了一下，手臂往上一抬，上面的凳子便"唰"的一声飞了起来，从他的头顶上"呼"地飞过，撞在了他身后的那面墙上，发出了"啪"的一声响。

在下面观看的人们个个都目瞪口呆，好久才回过神来，鼓起了掌。掌声如雷。有些原本似乎还不放心的大人也都把孩子留了下来，满意地走了。

在场竟然没有任何一个人发现，这表演里头有鬼。哦，有一个人发现了。那便是我。如果那个掌门人真的掌握了这样高超的本领，他的内力，必须要极强，到达了内功的最高境界——紫金巅。而据我所知，江湖上达到了这一境界的，只有"威震海"海威一人和我。虽然他是唯一突破到这个境界的，修炼速度比别人都快了许多，但他也还是到了花甲之年时，才终于突破的。即便是我，也是因为在深山中修炼了五年，心里毫无杂念，才突破颈口，到达紫金巅这一境界的。而怎么会有如此神人，在四十岁左右时便已经到达了那个境界？

并且，内力如此之高的人，稍一不小心，打个喷嚏，全身内力涌出，便能震伤数十丈之外的人。刚才，这位掌门人还是故意释放内力的呢！我敢肯定，在这儿看他表演的所有人，包括毫无防备的我，绝无一人能够幸免。便连这四周的所有楼房，也许都已经倒塌了。可他在表演时，我却连一丁点的压迫感都没有感觉到，更不用说什么倒塌了。

眼尖的我还发现，这，只不过是一个小把戏罢了。掌门人预先用两根透明的细丝分别将自己的两个手腕与上面那张凳子的两条腿绑好。后面我不说也明白。只要手用力往后一拉，这么小、这么轻的凳子，当然便会轻松地飞起来了。

我正想叫住那些要走的人们，当面把掌门人的这一个骗局给揭穿，但忽又看到那个掌门人满是皱纹、饱经风霜的脸，又不禁打消了这一个念头。我想，那掌门人这么做，欺骗他们，虽然不对，但他心中也一定有什么不能说的苦衷吧。

真是无奈呀。

我只好先跟着人群退出了练功房。我站在大门口，等着掌门人上完这一堂课。我想，等他上完课出来之后，我再找他也不迟……

没想到，这一站，便是半个时辰。我无聊极了，想学马一样站着睡一觉。

正在我昏昏欲睡时，有一群少年呼啦一声从大门里窜了出来。他们朝着四面八方跑去，眨眼间全部消失不见了。

　　我猜，这堂课肯定已经结束了。这些少年，肯定都是在这个武馆里学习武功的学生吧。

　　于是，我再次大踏步地走进了这武馆的大门。

　　刚进门，我便看见了那个胖掌门人自练功房里走出，伸了一个大大的懒腰，打了一个大大的哈欠，使劲捶了捶自己的背。我连忙冲了过去，二话不说，拉着掌门人便走进了他身后的练功房，随即关上了门。

　　那个胖掌门人还没回过神来，便又回到了那间练功房中。那间自己才刚走出门的练功房中。

　　我三言两语说出了我的来意："掌门人，一个曾经在你这儿上了一堂课的少年的父亲告诉我，你只教了他儿子锄地和割草的本领，根本不是什么武功。我也看过了一遍，他的话完全属实。虽说那几个动作可以算是防身的本领，但那也许只是你歪打正着而已，你根本是在骗人。于是，我只能来到这儿踢馆子了，希望兄弟理解。"

　　那个胖掌门人叹了口气，道："我的确是欺骗了这些来我这儿学武的人，但这，也是由于生活所逼。这并不是我所愿意的。如果你真要踢我的馆子，那我也便只能奉陪了。"

　　说罢，他挽起了自己的袖子，又挽起了裤脚，飞快地朝我冲了过来。

　　我随意朝掌门人的小腿上一瞥，愣住了。他的小腿上十分光滑，竟然连一丝汗毛都没有。

　　正因为这么一愣，我的一条腿被掌门人抓住了。当我反应过来时，我已经被他轻轻地扔了出去。这能难倒轻功第一的杨渡吗？当然不能！即使掌门人使出全力，我也照样能在空中站稳脚，更何况他手下留情，只是轻轻地把我扔出去罢了。我一个鹞子翻身，便稳稳地站在了地面上。

掌门人这次手下留情，虽说对我毫无帮助，但使我不禁对他有了好感：他已经知道我是为踢馆子而来的，可他还是不愿意摔伤我，只是点到为止。

令我吃惊的是，掌门人的手劲如此之大，单单一只手，便能轻轻松松地把我扔出去。而且，我那被他的手所握住的脚腕子，到现在还有些发麻呢！

我知道，我吃惊，那个掌门人一定更为吃惊。他刚才虽然大约只使出了六分力，但像刚才这样一甩，无论是谁，都是无法在没有任何支点的空中稳住身形，再又平安无恙地站回在地面上的。而我这个看上去最多只有二十来岁的青年，却能做到。

我的脑袋又被那个疑问给填满了。那掌门人的小腿上为何没有汗毛？

我正在思考这是怎么回事时，胖掌门人已经再度冲了上来。我只好打断自己的思路，回到现实，施展"蚂蚱草上飞"，双腿一曲，一弹，便跃到了房屋顶，趴在天花板上。

那个掌门人这才认出我来，脱口而出："杨渡！"

他跳了几下便放弃了，因为他根本碰不到我。他只能在下面抬头盯着我，干跺脚，干生气，却拿我一点办法都没有。

　　我终于可以在上面好好地想问题了：为什么，掌门人的小腿上没有一丝的汗毛呢？

　　我想了好久，也没想出个答案来。正想跳回到地上继续打，之后再想这个问题，我又突然想到了我的父亲。对呀，我父亲的小腿上也是没有汗毛的呀！这个掌门人在开这个武馆之前一定是一个农民。而且，在前不久还是个农民的。那是因为，只有农民，小腿长期地泡在田中的湿泥里。当小腿上的泥干了，成了泥块剥落时，也会把小腿肚上的汗毛带走了。这样说来，他力气、手劲为什么这么大，他为什么只会教学生们锄地、割草的动作，这两个问题也迎刃而解了。

　　既然问题有了答案，那便继续打呗！我朝那个掌门人随手打出一枚寒星钉，接着以寒星钉的速度冲回到了地面上。

　　我落在了掌门人的背后，等着他转过身，朝我冲来，可是，我等了半天，他还是一动也没动。我只好小心地走过去，看看他是怎么了。

　　我原本以为，他一动不动，是设下的陷阱，诱我过去。可没有想到，事实并非如此。这只是因为，我发出的寒星钉，随手发出的寒星钉，已经钉在了他的麻穴上。这枚寒星钉，并没有被他躲过。我刚才怎么没有想到：一个农民，怎么躲得过暗器？这都怪我想得太复杂了。

　　正如寒星钉轻松地钉在他的麻穴上一样，我也轻松地获得了这场战斗的胜利。

　　直到暗器被我取了出来，麻穴被点的效果消失了，掌门人才说出了他欺骗这些人的缘由。这位掌门人与我所想的一样，原本是个农民，家境不好，只靠家里那块地维持生计。可在数月前，他那赖以生存的唯一的土地，也被一个富人抢走，并在上面建了楼房。他只好告上了衙门，哪知衙门上下都已被那富人打点了，他非但没有把那块地给抢回来，还挨了知府的一阵臭骂。可是，只会锄地、割草的他，离开了田地，能干些什么呢？无奈之下，他来到了城里图谋生路。他看人人都办什么馆，街上左一个馆，右一个馆的，便琢磨着学他们样，也办了一个馆。便这样，他办了个武馆，以"气功"这个小把戏来让人家佩服他，信服他，都来他这儿，让他教其武功。他，也便把自己唯一会的锄地、割草的动作教给了他们。至于锄地、割草的动作也算是招式，他自己却不知道。

我十分不解，道："可是，这样不是会有很多人发现你是在欺骗他们，并没有传授他们孩子真本领的呀？"

然而掌门人并没有回答，却反问我，道："你知道，我教一堂课所要的费用是二两银子，那么，一般来说，有哪些人会来这儿学武？"

这还不简单？我想也未想，道："当然是那些富人。"

"那富人们一般都会是什么身份呢？会不会曾经像我一样，是个靠种地为生的农民呢？"掌门人笑道。

我恍然大悟：这些富人，大多都是些做大买卖的商人，或者是当官的人，他们绝不会是农民。他们除了能感受到这些"招式"干脆利落、虎虎生威之外，还能发现什么呢？像农民这般的穷人，根本舍不得出二两银子来学武，那小老头，也只是个例外。而且，即使骗了一个富人的二两银子，也没什么。那二两银子对他们来说并不重要，对于他们那庞大的家产，这，只是九牛一毛罢了。

我笑了。他也笑了。

"记着，我有空时，会到你的武馆里，当当'帮工'，教你的那些学生一些简单的轻功本领。只是，你什么时候要请我喝个几杯哦！"我半开玩笑半认真地对他说。

丸子，丸子

　　包括我在内的这两百余人本无半点瓜葛，今日却不约而同赶到这儿。这些人有的是风流倜傥的侠客，有的是四处漂泊的浪子；有的是大内、六扇门中的高手，有的是杀人不眨眼的大盗；有的来自大帮大派，有的来自黑道组织。

　　但不管是侠客还是浪子，不管是白道中人还是黑道中人，我们每一个人都算得上是当今江湖中顶尖的高手。凡是江湖中人，不可能没听过我们的名号。当然，有几个老头子我不认得，或许他们是数十年前便隐退了的绝世高手；另有几个陌生的面孔，或许这些都是那几个江湖蒙面高手的真面目。当然，不管认识还是不认识，他们每个人都不容小觑。若没有露一手功夫给"神机诸葛"超卧龙看过，是不可能来到这石台上的。

　　这些人几乎都和我差不多，从不轻易出手，今日却个个满脸杀气，齐聚于此。倘若有谁不知内情，看到我们现在的举动，定会既惊奇又想笑。只见我们原本赖以生存的成名之手，或是原本拿着自己赖以生存的成名武器的手，如今拿着同一样东西——竹筷。

　　只有我们自己知道，这一点儿都不好笑。这并不是游戏。关系到整个江湖的大事，怎么可能会是一个可笑的游戏呢？

　　现在是八月十五的午时。我们手拿竹筷，满脸的凝重。在我们这些人当中，有很多对仇家，但此刻没人在意这些。所有人的注意力，都在这个丸子上，这个方圆十丈的石台中央，石柱顶端的丸子上。

　　这是一个怎样的丸子啊！看到它的第一感觉，便是光滑，极致的光滑，光滑得一丝灰尘都无法沾染在上面。当你凝神盯着它时，你甚至会发现，这个丸子消失在视线中。它竟光滑得能使光线偏转！

　　当然，不管这个丸子有多么稀奇，也不可能稀奇到如此地步，能使两百余位行踪不定的武林高手不约而同地从各地赶来。我们赶到这儿，手拿竹筷站在石台上，当然不是为了看这个丸子。我们为的，是另一件事。

　　这便要从数天前那个惊动整个江湖的重大事件说起……

　　听他说，那是一个非常普通的夜晚。当时月亮隐于云层中，满天星辰也消失不见。终日在司徒山庄中修修剪剪、打理打理花草的李老头，便是他，拿着灌满劣酒的酒葫芦，慢悠悠地走在这漆黑、毫无光亮的夜空之下。

　　他找到花草中那条铺满鹅卵石的小径。这条小径，通向他在山庄中的小屋子。他边走边喝，不知不觉便喝了半葫芦的酒。脚下地面变得软绵绵，身子也开始摇晃。

当葫芦空了的时候，他已经走到了司徒山庄的庄主——也便是武林盟主司徒寒的卧室旁。即使脑袋晕乎乎的，反应变得迟钝无比，李老头也发现了一件事：平日里从司徒寒卧室传出的响雷般的呼噜声，今日并没有出现。他笑了，自言自语道："怪不得这么安静，原来是盟主大人忘记打呼噜了。"

但立刻，他感觉到一丝不对劲。整个山庄的人都知道，打呼噜是司徒寒盟主每个晚上必做的功课，而且白天越是累，晚上的呼噜声便越响。按照他今日带领人马灭了炎威山上上下下三百零五个土匪的工作量，现在呼噜声应该全山庄都听得见才对，怎么可能悄无声息？

况且，司徒寒还有一个习惯：一到戌时，不管自己多精神，不管还有多少事没办，他都要睡觉。司徒寒不可能不在房间里。

李老头好奇心上来了。他摇摇晃晃地转身，踮着脚，自以为小心地走过花地——虽然每一脚下去，还是要踩扁数朵花。窗户是大开着的。他偷偷朝房间里面瞧了一眼……

"啊——"

一声凄厉的喊叫响彻整个山庄。只见那个天下无人奈何得了的武林盟主，此时一手拿剑撑着半跪在地，眼睛瞪大如铜铃，却是早已气绝……

"全身没有新的伤痕，疑似中毒。但盟主七窍没有流血，面色没有显青，皮肤没有发灰，肌肉没有僵硬，筋骨没有松软，血管没有断裂，肠胃没有溃烂，肝脏没有破碎，真气也是正常流失，不像是中了我所了解的任何一种毒。"

既然连医神都不知道，那肯定没人知道了。我失望地叹了口气，看来，从这方面找出凶手是不可能的了。我的这位好朋友，刚刚还收拾了炎威山土匪，威风至极，如今却只能像一切普通的死人一样躺在那里。这便是死人的悲哀。无论他在死之前是个多么厉害多么不平凡的人，死后也只能被叫作死人。短时间内或许还有人会想到他，但不出几年，他的名字便可能被所有人遗忘了。

可怜的司徒寒，死不瞑目。最后还是医神轻轻拂了拂他的脸，他才闭上了眼。

现在别说凶手是谁，便连那凶手是怎么杀死司徒寒的都没人知道。按理说，没有人能如此悄无声息地杀得死他。江湖中人都知道，武林盟主司徒寒耳目之聪无人能及，不仅剑法无敌，近身功夫也少有敌手。有人偷袭？这不可能成功的事有谁会去做？

下毒？也不可能。司徒寒说过，这世上若有一百种测毒方法，他至少掌握其中的九十种。他的厨子——便是他的好友润秋雨，武功至少在江湖中排名前五十，厨艺更是当之无愧的天下第一。只因十余年前惹上杀身之祸，在立马要见着阎王时被司徒寒救了下来，他退出江湖，一直生活在司徒山庄中。这样的老实人，又怎么会下毒？又怎么会给他人下毒的机会？

现在唯一的线索，便是司徒寒卧室地板上的那个点，那个司徒寒亲手刻下的点。尽管没人看见司徒寒刻下它的过程，但李老头发现他时，他还紧紧攥着已出鞘的剑，他那视如性命的寒水剑。

据说这寒水剑是由深海滴水铁打造，净重百余斤。若非"神机诸葛"超卧龙的武器排行榜早已完成，它绝对能排进前三。据说超卧龙正想重新调整，加入一些近年来名声显赫的武器，例如寒水剑。可如今寒水剑还在，寒水剑的主人不在了。

武林盟主若武功不高，凭何统领全武林？百余斤的剑，在司徒寒手中灵活如一支细小的毛笔。在死亡气息的笼罩下，他从容点出最后的一笔。这么一想，我心中更是难受了。

凶手到底是谁？

这件事自然是要追究下去的，但现在，有一件比这更重要的事情。

十三年前，当时的武林盟主南宫行，率领正派十三大帮一同将黑道大派刃帮赶到关外。但从最近发生的那些事件来看，刃帮恐怕早已渗透进了关内，正在不停扩张自己的势力范围。原本便留在关内的那些刃帮余党，也都纷纷消失，不知去向。

司徒寒的得力帮手"神算"卜先生，在搜集大量资料后，断定刃帮会在三个月后出手。而其出手对象，便是武林联盟。

只是没想到，这刚过了两个月，刃帮尚未来袭，武林联盟的盟主便死了。或许，这正是刃帮的计划之一。这样一来，群龙无首，江湖变作一盘散沙。不用他们出手，我们便已输了大半。

在润秋雨的提议下，一大群信鸽自司徒山庄中飞出。一夜之间，江湖各处都贴满了告示。于是所有人都知道了：只要内功达到"青绿崖"境界，并觉得自己有能力在"武林盟主"这位置上坐稳，便可在八月十五未时之前赶到司徒山庄。通过一次简单测试，即可拥有争夺"武林盟主"之位的资格。

我能想象得出，江湖中人在看到这个告示时，会有多么疯狂……

今日，便是八月十五。此处，便是司徒山庄。

司徒寒没有后人，这司徒山庄也因此不再属于任何人。此时，司徒山庄中的那块空地已不再是空地。而在这不再是空地的空地上，有一方石台，有石台上的两百余人，以及两百余人围着的一根石柱，与石柱上的一个丸子。

由于这场关系到江湖未来的争夺赛，金芝沙漠中山一般大的巨石少了一截，玉虚山也少了一大片千金难求的铁竹。巨石做成了石台与石柱，铁竹变成了我们手中坚硬的竹筷。

在以往的争夺赛中，少不了流血拼命，而这场争夺赛却无比奇特：每个参赛者带着五双竹筷走上石台。谁能用自己手中的那双竹筷，夹住石柱上的那个丸子，并让它落到自己肚子里，谁便是新的武林盟主——大到十三门派的掌门人，小到下三滥的小喽啰，都听命于他。

这别有新意的争夺赛，也是润秋雨策划的。他的理由很简单：传统的武林盟主之位争夺赛都是以混战为主要形式，因此也少不了受伤流血。当今天下高手因为盟主之位折损大半，这是所有人都不愿看到的。大敌当前，若我们个个受伤，刃帮之人一定偷着乐。如今，把出手对象变为丸子，在保持公正性的同时减少了伤亡的出现，实乃万全之策。

不知情的人肯定会为此发笑，觉得非常滑稽。只有我们自己知道，夹住这个丸子有多么困难。

若是普通丸子，吃它易如反掌。但这是江湖第一名厨润秋雨的作品。花费七年时间研究、三年时间制作的丸子，岂会是普通丸子？它由四十九种动物的肉加上八十一种稀奇草药，经过百余道工序制作而成。它唯一的特点便是光滑，极致的光滑。即使在雨后泥地中滚过，也仍是纤尘不染。

只有润秋雨知道如何轻松地夹起这个丸子，若他也参加争夺赛便不公平了。因此，润秋雨自觉地退出这场争夺赛。但，十年心血被别人一口吃了，换作谁心里都不会好受。于是，所有参赛者都同意了润秋雨的一个要求：倘若在两个时辰内还无人能够吃下这个丸子，武林盟主这个位子便归他所有。

等待了半个时辰，未时，终于到了。

润秋雨声如洪钟，道："开始！"

若是在战场，将军一声令下，所有士兵蜂拥而上。但这是一场属于江湖的争夺赛。一时间，场上毫无动静。这里所有的人都是老江湖了，都明白一个道理：在没有充分把握之时，不可轻举妄动。若耗费了大量精力却又什么都没完成，只为他人做了嫁衣，那便得不偿失了。

于是，谁都没有动。

过了一会儿，还是没有人敢动。

我知道，现在只是缺少一根导火线。估计只要一人有所动作，这里至少一半的人会冲上前去。

趁这时间，我赶紧打量了一下台上的其他人。我突然发现，其实，这场争夺赛也并不是绝对的公平。

在我右方的那七人，正是江湖最为庞大的组织"八大仙人"中的七大门主。有谁能以一敌七而不落下风？而且，八大仙人中的张快快，从不离手的武器便是江湖武器排行榜排名第一十一位的竹筷。他使竹筷的手法出神入化，那些使刀剑的怎么可能比得上他？

还有，江湖第一门派暗毒门中人并没有来。即使来过，现在也必定走了。暗毒门的独门暗器与毒药是江湖中公认的最危险的东西之一，但这些很难在抢夺丸子时发挥作用。若仍是以往的大混战，他们门主唐暗胜率还是蛮大的，可如今只能放弃。

我又把目光移到左边那个皮肤黝黑的巨汉身上。可我才刚看了他一眼，还没认出是谁，他已大吼一声，冲向石柱。

他，便是独行盗石心。他日行千里，夜盗百家，自创的石心体刀枪不入。他脖子后头那个形如蜈蚣的疤痕，便是同为独行盗的鬼头的那把武器排行榜上排名第六的鬼头刀留下来的。他不仅不感到羞耻，反而以此为荣，毕竟被鬼头盯上还能活下来的人寥寥无几。

他硬功夫如此了得，轻功也不赖。只是几眨眼工夫，石心已经扑到了石柱前，手中竹筷对着丸子夹去。

　　但当他的竹筷离丸子只有数寸远之时，一道模糊的身影冲天而起，撞在石心身上，将小山一般的他撞了出去。

　　此人一身青衣，是个看起来弱不禁风的老者。更令人吃惊的是，他轻功之高世间罕见，却是个跛子！

　　我立刻认出了他。他便是那个在江湖上极有名气的杀手——"跛子"沈破。据说他天生脚上有些毛病，于是从小苦练轻功。因此他这个跛子的速度比那些不是跛子的人还要快，而且快得多。

　　沈破的身子在空中顿也不顿，飞快飘向丸子。但立刻，有人以更快的速度跃到半空中，一指把他摁了下去。

　　这一指实在太快，快得我只能看到一道残影。除了"天山无影指"，还有什么指法那么厉害？除了无影帮帮主无影，还有谁能将"天山无影指"练得炉火纯青，能够收控自如？不久前，藤山一带的山贼首领毛灵，便被无影一指戳穿了脑壳，而此刻沈破却只是被他从空中震了下去，毫发未伤。

　　无影得意地笑了笑。可笑声未停，一道拳风已向他袭去。他虽然及时躲开，胸前的衣服还是变得皱巴巴的，如同枯枝的表皮。

　　不少人已惊呼出声："枯枝拳法！"

　　没错，那身穿绿袍的老者，便是枯枝帮帮主枯枝。当他全力施展枯枝拳法，甚至能使数丈内土地生机全失，尽成荒芜。但高手与高手之间惺惺相惜，所以一般没有人会真的下杀手。

　　枯枝脚步未停，四道身影已十分默契地从四个不同的方向朝枯枝暴射而去。一个身形如鹰，撒出密集的暗器，一个大吼一声，两只熊掌般巨大的手掌迎了上去。一个如豹一样扑了上去，还有一个直接将自己撞了上去。

这想必便是皇宫中被称为"英雄抱得美人归"的"四大侍卫"——鹰熊豹龟。身形如鹰的那个肯定是以一身高超轻功闻名江湖的鹰，击出双掌的那个估计是拥有一身蛮力和精湛近身功夫的熊。猛扑上去的那个应该是有超强爆发力但不擅长打持久战的豹，至于将自己撞上前去的，必定是那防御力特强的龟了。他们身为皇宫侍卫，却来争夺武林盟主之位，肯定是接到皇上的旨意。倘若他们其中一人有幸成为了武林盟主，皇上便可借此掌控江湖。

枯枝被打得措手不及，只好先行退去。鹰熊豹龟一击得手，立即冲向丸子。不过，争夺赛规定只能用竹筷接触丸子，他们也只好抽出了插在腰间的竹筷。

他们配合得天衣无缝，分别从东、西、南、北四个方向奔向丸子。要是谁想阻拦他们，恐怕得化身为四才行。

可意外总是会发生的。的确没人试图阻拦熊豹龟，但他们的目标——那个丸子，却突然斜斜地飞了出去。

我们齐刷刷抬头望去。半空中一位女子的纤纤玉手在轻轻拨引，丸子便神奇地朝她飞去。她此刻施展的正是柳叶帮的独门擒拿——七七四十九柳叶擒拿。那么这位脸上微笑如沐春风眼中却冷若冰霜的女子，想必便是柳叶帮的帮主柳飞絮了。

据说这门擒拿术十分厉害，若修炼至巅峰，甚至能隔着几丈远的距离制服对手。区区一个丸子，柳飞絮当然能轻松取去。

可丸子没飞多远，便又毫无预兆地停了下来。紧接着，它脱离原本的运行轨道，朝着反方向飞了回去。这令柳飞絮的脸一下子阴沉下来。

我立即扭头看向那个方向。我猜得没错，除了鹰爪帮的鹰爪擒拿，还有什么能够与七七四十九柳叶擒拿抗衡？

出手拦截的果然是我众多朋友之一的鹰爪帮帮主王鸢。他常年待在淮水一带，已多年没踏入江湖，我也好久没碰到他了。竟然连他也被这次武林盟主争夺赛吸引了过来。

丸子飞速移向王鸢，可见这几年他的武功没有懈怠，反而精进不少。不过，堂堂柳叶帮帮主也不是吃素的，估计她刚才只用出不超过两成的功力。

在柳飞絮的努力下，丸子速度减缓，最终停了下来，正好停在石柱上空。他们二人虽然已经毫无保留地输出内力，但怎奈他们实力相当，丸子还是停在原位，纹丝不动。

正在这时，两个身影突然出现，同时撒出满天寒星，迫使柳飞絮和王鸢双双放手退开。

两力消失，丸子立刻落了下去。那两个人立刻俯身冲下去捉。

我认出了他们。一样的相貌，一样的身材，轻功身法与暗器手法极其特殊。他们一定是"擒风捉影"兄弟——朱擒风和朱捉影。

他们兄弟二人轻功高超，暗器本领也不弱，在黑道上也算得上是一等一的高手了。他们得意地乘风而下，似乎料定这丸子会落入他们之手，料定武林盟主之位是他们的囊中之物了。

又有两道风声从我头顶呼啸而过。两道身影分别扑向朱擒风和朱捉影，手中的剑分别闪电般刺出。朱擒风和朱捉影在空中无法借力，只好也赶紧收手退开。那两道身影没有追击，缓缓落在石柱两侧。

又是一对兄弟！

他们看起来大概只有二十余岁，在剑上竟有如此造诣，真是不可思议。

再看他们的剑，我倒吸了一口凉气。

这是两把怎样的剑啊！只见剑身是不起眼的漆黑，毫无剑的锋芒，却散发出一种迷人的光芒，若有若无地渗透出一种石头般刚劲的韵味。

这一定是石金与石刀两兄弟。在武器排行榜上排名并列二十三的刚石剑与劲石剑由同一块铁炼制，同一锻造师锻造，同一时刻出炉，是石剑帮帮主石剑的儿子石金与石刀的武器。他们兄弟二人得父亲石剑的亲传，十二岁时便联手把父亲打得灰头土脸的，虽然石剑总说是因为他没使出全力。

立即，五个人围了上去。他们分别穿着金色大袍、绿色大袍、蓝色大袍、红色大袍、黄色大袍，手中的剑刃反射出的光芒也分别偏金色、偏绿色、偏蓝色、偏红色和偏黄色。

我心头一紧：糟糕，石金与石刀有大麻烦了。

他们五人，便是"张家五兄弟"——张金、张木、张水、张火、张土。他们的武器金剑、木剑、水剑、火剑、土剑分别在武器排行榜上排名第一十八、一十九、二十、二十一、二十二，自创的五行剑阵即使是石剑也难以破解。

其实，从张家五兄弟中随便挑两三个出来，石金或石刀都能轻松击败。但他们五个一同出手，结果便难以预测了。也正是因此，素来一同出手的张家五兄弟的武器才能排在刚石剑、劲石剑前面。

对付张家五兄弟五行剑阵这样轻灵迅速招式繁多的剑阵，刚劲、朴实无华的招术是最有效的。五行剑阵虽强，但暂时也奈何不了石金与石刀。

随着战斗逐渐趋于白热化，好些原本和我一样静观其变的人也忍不住加入了争夺的队伍。我一步跨出，又觉得似乎时机未到，便退了回来。

那眼珠子闪烁着诡异绿光的瘦弱男子手提一把碧绿色的长剑，快步上前，一剑削向石柱，似乎是想削断石柱，再用竹筷夹住下落的丸子。只不过，石柱的坚硬是漫漫岁月不断打磨而成的，这一削只是令石柱上多了一个如森林般充满生机的碧绿色豁口。

只有在武器排行榜上排名第一十七的森林剑，才能留下这种豁口。那个男子当然是森林剑的主人，江湖中势力极大的"爆竹门"的长老——"七支竹"七兄弟中的老五竹林。他得了森林老人的真传，少有人能胜过他。

忽见一把蓝汪汪的袖剑飞向竹林。他虽反应迅速，将森林剑横在胸前，却还是被这股大力震出老远。

一击得手，袖剑立刻飞回那人的袖中。他一定便是洪泉。那柄袖剑，也一定便是在武器排行榜上排名第一十六的"汪泉"。它被一根精铁打造的细链系在"八大仙人"老七洪泉的手臂上，来无影去无踪。

可正当洪泉得意之时，一个又高又瘦长得像竹竿一样的人转过身来，手中竹竿一伸，将他打飞了出去。这肯定便是竹竿——武器竹竿在武器排行榜上排名第十的竹竿。他号称"一根竹竿走天下"，是"七支竹"七兄弟的老三。

立刻又有三人向竹竿冲了过去。"八大仙人"老六木疏拿着武器排行榜上排名第一十五的木梳，"八大仙人"老五铁户羽拿着排名第一十四的铁扇，老三王淹拿着排名第一十二的纯银烟斗，分别朝竹竿身上的要害招呼。

木疏手中木梳那四十九根梳齿是中空的，可以射出四十九枚细如牛毛的银针，即使事先有所防备，也是防不胜防；铁户羽是当今铁扇门的门主，铁扇功夫可想而知；至于王淹，他使用烟斗的手法混合了当今众多刀法、剑法、锤法，常人完全无法抵挡他的攻势。三人联手，纵然竹竿靠手中那根竹竿走遍天下，一时也被打得手忙脚乱，难以招架。

竹签的武器牙签在武器排行榜上排名第一十三。他既是"八大仙人"中的老四，又是爆竹门"七支竹"七兄弟的老四。他跑过去劝架，说什么"八大仙人"和爆竹门应该要好好合作，一起对付其余人，结果直接被王淹的烟斗顶了回来。

我转移视线，看向张家五兄弟与石金、石刀两兄弟的战场。石金石刀加起来只有两把剑，很难挡下五把剑的攻势，已经快撑不住了。

毕竟石剑与我有些交情，我只思忖了一小会儿，便打定主意要去帮帮他们。

正要上前，一只手轻轻搭在了我的肩上。一转头，我发现，站在我身后的正是石金与石刀的父亲，石剑帮的帮主，武器排行榜上排名第五的石剑的主人——石剑。

刚才我竟没想到，连儿子都来了，我的这位好朋友会没来？

我诧异地问："奇怪，明知自己儿子陷入困境，你怎么还站在这儿，看着那五个无赖欺负你儿子？"

石剑的脸上露出一种高深莫测的欠揍表情，并说了一句高深莫测的话："这也是一种历练。"

既然连别人的父亲都站着看戏，我有什么理由冲上去？

石金与石刀似乎随时都要输，却总能化险为夷。他们与张家五兄弟不断变幻身形，在石台上游走不停。

他们把所有的注意力都放在对手身上，自然不会注意到一件事：如果他们继续朝那方向移动，便会撞上一个正在闭目养神的老头子。

不出我所料，没过多久，外围张家五兄弟中张木的剑便差点儿擦着老头子的鼻子。

紧接着，张水的剑又划向他的咽喉。我连忙张嘴想提醒一下那个老头子，却见他看似不经意地一晃脑袋，便躲了过去。

他们仍然没有注意到老头子，手中的剑不断地朝他身上削去。哪知他身子摇摇摆摆，站不稳似的晃来晃去，银光倾泻，竟连他的衣襟都没碰着。更令人吃惊的是，在这银光下，他竟连半步都没有移动过。

看来，这个身穿紫色锦袍的老头子也是个顶尖高手。只凭一双耳，便可辨出剑的轨迹。不过真正令我感到可怕的是，我竟认不出他是谁，也看不出他的来历。武功高强之人，想不出名很难，想让别人完全看不透自己更难。我不但不认识他，从他那躲避的身法中，我也看不出他的武功属于哪门哪派。

张家五兄弟与石金、石刀仍在移动，朝着那位深不可测的老头子的方向移动。

我与张家五兄弟没什么交情，但石金石刀便不一样了。也不知道最后那老头子被激怒后会有什么举动。

几次呼吸后，张火的身子都要顶到老头子了。终于躲不开了，老头子一皱眉，猛地睁开眼。他的眼中，爆发出一种威严。我想，凡是对上这目光的人，肯定要打几个哆嗦。

紧接着，老头子张开了嘴。

深吸一口气，他怒吼了一声，我顿时感觉到一股力量席卷而来。

紧挨着老头子的石金、石刀和张家五兄弟本已消耗了较多体力，猝不及防中直接被震下了台。这一吼，以老头子为中心，地上的尘土呈环状飘了起来。比较靠近他的都连退数步，倒霉的几个更是直接摔下石台，失去了参赛资格。

眨眼间，这石台空出一大片，少了好多人。

天啊，这看起来弱不禁风的老头子，内功竟如此强悍，多半是达到"紫金巅"这一最高境界了。

超卧龙曾计算过，一个人即使不吃饭不睡觉一天十二个时辰全用来修炼内功，也得五十岁时才可能达到"紫金巅"境界。凡是达到"紫金巅"的高手，没有哪个会如同刚从石头里蹦出来一般籍籍无名。为什么我会不认识这位老头子？唯一的解释是，他早在十余年前便退隐江湖，没有出现在世人面前。

当今天下内功达到"紫金巅"的高手，一只手便数得过来。而这些大人物中，只有一个人符合要求。这谜一样的老头子一定是他，那个在三十余岁便达到"紫金巅"这一境界，十余年前归隐山林的绝世高手——"威震海"海威。

这么大动静，还有谁察觉不到？不管是石台上的还是石台下的人，目光全转移到了这老头子身上。参赛者们原本打得热火朝天，此刻也全都停了下来。

边上的石剑也变了脸色，他想必也猜出这个老头子的身份了。

我笑着走上前，向他作了一揖，试探性地道："这次的争夺赛倒真是精彩，连早已隐居的您老都来参加了。"

他仰天大笑，笑声中夹杂着的内力震得我鼓膜吃痛。他道："真没想到，我海威隐居十余年，竟还有人记得我这一只脚踏进棺材的老头子。其实我这次出来只是图个新鲜，想尝尝当武林盟主的滋味。"

果然是他！

"海威"这名字出现，场上一片安静。所有人都愣住了。毕竟这名字背后的力量太过于庞大。

我想再问个问题，可他闭上眼，似乎是又开始闭目养神，懒得说话了。我只好将原本想说的话咽回肚子里。

我知道，海威将是所有想成为武林盟主的参赛者的最大对手。十多年前，他便是世上顶尖的高手。现在，也同样是。

过了好一会儿，海威带来的震撼才逐渐消失。不少的人这才反应过来，重新开战。

竹竿是最先反应过来的。他以迅雷不及掩耳之势打出三招，把还愣愣地站在原地的木疏、铁户羽顶出场地。只有王淹在最后一刻反应过来，用烟斗挡了一下，身子倒飞出去，刚好在石台边缘处站稳了脚。

如今台上留下的差不多都是高手中的高手。高手中的高手与高手中的高手对决，往往都是几招定胜负，因为只要有一丝闪失，对方便能抓住这机会，获得胜利。一个又一个小战圈形成，我往往刚注意到，转头要去看，他们便已分出了胜负。

我虽眼力超群，但也无法关注全场的情况，错过了不少精彩对决。毕竟只有一双眼，同一时刻没法关注着两处战场。

"八大仙人"之首，那把在武器排行榜排名第八的断剑的主人——断剑，发现"八大仙人"中三人皆被竹竿打倒，怒气冲天，提着自己的断剑冲上前去，几招便把竹竿逼下了石台。

这倒又惹"七支竹"七兄弟的老大竹爆生气了。这位爆竹门的掌门一棍抽开缠着他不放的几个对手，拿着那武器排行榜上排名第四的独门武器爆竹棍，朝着断剑冲去。

这爆竹棍表面看上去只是一根普通的以镔铁打造的棍子，其实它十分不普通。爆竹棍是中空的，把一种处理过的火药放入其中，当它碰在一样物体上时，火药便会爆炸，使物体受到巨大伤害。爆竹棍会因火药爆炸而剧烈颤动，再次对物体进行打击，令其灰飞烟灭。

断剑自然知道这一点。对于他们来说，武器已是生命的一部分，比区区一个武林盟主之位重要得多。断剑不敢让自己的断剑碰到爆竹棍，因此束手束脚，只能不断后退，迫不得已下了石台。可竹爆的气好像还没消，看到边上的王淹，他扬了扬手中的爆竹棍，王淹便只好苦笑着跳下石台。

竹签看着竹爆，一副哭笑不得的表情。确实，若有人对付爆竹门，身为"七支竹"七兄弟的老四，他不能不管；若有人对付"八大仙人"，身为"八大仙人"中的老四，他也不能不管。可现在却是爆竹门与"八大仙人"之间争斗，他对哪一方都没法出手，只好在一旁看着，谁都不帮。

目前，爆竹门还有老大竹爆、老二竹子以及老四竹签在台上。"八大仙人"七人参加，如今却只剩下老二张快快与竹签了。算起来，还是爆竹门更有优势。竹爆的爆竹棍在武器排行榜上排名第四，竹子的独门火器"霹雳火雷子"也在武器排行榜上排名第七。至于张快快，只不过是在抢夺丸子上有点优势罢了。

张快快似乎也意识到了这点。他并没有冲向竹爆或者是竹子，而是冲向了丸子。

他一出手，很多人便忍不住要出手了。张快快数十年的功夫尽在竹筷上，谁知道他会不会一出手便轻松夹走丸子。边上几个一直没动的都立刻冲了上去。

张快快停下脚步，从腰间抽出一双竹筷，看了看伸手便能够到的丸子，又警惕地看了看走向他的几个竞争者，发出一声低吼，做好了动手的准备。当看见这些对手立刻又退了回去时，他明显放松了许多，舒了一口气。

但他并没有发现那几个竞争者转身时脸上幸灾乐祸的怪笑，也没有发现他身旁站着的那个一身黑衣的浓眉大汉。

他将手中竹筷伸向丸子。不出我的意料，那双竹筷在即将碰到丸子时，突然断成七八小截掉在了地上。张快快一愣，脸色变得十分难看。一转头，他的目光正好对上了黑衣大汉的目光，那刀锋般的目光。

张快快一低头，看到大汉腰畔的鬼头刀，脸色更难看了。他肯定也认出这个大汉了，武器排行榜上排名第六的鬼头刀的主人——刀圣鬼头。

张快快脸色难看归难看，至少还没有害怕到打哆嗦、昏倒的地步。他立马又抽出两双竹筷，一双去夹丸子，另一双却直刺鬼头双眼。若鬼头想保住自己的眼睛，出手抵挡他的攻击，自然便无法阻拦他了。这一手，真的是妙。

可是，他想错了。他低估了鬼头的本事。银光一闪，刺向鬼头双眼的竹筷断作七八截，去夹丸子的那双竹筷也同样断作了七八截，落了一地。

张快快的脸色简直比猪肝还难看。他伸手去抓最后的两双竹筷，却摸了个空——哪里还有竹筷啊，原本剩下的两双竹筷同样也断成了七八截。

好快的刀！一眨眼，它便削断整整八根竹筷，且每根竹筷都断成七八截，这其中的灵动与多变真是难以用语言来形容。再看那长短不差丝毫的一截截竹筷，我不禁又为他的眼力之强感到吃惊。

这下子张快快急了，没时间从怀中取出自己平日使的铁筷，一掌拍向鬼头的胸膛。但张快快原本便不是鬼头的对手，在没有武器的情况下自然更不可能胜过他了。鬼头内力之强在江湖中也是排在前列的，他刀一横，一震，张快快便飞出场外。

此时，场上的战斗已到了白热化状态。对付你已经无需多大理由，或许仅仅只是看你不顺眼罢了。除了我之外，还有海威、竹爆等人似乎没人敢惹，还有好几个平平凡凡没找别人麻烦的人也没人找他们麻烦，其余的都加入了战斗。

而有些人更是一刻也不曾停歇。要么是他自己不断找别人麻烦，要么是别人总找他麻烦。比如鬼头，他虽是块难啃的骨头，但他臭名远扬，仇人众多，有不少人想啃一啃他。其中，便包括清风帮帮主，手中清风徐来剑在武器排行榜上与石剑排名并列第五的"天下第一剑客"——清风。

鬼头出手极快，只有比他更快，才能胜过他。

江湖人皆说清风的剑如无孔不入的清风，虽然有夸张的成分，但也说明清风的剑的确快得出奇。至少，比鬼头的刀更快。

"唰唰"几下，鬼头便已经狼狈不堪。或许面对武器在武器排行榜上排名前三的那三位，鬼头也不会这么狼狈，但清风剑法正好克制了鬼头的刀法。

只是数个回合，鬼头已经险象环生。又是数个回合，鬼头的衣服便破得不像是衣服了。再过数个回合，挂了彩的鬼头狼狈地施展轻功飞下台。不过在最后时刻，清风手腕一抖，鬼头的屁股还是被扎了三下。

但是一物降一物，一人降一人。解伪九结的九节蝎尾鞭在武器排行榜上排名第九，比清风的清风徐来剑要低上好几名，可他和清风交手，反倒是清风落了下风。

解伪九结的独门武器九节蝎尾鞭乃是一对长达一丈的软鞭。它如蝎子的尾巴般迅速，有力，一触即伤。当解伪九结舞起那对九节蝎尾鞭，施展蝎尾鞭法时，他身上便几乎毫无破绽了。

这正是清风剑法的克星。清风剑法虽无孔不入，却难以攻破九节蝎尾鞭的防御。即使偶尔发现破绽，那三尺七寸的剑能有什么用？将三柄相同的剑首尾相连，也只是勉强够得着解伪九结的衣角罢了。

这回倒是清风险象环生了。

见状，石剑对我沉声道："情况不太妙，我去帮帮清风那小子。失陪了。"

说着，他几步上前，加入了清风与解伪九结的战圈。

解伪九结再厉害，也敌不过同有"天下第一剑客"称号的清风与石剑的前后夹击。清风与石剑的剑法一个极柔，一个极刚，配合得天衣无缝。不管解伪九结所施展的"蝎尾鞭法"有多完美，他顾得了前便顾不了后，顾得了后便顾不了前，不再像刚才对付清风一人那般轻松。

面对二人强猛的攻势，解伪九结逐渐变得手忙脚乱。越是手忙脚乱，破绽越是多，情况也变得越是不利，解伪九结便更加手忙脚乱了。片刻，解伪九结高声喊着"甘拜下风"，笨拙地跳下了石台。

石剑与清风的剑仍没有停下。只是，对手变了。现在，石剑的对手是清风，清风的对手是石剑。他们心有灵犀，像是商量好了似的，都在解伪九结下台的瞬间朝对方出手，似乎早已知道对方也一定会在同时出手。

他们的剑招完全不同，一个繁华灵动，一个朴实无华，但却是同样的玄妙无比。

相比清风与鬼头的短暂交手，这场实在是太精彩了。清风与石剑的剑法相互克制，谁都占不到便宜，且他们二人内力、轻功本领都是旗鼓相当，所以打了很久也没能分出胜负。

或许，这一次也分不出胜负。

过了差不多一刻钟时间，清风与石剑的速度才逐渐慢了下来，变得气喘吁吁。无论内功多高体力多好，全神贯注毫无保留地交手一刻钟，没有上气不接下气才是怪事。我知道，这场战斗快要结束了。

又是数个回合，突然，他们的动作停了下来。二人静静地站着，双眼紧盯对手，只是不停喘息。大概他们在抓紧时间恢复气力，好拼尽全力施展出最后的一招并以此分出胜负吧。

脚一踩地，他们同时飞到空中，"叮叮叮"又过了三招。然后，只见石剑将剑横在身前，清风收肘扭腕，两股内力同时爆发，两把同在武器排行榜上排名第五的剑同时刺出，在空中相碰——

"当——"

两道身影同时倒射而出，无力站稳，在台上各擦出一道长长的痕迹，落下了石台。不出我所料，这番交手，没有谁赢，也没有谁输。

这结果丝毫不让人意外。他们相约对战百余回，却从未有谁占过真正的上风，几乎都是以平局收尾。这一场若不是平局，才真是让人意外呢。

再次环顾四周。在我专心观看石剑与清风交手之时，台上不知不觉已经少了好多人。剩下的人也都好不到哪儿去，有些衣服变得破烂，有些身上多了几条伤痕。那些像我一样没有参与争夺的，也几次换了位子。丝毫未变的，只有海威一人。他仍在原地闭目养神，看似随随便便地站着，空门大开，却没有人敢打扰他。刚才他那一吼便震飞十余人，给所有人带来了不小的震撼。

我看了看正对面台下伫立着的巨大漏刻。这个漏刻是为了争夺赛特别设计的，当箭壶完全装满水，便是正好过了两个时辰。不经意间，漏刻差不多已经装了一半水。

看看石柱上的丸子，再看看那些参赛者，我苦笑着摇了摇头。时间过了一半，参赛者也少了一半，丸子却还是待在原地，没动过似的。

突然听见一阵惊呼，回头看去，原来是握着爆竹棍的竹爆笔直朝石柱冲去。看来他也忍不住了。

　　从武器排行榜的排名上看，竹爆是场上最强的。排名第一的五枚绣花针的主人花贞秀早已退出江湖，多年以来无人知道她的踪迹。排名第二的传奇武器——"快刀"杨渡的刀"火花"，早已因杨渡的不知下落而不知下落。至于排名第三的"云里雾"的主人云里雾，乃是当今皇上的贴身侍卫，自然不会出现在这儿。

　　所有人的注意力都转移到了竹爆身上，甚至连一直对所有竞争者满不在乎的海威，也将眼睁开了一线。

　　大概所有人的想法都和我一样：静观其变。他们没有出手，只是悄然向着石柱前进。

　　没人阻拦，竹爆的速度很快。整个石台方圆不过十丈，只是数息时间，竹爆离石柱便只有一丈远了。很多人都有些憋不住了，开始蠢蠢欲动。

　　正在这时，一道鬼魅般的身影挡在了竹爆面前，像是从地底下冒出来似的。我只看到一抹模糊的黑光在视线中一闪，他便出现了。

　　竹爆目标很明确。他没有出手，一闪，闪到左侧，想直接绕过那蒙面的黑衣人。哪知黑衣人脚下不知怎么一动，身子也是一闪，竟仍是站在竹爆身前。

　　竹爆再闪到右边，可黑衣人依然挡住了他的去路。我不禁感到有些吃惊。要知道，竹爆乃是爆竹门的门主，独门轻功身法"爆步"并不比我赖以成名的轻功身法"翻天式"差，他的轻功本领绝对是一流的。却不知这位轻功如此了得的黑衣人是何人。

　　竹爆的脸色微微一变，沉声道："不知阁下是谁，何必要阻拦我？"

黑衣人轻笑了一声，道："并没有规定说我不能阻拦你吧？难不成阻拦你还会被取消资格？"

竹爆阴沉着脸道："那便休怪我无礼了！"

当说出第一个字时，他已提起爆竹棍，猛地跳到空中，一棍子朝黑衣人的天灵盖打去，带起一股劲风。

这一棍如此刚猛，若黑衣人真的被打到，即使棍中没有火药，他的头骨也会四分五裂。可他像是不知道爆竹棍的威力，竟不闪不避，似乎要硬接这一棍。我不禁来了兴致：莫非这神秘的黑衣人要施展什么神奇的招数不成？

爆竹棍携势挥下，竟响起一阵音爆之声。终于，黑衣人有所动作了。只见他身子诡异地一转，便堪堪躲过了这一棍。同时，如变戏法般一扬手臂，他的手中便出现了一把怪模怪样的武器。武器表面的银光像是有生命般流转不停，令人始终看不清它的真面目。

竹爆不屑地冷哼一声，手腕一扭，爆竹棍便又朝着黑衣人的脑袋狠狠抽去。但立刻，他改变了主意，狠狠地朝着黑衣人脑袋抽去的爆竹棍硬生生停了下来，莫名其妙地停了下来。

正感觉奇怪，我突然发现，其实竹爆不得不这么做。那黑衣人手中的银光，在竹爆毫无察觉的情况下，逼近了他的咽喉。

这时我才看清楚银光中那把武器的模样。它像是一把剑，但剑身二次扭曲，状如一条扭动的蛇，十分怪异。

由于这把怪剑剑身极宽，二次扭曲后，竟像是两把月刀与两柄大镰刀组成的。它，名为"灵蛇"。剑的种类繁多、数量繁多，是江湖中最为常见的武器，但这灵蛇剑极少有人见到。那些有幸见到它的人，大多数都死了。这独一无二的灵蛇剑，是杀戮的象征。

我惊呼："你是灵蛇！"

黑衣人轻叹一口气，悠悠地道："我早料到你会认出我的，杨见。"

他取下蒙面的黑布，露出那张我在不久前刚刚见过的脸。没错，他正是灵蛇！

经过几个月的追踪，终于，在两个月前，我和司徒寒找到了这一带黑道的总瓢把子——灵蛇。

因灵蛇的要求，我带着其余人马离开了，只留下司徒寒与灵蛇单挑。最终，司徒寒以手中寒水剑将灵蛇的灵蛇剑斩断，战胜了灵蛇。

虽然狡猾的灵蛇还是逃走了，但这场战斗并不是无意义的。灵蛇本名肯定不是灵蛇。他偶然得到灵蛇剑，练成灵蛇剑法后，江湖中才出现了他这号人物。灵蛇剑法是一种来历不明的诡异剑法，而这剑法只有依靠灵蛇剑才能发挥出威力，否则毫无用处。毁了灵蛇剑，灵蛇剑法算是彻底废了，灵蛇自然无法继续坐在总瓢把子这个位子上，对武林联盟也不再有任何威胁。

可现在灵蛇手中的，不正是灵蛇剑吗？世上独一无二的灵蛇剑，怎么会出现第二把呢？

似乎是看出了我心中的疑问，灵蛇笑道："我知道你现在肯定非常诧异，因为是你亲手将我那被斩成三截的灵蛇剑送给傅造的。没错，灵蛇剑确实是断了。不过，我找到了当今第一锻造师傅造的住所，抱着试一试的心态，请求他用材料堆中那三截灵蛇剑剑身为我打造一把武器。他同意了，甚至加入新的罕见材料，在原先陨铁剑身的基础上打造出我手中这把新的灵蛇剑。哈哈，这把剑比原先那把更轻更快，更加适合我。"

我更诧异了："怎么可能！傅大师从来不为黑道中人打造武器，你便是把刀架在他脖子上，他也不会帮你！更何况你没有了灵蛇剑，也不一定对付得了他！"

灵蛇笑了，道："傅造那老家伙躲入深山数十年，即便听说过我，你确定他能认出我来吗？更何况有个人欠我人情，为我制作了人皮面具，他更不可能认出我了。在海量稀有材料前，在我的诚意下，他有什么理由拒绝呢？"

我微微皱起眉头："是八大仙人老八'没有用'孙丁做的人皮面具吧。十余年前暴毙的唯一懂得易容术的'百变王'万变是他最要好的朋友。若还有人掌握易容术，便只能是他了。"

灵蛇又诡异一笑："我可什么都没有说，你觉得是便当他是吧……"

话语突然停顿。灵蛇眼神一凝，手中灵蛇剑往前轻轻一递，竹爆喉咙上出现了一道血痕。他冷声喝道："把刚才塞入爆竹棍的火药取出来，再将爆竹棍放在地上。"

竹爆的脸色青白交替。在灵蛇毫不放松的目光下，他只能老老实实地将棍中球形火药取出并放回腰侧袋中，再把爆竹棍放在地上。

棍一触地，手一松开，灵蛇便一脚将这武器排行榜上排名第四的爆竹棍踢得远远的。竹爆脸上掠过一股怒色。但他显然也明白现在的形势，生生压住了怒火。

灵蛇又淡淡地道："慢慢退后。"

竹爆不敢不从。他后退，后退，再后退。而正当再次提脚时，他脚一蹬地，施展轻功，便欲从灵蛇头顶上掠过，去夺那丸子。而在同时，他朝灵蛇撒出漫天星点，右手遥遥对着远处的爆竹棍，手心一曲，爆竹棍已朝他飞去。这正是爆竹门的独门暗器手法"爆竹飞花"与独门爪法"曲竹爪"。

如果灵蛇要阻拦竹爆，那满天寒星够他好受；如果他要抵挡暗器，便无法拦住竹爆。如此完美的计划，必是经过缜密的考虑。

其实我本该想到的。爆竹门门主岂会轻易被他人激怒？一切面部表情的变化都只是他的伪装。

这一幕出乎所有人的意料，但灵蛇似乎早已料到。在竹爆撒出暗器、隔空取爆竹棍、掠过灵蛇头顶的同时，漫天星点消失不见，爆竹棍又被灵蛇剑一剑抽飞。灵蛇依然挡在竹爆面前，他一剑刺向竹爆的胸膛，带着凌厉无比的劲风。

竹爆脸色大变。此时，他正朝着前方冲去，像是将自己的胸膛往剑尖上送。但他也并非等闲之辈。他一面减缓冲势，一面将内力凝聚于双手之间。在最后一刻，他手掌往剑身上一拍，身子便靠这反冲之力飞了回去。

竹爆的双手虽然被内力完全包裹，但还是被锐利的剑气划伤，血流不止。他不敢还击，也无能还击。他虽是一帮之主，一身武功鲜有人能与之匹敌，和灵蛇交手时却数次落入下风。爆竹棍霸道无比，但它十分笨重，缺乏变化，完全敌不住灵蛇剑强猛而又迅速无比的攻势。

这次，竹爆不敢再耍花招了。他停也不停，直接飞身下台，想必灵蛇诡变的武功与浓浓的杀气使他心生退意。

逼退竹爆后，灵蛇身上的杀气稍微减弱了一些。他转过身，不急不缓地走向丸子，一时竟没人敢阻拦。

不过，武林盟主之位的诱惑力太强。终于，有个大汉从一旁冲出，手中破山刀斩向灵蛇的脖颈。他大吼道："灵蛇，你小子太贪心了。你已经掌控了大半个黑道，还想获得整个武林的掌控权，真是贪得无厌。我岳破决不会让你的计谋得逞！"

这是破岳帮帮主岳破。他的破岳刀法在江湖中也算得上是一流了，只不过完全没法与灵蛇的灵蛇剑法相抗衡。

一剑削发，二剑碎刀，三剑触喉，威风无比的破岳帮帮主只能在灵蛇的逼迫下乖乖地走下台。

是时候出手了。

不过立刻，我打消了这个念头。我看见了隐藏在离石柱不远处的人群中的竹子。当然，这竹子并不是用来做竹筷的竹子，而是一个人——爆竹门"七支竹"七兄弟中的老二。

准确地说，我打消了念头，是因为看见了竹子指间夹着的那颗珠子，那颗火烧般通红、表面隐隐有雷弧跳动的珠子——武器排行榜上排名第七的霹雳火雷子。

在排行榜上的所有武器中，论威力，霹雳火雷子当属第一。其实严格来讲，它不应该算作武器，而应归为炸药这一类。竹子花费数年时间才设计出了这玩意，只需注入一点点的内力，它便会爆炸开来。

看他这样子，明显是打算要出手了。那我何必要抢着出手呢？

抱着这样的想法，我决定再等一会儿。

看着灵蛇走到石柱边，旁若无人地从腰间取出竹筷，我想，竹子大概要出手了……

脑中正闪过这个念头，只见竹子猛地从人群中蹿出，冷笑道："我爆竹门得不到的东西，你也别想得到！"

话音未落，那颗蕴含巨大威力的霹雳火雷子已射向石柱。

一直神色淡漠的灵蛇，此刻也变了脸色。看到灵蛇那惊恐的表情，我笑了。但很快，我又笑不出了。我想到一件事，一件极其重要的事：霹雳火雷子爆炸后，首当其冲的不仅仅是灵蛇，还有石台上包括我在内的所有人，以及丸子。

再回想竹子的那句话，我才意识到，竹子的目标不只是灵蛇。他竟然宁肯得罪所有人，也要毁了丸子，让这场争夺赛变得毫无意义！

台外观战的润秋雨急红了眼，大声喝道："竹子，你敢！"

谁也无法阻止霹雳火雷子的爆炸。看这霹雳火雷子的表面变得越来越红，红得像是要滴出血来，我知道，它快要爆炸了。

不管怎样，还是保命要紧。我立刻施展轻功身法"翻天式"，身子凭空拔起，飘到了一个我自认为安全的高度。

石台上乱成一团。轻功本领高超的迅速飞到空中，知道自己轻功不佳的则都挤到石台边缘，甚至有不少人直接被挤下石台，失去了竞争资格。唯一站在原位不动的，便是海威了。

好好一场争夺赛，如今却变得无比混乱。我不满地将视线移到竹子身上，却发现他一脸紧张，施展轻功奔向竹签。竹签的轻功本领貌似不是很好，他正拼命朝石台边缘逃去。但他原先站在石柱边，离爆炸中心非常近，现在即便拼尽全力也无法逃出威力范围。

只见竹子飘到竹签身后，一翻手掌，拍在竹签的后背上，以一股柔劲将竹签推了出去，随即也飞到了空中。竹签则撞飞了石台边缘的两个倒霉蛋，一同落下了台。

只听"轰"的一声，一股骇人的威力爆发而来。雷光闪烁，火舌肆虐，霹雳声震耳欲聋。数十道火红色的雷电从银光中射出，其中一道射中了我身旁的一个倒霉蛋。他惨叫一声，便从天空中落了下去。

真是惨不忍睹。场地里几乎所有的人都从银光中飞了出来，落下了台。虽然他们个个都是顶尖高手，内力极强，并全都挤在离爆炸中心最远的地方，却还是受了点伤。所幸他们的伤并不是特别严重，只不过衣服变得破烂无比，头发根根竖起如同刺猬的皮毛，十分狼狈。

雷光火舌过了好一会儿才消失，石台逐渐显现出来——不，这已不再是石台了。原本的石台上，多了一个坑，一个与石台同样大小的坑。坑中碎石无数，地面被霹雳劈得焦黑，变得脆弱无比。

一道银光出现在我的视线中。我松了一口气，所有人都松了一口气。这个神奇的丸子，最终还是承受住了霹雳火雷子恐怖的威力。

我们一同落回在了巨坑里。想必竹子感受到了每个人对他毫不掩饰的杀意，于是直接飞身下台。

打量了一下四周，我突然发现一件不可思议的事情：在丸子的不远处，站着那个身穿紫色锦袍的老头子。这不正是待在原地没有躲也没有逃的海威吗？刚才心思都放在丸子上，我竟没有注意到，海威没被震出银光之外。

他仍是平静地站在那里，似乎连个手指头都没有动过，衣服没有损坏，头发也还是好好的。但仔细一看，他的嘴角出现了一丝淡淡的血迹。霹雳火雷子不愧是威力最为强大的武器，即便是达到"紫金巅"境界的海威，也被其震伤。

他脸色看上去十分平静，但我能从他的眼睛深处读出那一抹震撼。

抬手擦掉嘴角的血，他忍不住咳了几声，大笑道："看来我这老头子真的是老得无可救药了，还没出手便已受伤。唉，太大意了，我真不应该轻视你们这些小子啊……"

又咳了几声，他叹了口气，施展轻功飞出了石坑。我不禁暗暗啧舌：难以置信，身处霹雳火雷子爆炸中心，事后竟仍能谈笑自如，仍能施展轻功。转头一看，最熟悉自己武器威力的竹子也被惊得瞪大了眼。

这次霹雳火雷子的清场比之前海威那一吼厉害多了。除了我之外，场上只剩下二十余人。

这些人轻功和运气都还算不错，但除了灵蛇，其他人的武功在原先两百余人中顶多算得上是中等。真正的高手，都不屑于击败他们，只与那些水平接近的其他顶尖高手交手，最后败在彼此的手下，接二连三被淘汰，反倒是这些人留到了最后。

剩下的时间不到半个时辰，但我并不着急。我知道，灵蛇早晚会按捺不住，出手解决这其他二十余人的，根本不需要我费心。

起初，灵蛇还站着不动，似乎是在等着我出手。见我毫无要出手的意思，他才叹了口气，手提灵蛇剑，朝着离他最近的那个使沟壑剑的小个子剑客走去。

灵蛇每向前踏出一步，那小个子剑客便向后退出一步。几个眨眼，他们一个进一个退，已是九步之多。只不过，灵蛇一脸平静，那小个子却面色苍白，像是扑了一层厚厚的粉。

而这时，灵蛇的脚步突然停下，小个子也赶紧停了下来，趁机擦了一把汗。但下一刻，灵蛇猛然踏出一步，第十步。杀气肆虐。

这次，小个子剑客退的可不是一步。他掉转身形，直接逃出了比赛场地。

接下来的事情便简单多了。

不管是使三棱斧还是使牛角锥，使鸡啄啄还是使螳螂镰，灵蛇手一抬，脚一动，他们便被吓得屁滚尿流，连滚带爬地下了台。看到他们灰溜溜逃走的狼狈样，我忍不住笑出声，虽然现在不是想笑便能笑的时候。

随着除了我与灵蛇之外最后一位参赛者的淘汰，灵蛇的身体松弛了一刹那，下一刻却又立刻紧绷。他舒了口气，不知是对我说，或者只是自言自语："最后一条杂鱼终于也解决了。"

他转过身，手中银光飞回了背后的剑鞘中。他微笑着向我抱了一拳："久闻'邪手'杨见的大名。几次见面，我都有要事在身，今日总算有机会领教一下'邪手'的邪门了。不过——"

他语气一转，又道："若阁下执意要将丸子让与我，将盟主之位让与我，下次再领教也并非不可。"

听他这么说，我不由得笑了："想不到灵蛇兄的胃口大到这等地步，竟想吃整个江湖，若是吃撑着可不好。"

灵蛇像是没听出我话中的讽刺意味，笑道："多谢关心，我灵蛇没有其他长处，肚子倒是挺大，什么都装得下。"

正为灵蛇的厚脸皮感到诧异，突然，他的脸阴沉了下来。他冷哼一声："看来杨见兄是不给我灵蛇这个面子了。也罢，两个月没活动筋骨了，今日便陪你玩一玩。"

冷笑一声，他又道："别以为你近几年有了些名气便能与我抗衡。即便是司徒寒与我交手，他也没有必胜的把握，更何况你这个他身后的小跟班？再说了，我现在有傅大师亲自打造的神兵利器，即使司徒寒死而复生，他也赢不了我。"

我努力压下心中的怒火。灵蛇这样说只是想惹恼我，好让他有机可乘。他灵蛇，自诩为天下无敌的灵蛇，今日为何要如此耗费口舌，以此来激怒我呢？看来，他也并非像表面那样看不起我，否则根本没必要用这样的小伎俩。

　　我若愤怒无比，岂不是正合灵蛇心意？于是，在平复心情的同时，我努力做出一点儿也不生气的样子，微笑着道："话真多，开始吧！"

　　手一招，银光又从剑鞘中飞出，到了灵蛇手里。他一字一顿地道："那我不客气了，接招吧！"

　　我没有说话，前进了两步。离争夺赛结束只剩下一炷香的时间了，我必须要立刻战胜灵蛇，抢到丸子，不然武林盟主之位便归润秋雨了。

　　只是一眨眼，剑芒已到了眼前。剑尖直指眉心，剑气却是无孔不入的，它将我全身包裹，试图找到一个突破点，突破防线，侵入我的体内。

　　我运行内力至全身各个部位，将剑气完全挡在体外。我施展"引月手"，左手画了一道看似平凡却奥妙无穷的弧线，猛一抄，捏住了灵蛇剑，便像捏住蛇的七寸一般令其无法再前进丝毫。

　　灵蛇并没有吃惊，或许他原本便没觉得这招能伤到我。正想朝他笑笑，一股奇异的力量自剑身传来，传到我手上，使我浑身一颤。紧接着剑一收，竟将半边身子发麻的我拉了过去。剑一顿，猛地停了下来，我的胸膛便朝着剑尖撞去。

　　我略一错步，一侧身，便堪堪躲过剑刃。一闪身，我到了灵蛇背后，出手如风，右手手指点向灵蛇右肋的麻穴。

　　但灵蛇剑的剑尖已在那里等着了。我只好缩回我的手，脚一点地，身子向后滑出一丈，躲开灵蛇那自肋下钻出，出手时机、位置、角度都无比怪异的一剑。

他慢慢转过身，笑道："杨兄果真厉害，竟能如此从容地躲过我的剑。"

我正想回一句"过奖过奖"，却听灵蛇大声喝道："再看这灵蛇剑法！"

话音未落，灵蛇剑已到了身前。我不敢大意，想再次施展"引月手"捉住灵蛇剑，却发现，在灵蛇施展灵蛇剑法时，灵蛇剑如一条吐着芯子蠢蠢欲动的毒蛇，颤抖不已。我无法确定，如果我施展"引月手"，捏住的会是剑脊，还是剑刃。

我不能冒这个险。稍有偏差，我的手心便会触着剑刃，划出一道深而长的口子。

若是普通刀剑，我可以凭借"引月手"将它轻松折断。即便它们砍在我的手上，顶多也只会留下一道白痕罢了。但灵蛇剑可不是一把普通的剑。即使是傅大师随便削出的木剑，锋利程度也是不可思议，更何况是他精心打造的灵蛇剑。

但这也难不倒我。

江湖人都说，"穿花手"乃是当今江湖最快而最优雅的手上功夫。它快得令人看不清招式，却仍优雅得如穿过花丛的蝴蝶般翩跹。无论多快的刀，多快的剑，遇上"穿花手"，便如遇上克星，完全发挥不出应有的威力。

恰好，"穿花手"是我们家族代代相传的武功的一部分。恰好，我也会那么一点点。

我的双手如穿花蝴蝶般上下飞舞。无论灵蛇出手速度有多快，出手的方向、位置、角度有多刁钻，我都能在他出手的瞬间出手。中指在剑上一弹，便震得灵蛇剑发出阵阵清脆的剑吟，震得灵蛇手一颤，剑招受到干扰。

尽管我已将内力毫无保留地凝聚于指尖，灵蛇却仍能将灵蛇剑法完整施展出来，把自剑身传去的巨大力量对其的影响减至最小。我这么做仅仅只能让剑招产生略微的偏离。

然而这正是我所想要达到的效果。这使有些原本或许很难躲开的剑招被我轻易接下，使我在接招的同时有机会还手。

短短几息时间，灵蛇已刺出十七剑。而在对付这十七剑的同时，我也攻出了七招。

但这根本伤不到灵蛇。毕竟我赤手空拳，又没法直接欺入剑光拍他一掌，只能借掌风伤他，以指风点他穴位，但这些对内力、轻功本领在江湖中数一数二的灵蛇来说，自然算不上是什么威胁。

不过，虽然我伤不到灵蛇，灵蛇也伤不到我，我们只能这样僵持着。

我只希望灵蛇会为一时间无法取得上风而焦急，因此露出破绽。但因焦急而露出破绽这事，又怎么可能出现在灵蛇身上？这么一想，反倒我自己变得有些慌乱了。

他竟然还有闲心，微笑道："不愧是邪手。单单这'穿花手'，便已算得上是门绝技了。"

嘴里说着，手上也没停下。二十一个字自他嘴中吐出，也有二十一剑从他手中施展而出。银光倾泻，化为囚笼，已当头罩下。

我也微微一笑："哪里哪里。灵蛇兄的灵蛇剑法，才当真是厉害无比啊！"

在说出这二十一个字的同时，我也打出了二十一招，将灵蛇的二十一剑尽数接了下来。

僵持，仍在继续。

若是在平时，想分出胜负，我们一定会打得昏天暗地，直到双方都筋疲力尽，直到有一方露出破绽被击伤为止。但现在可不能这样，水正源源不断地流入巨大漏刻那巨大箭壶中。若再这么打下去，盟主之位必将落入润秋雨手中。我必须立刻摆脱灵蛇的纠缠。

只是，我的手变快时，灵蛇的剑也变得更快。我们二人中仍没有谁落入下风，也没有谁占了上风。若想摆脱灵蛇的纠缠，除了主动后退离开战圈，没有其他什么办法了。

既然如此，我也只好这么做。手上招式不停，我猛一提气，身子滑开一丈。

向后退开是最容易被抓住破绽的时候，灵蛇不可能不把握住这一大好机会。因此，在身子滑开的一瞬间，我准备好了三种不同的应对方案。

但我所想到的三种方案，一种都没用上。正猜测着灵蛇会如何出手，他却在我诧异的目光中与我同时后退，朝着相反的方向。

在灵蛇的瞳孔中，我看到映出的我急速后退的身影，看到灵蛇他心中的诧异。正如我因他后退而产生的诧异一样。

估计他也意识到了，我们二人间的僵持毫无意义，纯粹是浪费时间。在我想着要摆脱纠缠的同时，他也正好这么想，于是才会有这样的情况发生。

灵蛇愣了一下，笑了："看来你想的和我一样，你也不希望忙活半天最后却是白费力气吧？"

他一挥手，灵蛇剑再次飞回到了剑鞘中。脸上仍是那招牌式的微笑，他道："既然你我二人势均力敌，不分胜负，我们便停止交手好了，不然最后好处全归那个舒舒服服坐在台下的家伙了。"

我没说话，只是点了点头。正如他所说的，我们想分出胜负不知还要多长时间。但很快，酉时便到了，若我们二人都没吃下丸子，盟主之位便归润秋雨了。努力拼命两个时辰，最终收获一身汗水，无论是谁都不会乐意。

而在我点头的一瞬间，在双方达成协议的一瞬间，我动了，灵蛇也动了。我们同时冲向巨坑中心的丸子。

我们不约而同地从腰间抽出一支竹筷。看来他也觉得，将丸子刺穿挑起来要比夹住丸子简单。

我与灵蛇的轻功本领不相上下，在这么短的距离内，根本分不出快慢。我们二人几乎同时到达石台中心。也是在同时，两只不同的手握着两支不同的竹筷，刺向那个相同的丸子。

我这时才真正发觉，当今使剑第一高手出手的速度与力量是如此骇人。灵蛇出手速度之快在我预料之中，毕竟他是能与"天下第一快剑"清风徐来剑的主人清风比快的人。他出手力量之大，却是在我意料之外。

"破竹手"的力量势如破竹。我将力量凝聚到竹筷上，单单是劲风便在巨石上留下一个个竹筷粗细的小孔。哪知灵蛇出手，竟也在石台上留下了一个个相同的小孔。

再一想，其实这也没什么好惊讶的。灵蛇剑笨重无比，本应配合刚烈的剑法，但这灵蛇剑法却讲究出手的快与轻灵。若没有惊天神力，又怎么能施展出这灵蛇剑法呢？

我原以为，在我们二人的攻势下，丸子必定会东逃西跑，我少不了要追赶半天，哪知这情况根本没有出现。丸子只是在原地飞速旋转，像一个顽皮的陀螺。

无论多大的力量，它都能轻松化解。由于丸子的表面过于光滑，只要相差丝毫，没有刺在正中心，竹筷尖端便会自丸子表面滑过，扎在地上，使地面多出一个小孔。竹筷刺的位置偏左，竹筷尖端划向左方，丸子便开始向左旋转；位置偏右，竹筷尖端划向右方，丸子便向右旋转。

不管眼力有多好，也难以精准刺中位置，更何况一开始还不知道必须刺在正中心。当发现需要这样做时，丸子已经转得飞快，我更是找不出它的中心了。

丸子飞速旋转，安静、毫无声响地飞速旋转，倒是我与灵蛇的竹筷不断扎在地上，"笃笃笃"的声音响不绝耳。并且，我们二人的竹筷总是碰到一块，发出"叮"的一声脆响，弄得人耳朵发疼。这原本脆弱无比的竹筷若不是被我们各自的内力包裹，它们早已寸寸断裂。

此刻我想笑又笑不出来。我们二人争夺丸子的场景，便像是两个孩子蹲在地上抽打陀螺。两个孩子都很累了，却又舍不得放手。唯有陀螺，毫无疲惫感地自顾自在那儿旋转。

若换作其他的两位高手像孩子一般在"抽陀螺"，我一定会哈哈大笑，但此刻，我却是抽陀螺孩子的其中一人。一想到有那么多人正盯着我，看着我这滑稽模样，我只能将哈哈大笑换为苦笑。唯一让我心中略感安慰的是，观众不仅仅只在看我一人的滑稽模样。灵蛇的苦笑不比我甜多少。

我们打算等丸子停止旋转再出手，但或许是因为丸子表面太光滑了，等了半天，我没看出丸子旋转的速度有丝毫减缓。

所剩时间不多了，我心里开始有些着急。但有人心里更着急，反应更为剧烈。

事情发生得太突然了。我还没反应过来，一切都已经结束了。

灵蛇猛地站起，用力踹了我一脚。我虽下意识抬起手臂挡了一下，身子仍是倒飞出去，飞出三丈才卸掉那一脚的力道。幸亏我反应迅速，才没让屁股着地。

我一时间不知道发生了什么。当我反应过来时，灵蛇已经站在我原先站着——或者说是蹲着的地方。

他朝着丸子凌空踢了一脚。

这一脚像是柳叶帮"飞絮腿"的第三式，像是飞沙帮"飞沙走石"的第八式，又有其他门派不同腿法的韵味。这天下最强的剑客，竟能将江湖中各类腿法融会贯通，变为自己独创的腿法。

灵蛇当然不可能加入过"柳叶帮""飞沙帮"这些帮派。仅仅是见识过"飞絮腿""飞沙走石"等腿法，便掌握了它们的诀窍，真是不可思议。

这看似轻飘飘犹如飞絮般的一脚，又带有飞沙走石的威能。"砰"的一声，本已坑坑洼洼的巨坑中又多出一个坑。碎石飞溅，令人惊奇的是，劲风自光滑的表面流开，丸子好像没有受到丝毫影响。

但劲风如屏障般缓缓向前推出，最终，丸子还是滚了出去。

而灵蛇似乎早已料到有这一幕。他手一挥，手中竹筷如箭一般射出，将丸子钉在了地面上。

当我终于明白这是怎么一回事，灵蛇已经来到丸子边上，弯下了腰。他右手的拇指、中指，捏住了竹筷的末端。

丸子已落入灵蛇手中。

此刻，我并没有因为失去盟主之位而情绪低落。我原本对盟主之位便不是很感兴趣。参加这场争夺赛，只不过是因为我不希望看到其他任何人取代我至交好友司徒寒的位置罢了。

我只是觉得有些奇怪，为什么灵蛇甩出的竹筷能将丸子钉在地上？莫非暗器之类的手段能无视丸子光滑表面的影响？但灵蛇又怎么会知道这一点？难道是润秋雨告诉他的？可润秋雨又怎么会把丸子的秘密告诉灵蛇呢？

大量的疑惑，令我脑子有些发涨，我只能停止了思考。在如今这紧要关头，也容不得我考虑这些事情。

现在，丸子在灵蛇手中，我冲上去抢肯定是来不及的。灵蛇看上去很放松很悠闲，但我知道，只要我一抬脚，稍稍有冲过去的迹象，丸子便会立刻消失，落入灵蛇的肚子里。

我只能取巧。

我想，在他将竹筷从地上拔起来的瞬间，在他将竹筷上的丸子送到嘴边，手停下的瞬间，在他张开嘴的瞬间，或许会有那么一点点的机会。只要有一瞬间，灵蛇精神真正松懈下来的一瞬间，我冲上前，右手打向他的面门，左手在他拿着竹筷的手上一托一扣，或许便能将丸子抢到手。

尽管我明白，我能知道这一瞬间的重要性，灵蛇也一定能知道我知道这一瞬间的重要性，定会小心防范。但只要有一丝机会，我便不会放弃。

灵蛇似乎已看穿我的心思，露出一种我似乎在不久前刚看过的高深莫测、令人捉摸不透的欠揍表情。他眯起眼睛，瞳孔收缩，原本那双狭长的犹如蛇眼般的眼睛，看上去更像是蛇眼了。

那对蛇眼，紧紧地盯着我。

缓慢地，极其缓慢地，灵蛇提起了竹筷。他的目光，仍然没有从我身上移开。

在他提起那洞穿了丸子的竹筷的瞬间，我全身肌肉紧绷了起来。但立刻，我舒了一口气。刚刚紧绷起来的肌肉，又松懈了下来。

灵蛇很是诧异，似乎琢磨不透我为何毫无举动。谨慎的他仍然紧盯着我，没有丝毫放松。而那只捏着竹筷的手，仍极其缓慢地朝着他的嘴移去。

　　尽管速度缓慢，但移动这么一点距离，几次呼吸时间便足够了。竹筷已到了他的嘴边，只要再稍稍一送，丸子便能落进他嘴里了。

　　我仍是没有动。

　　灵蛇疑惑地看着我，渐渐放松了下来。即使我现在想要有所行动，也来不及了。他朝我咧嘴一笑，毫不迟疑地一口咬下。

　　咯哒！

　　这是灵蛇一口咬下半个丸子的声音？不。这只是灵蛇上下门牙磕在一块儿的声音。

　　这是为什么？是因为丸子表面太光滑，门牙找不到着力点，只是在表面滑过吗？不是。答案很简单：丸子并没有在竹筷上。

　　灵蛇脸色一变，旋即明白了过来，冷哼道："我说你怎么突然放松了。"

　　我笑了笑，没说什么。

　　他低头看向地上的丸子，脸色又是一变。我一愣，凝神看去，发现丸子竟然完好无损！

　　孔呢？被竹筷贯穿后留下的前后透亮的孔呢？

　　我忍不住想上前瞧一瞧，场外解说员——润秋雨开口道："无须吃惊。"

　　他清了清嗓子，道："我来慢慢解释。丸子在那八十一种稀奇草药熬成的汤汁中浸泡百日，药汁完全渗透到了丸子内部，所以它里里外外都光滑无比。你单单提起竹筷，丸子当然会滑下去。"

　　他顿了顿，再次清了清嗓子："至于丸子复原，那是因为我在熬草药时一不留神混入了一小瓣浴火花的花瓣。当时若不加点东西挽救，恐怕整锅汤汁都要报废。于是，我只好再加了一大把浴火花的花瓣，一些帮助浴火花花瓣发挥作用的火灵芝，几根再生莲的雌蕊与它的九粒莲子，以及一棵存活千年的桃树的少许树皮和冬天长出的嫩芽……"

突然发现自己貌似说出了一些秘密，他猛然住嘴，半晌后才又道："所以，这丸子拥有极强的恢复能力。正如刚才那样，它被竹筷洞穿后可以立即复原。除了被剁成碎末，或是被一口咬下半个，任何伤害都无法在丸子上留下痕迹。"

看得出来，灵蛇正努力压下怒火，但他的脸部肌肉仍在止不住地抽搐，他只需要将竹筷刺入刚打出的小孔中，轻轻一挑，便能把丸子吞入腹中。但因为那种神奇的恢复能力，他现在必须重新用竹筷钉住丸子。

灵蛇若想钉住丸子，必须再次一脚将丸子踢飞。我知道，灵蛇也知道，只要他踢开丸子，我的机会便来了。

但除了这么做外，别无他法。

并且，灵蛇犯了错误，犯了本不应该犯的错误。他低估了我的反应速度与轻功本领，也低估了自己那一脚的力量之大。

在他脚踢出的瞬间，我动了，如一股轻风，掠了过去。正好在下一刻，丸子脱离灵蛇的控制，向我飞来。

正以为自己势在必得时，我突然想到一个问题。我原本打算先用竹筷把丸子钉在地上，然后手捏竹筷轻轻一挑，令丸子高高飞起，再施展轻功跃到空中，将它一口吞下。但刚刚回想起润秋雨的话，我发现，这是行不通的！

由于丸子里里外外都光滑无比，竹筷将它钉在地上时它折腾不出什么花样，但在竹筷离开地面将它挑起的瞬间，它定会立刻滑开，要么落入灵蛇手里，要么直接滚下了台。

到底该怎么办？

都说在紧急时刻，人的潜能便会爆发出来。此话不假。只觉大脑飞速运转，我立刻找到了方法。

既然当丸子被钉在地上时，它便折腾不出什么花样，那我便创造出一块地面。在丸子下，在竹筷应该钉着的地方，创造出一块可以移动的地面。

这并不是异想天开。

"惊雷手"，一种最为霸道的手上功夫，据说脱胎于数百年前最具盛名的暗器高手杨雷的一种独门暗器手法。它的速度与力量皆无比惊人。若借其力量与速度施展暗器，便是一顶尖的暗器手法。

"化乾手"，江湖十大手上功夫中排名第二。独特的分筋错骨术并不是它排名第二的原因，最主要的还是它那化腐朽为神奇的能力。它能改变物体的形状、大小与结构，甚至可将一粒小石子搓成绣花针。

这两样都是家族一脉相传的武功，我自然掌握。

右手轻轻一招，腰间九根竹筷的其中八根便到了我手里。加上原本便捏着的那根竹筷，我手中共有九根竹筷，但当我施展化乾手轻轻一搓之后，这九根竹筷便合为了一根。

一揉再一拍，我手中的竹筷先是变成了球状，再又变成了薄薄的圆盘。

这一取、一搓、一揉与一拍，是我在瞬间完成的。一眨眼，九根竹筷消失，一块两个巴掌大小的竹质圆盘出现在我的手中。

丸子离我的距离继续缩短。

丸子离灵蛇的距离也在逐渐缩短，毕竟灵蛇的速度要比丸子快好多。

我毫不犹豫，猛地出手。手腕一震，手中圆盘飞旋而出，擦着地面朝丸子飞去。

丸子来得快，圆盘去得也快。立刻，圆盘便碰上了丸子，向丸子与地面间的缝隙钻去。

我深吸一口气。机会仅此一次，容不得我有半点闪失。

腰间最后一根竹筷也被我取去。我施展惊雷手，以诡异的姿势一甩手臂，手指一弹，手中竹筷便以惊人的速度打向丸子，破空声如惊雷炸响一般。原本普普通通的竹筷变得无比刺眼，如同云端的闪电。

在竹筷脱手时，我舒了一口气。而在我舒气的瞬间，"笃"的一声，丸子与圆盘已被一同钉在了地上。

此时，我离丸子仅仅只有两丈之远，反观灵蛇却足足有五丈。这场争夺赛，终于该结束了。

不过，我虽运筹帷幄，却没有放松警惕，双眼仍紧紧盯着灵蛇，也丝毫没有放慢速度。脚一蹬地，跃出二丈，身子还没落下，我已一把抄起了地上的圆盘，以及圆盘上钉着的丸子。看着灵蛇脸色变幻，停下了脚步，我笑了，愉快地笑了。

低头瞧了瞧丸子，我又得意地抬头朝灵蛇一笑。出乎意料的是，在原本应该变得焦急、沉不住气甚至暴跳如雷的灵蛇脸上，我捕捉到一丝透露着狡黠的微笑。

那一丝狡黠转瞬即逝，我甚至无法肯定它是不是真的出现过。我的心中泛起一丝不安。

但这一丝不安，也如那丝狡黠一样转瞬即逝。说不定是我看走眼了，灵蛇脸上的微笑只是我的错觉。丸子已经到手，现在最重要的事便是将丸子吃下去。

酉时即将到来，时间不多了。我若不赶紧吃下丸子，或许还真白忙活了。

灵蛇还不肯放弃。他脚一蹬，身子便"嗖"地朝我暴射而来。

我不敢怠慢，往后退去。他一掠二丈，我一退也是二丈。

正想再退，灵蛇却已停下脚步。他一定是发觉自己的轻功不比我高明，追不上我，这才无奈放弃了。

我放松了下来。正要抬手吃掉丸子，我突然想起一件事：灵蛇是谁？他可是这一带黑道的总瓢把子，怎么可能如此爽快地放弃了呢？

我差点中了灵蛇的计谋。他知道自己一时追不上我，于是便识趣地暂时放弃，让我觉得他已打消了做盟主的念头，好让我放松警惕。一旦放松警惕，便会出现破绽，而在我露出破绽之时，便是灵蛇出手之时。

魔幻大楼

我只有小心，小心到不露一丝破绽。

我紧紧盯着灵蛇，正如不久前灵蛇紧盯着我一样。而在双眼盯着灵蛇的同时，我的手，拿着圆盘，拿着丸子的手，缓缓抬起。

当把圆盘高举过头时，我只要一翻手，丸子便会顺着竹筷滑下来，滑到我嘴中。在这之前，任何破绽的出现，都是不可饶恕的。

随着手一点一点抬高，我心跳加速，情绪也难免变得有些许激动。这导致我漏算了一个因素，导致我露出了破绽。

光。这该死的光。

在某个角度下，阳光照在丸子表面，竟恰好反射到我眼中，光线如蜜蜂屁股上的针，在我的眼球上狠狠扎了一下。

眼睛一阵刺痛，我情不自禁地眯了眯眼。下一刻，我反应过来，立马意识到自己所犯的错误，暗叫不好。灵蛇若没有趁此机会来夺取丸子，那便怪了。

立刻睁开眼睛，我惊奇地发现，灵蛇竟站在原地，没动过似的。抬头一看，银光闪闪的丸子仍好好地待在我手中的圆盘上。

我松了口气，为灵蛇错过如此良机感到无比惋惜。没有细想，我翻转圆盘，丸子开始下滑。我张开了嘴。

下一瞬，丸子便会落入我的口中。下一瞬，新的武林盟主便会诞生。这时，我才真的全身放松了下来。辛苦了两个时辰，终于有了结果——虽说大半时间我只是在看别人辛苦地争夺。现在，即使是离我最近的灵蛇也来不及阻止我了。

我不禁得意地瞟了灵蛇一眼。然后，我清楚看到了他脸上的微笑，那一丝透露着狡黠的微笑。这说明，我之前并没有看走眼，那转瞬即逝的微笑是确确实实存在的。

这让我心中生出一股冷意。莫非，在这丸子上，隐藏着什么未知的巨大阴谋？

只可惜，当我想到这一点时，已经迟了。丸子，已落入我的口中。

在这一瞬间，我发现了那个巨大的阴谋。我只感觉舌头发麻，紧接着下颚也无法动弹了。我的四肢开始变得无力，脚下一软，我没能站稳，便直接坐在了地上。

我断定，在这丸子里，含有一种足以在江湖中排名前五的迷药。只有那几样顶尖迷药，才能在一瞬间发挥作用。

昏仙、迷王等传说中的人物早已仙逝，江湖迷药榜前几名的迷药都已成为了神话，十余年来未曾出现在江湖中，没想到今日被我遇上了。如今善于使用迷药者极少，能配制出顶尖迷药的迷药大师更是屈指可数。不过，我倒是认识一个迷药大师。他，便是润秋雨。江湖迷药榜总共收录了百余种顶尖迷药，其中有十余种出自他手。

不知为何，此时我中了迷药，不但大脑没有变得迟钝，思维反而更加清晰了。许多原本没有找出答案的古怪事情，我也有了头绪。

下迷药的当然是润秋雨。只有丸子的主人，才能够神不知鬼不觉地在丸子上下迷药。台下那么多人中，也只有他，在看到我的异常后仍微笑着，似乎一点儿也不吃惊。

但随即，润秋雨到底是满脸笑容还是十分诧异，我已分不清了。在场所有人脸上的表情，我都分不清了。我眼前的景象，开始变得模糊。

我一惊。即便是江湖迷药榜上排名前五的顶尖迷药，药效也不可能发挥得如此之快。这只有一种解释：丸子在数年前的制作过程中便被下了迷药。药效经多年时间累积，才达到这种程度。

有谁会愿意花费十年时间制作出一个不可食用的丸子？没有人。但润秋雨偏偏这么做了。若他是为了武林盟主这个位子，在提出举办争夺赛后才下了迷药，倒还合情合理。但事实上，他在几年前制作丸子时便已经下了迷药。他若不是脑袋被驴踢了，便是别有用意。

而这用意，正是为今日这场争夺赛的最终结果埋下伏笔。也只有他，如此富有心计的他，才可能在十年前便策划出这场争夺赛，策划出杀死司徒寒的计划，策划出争取武林盟主之位的方案。

没错。我的好友司徒寒，肯定是被润秋雨杀死的。别人没有杀死司徒寒的机会，他有。司徒寒身上没有任何致命伤，只可能是中毒而亡。虽然医神乃医中之神，精通医道也精通毒，可没有人是无所不知的。身为天下第一厨，润秋雨对食物的了解定是远超常人。或许几种简简单单的食物搭配在一起，便能使人中毒身亡，且丝毫看不出中毒的痕迹。

这便奇怪了。如今大敌当头，刃帮即将来袭。我若是他，肯定不会选择在此时出手，至少等到这一场风波过去了，再开始行动。若自己还没当几天武林盟主，便被刃帮除掉了，岂不是个天大的笑话？

没有人会希望发生这样的事，润秋雨也不可能例外。但现在他偏偏这么做了，说明他有一个充分的理由。而这唯一的理由，便是他运筹帷幄，知道自己必胜无疑。不过，连"神算"卜先生都无法确定武林联盟与刃帮之战的结果，润秋雨又如何做到运筹帷幄？

润秋雨为什么觉得自己能赢？

答案是唯一的。至少，我实在想不出第二种可能了。润秋雨之所以运筹帷幄，在刃帮来袭之前夺取武林盟主之位，是因为他早已在暗中勾结了刃帮。

这显然是早已预谋好的。润秋雨成了盟主后，刃帮来袭，他甚至不需要来个什么里应外合，仅凭一句话，便能使武林联盟所有人放弃反抗。尽管会有些像石剑、清风这样的人心中不满，但他们要顾及全帮人，自然不会轻易出手。

这样一来，刃帮必能在短时间内崛起，迅速控制整个江湖。我唯一不能确定的是，在这个计划中，润秋雨到底扮演着怎样的角色。他或许是刃帮那神秘的帮主，或许仅仅只是计划中的一枚棋子。不过可以肯定，他是刃帮中人。

我曾听司徒寒说起过，那年，南宫行带领武林中人一同对抗刃帮。经过数十个月的周旋，在刃帮濒临瓦解之时，润秋雨不知怎么得罪了他们，遭到大批人马追杀，还中了刃帮独门之毒"龙涎水"。若不是正好被司徒寒救下，他早已毙命。

现在仔细一想，这其中有许多漏洞。润秋雨从不惹是生非，又怎么会惹到刃帮头上？凭润秋雨的细心谨慎，又怎么会轻易中毒？刃帮面临瓦解时，怎么可能分出大量人手追杀润秋雨？刃帮真要追杀一个人，又怎么会容他逃了几天，逃到盟主府附近？

　　我努力转动了一下几乎完全失去知觉的脖子，灵蛇那模糊的身影重新出现在我的视线中。这么短的距离下，即使此刻我眼前一片模糊，也还是清楚辨出了灵蛇脸上的表情。

　　不是惊讶，是笑。微笑。

　　我顿时明白。原来，润秋雨竟还勾结了这片地盘上黑道的老大。这样一来，之前灵蛇脸上那狡黠的微笑便解释得通了，这是因为他一早便知道丸子里有迷药。

　　我无比懊悔。其实，灵蛇在之前露出过许多的破绽，只不过当时我心思全在丸子上，才丝毫没有发现。起初，丸子不停旋转，一向冷静的灵蛇竟着急地飞踢一脚，将丸子踢出，便是个破绽。其次，灵蛇知道将丸子钉住的方法，并特地使用，好让我也知道，便又是个破绽。还有，他一脚踢开丸子，却多用了些力，出了差错，将丸子踢得远远的，使我有机可乘。堂堂灵蛇的身上怎么会出现这种差错？

　　即使在这时我也不得不赞叹润秋雨谋略之深。从两百余位与自己实力相当的高手手中抢走丸子，难如登天，争夺赛大概率是无人胜出的。可追求万无一失的润秋雨，生怕有人夺走属于自己的盟主之位，便事先下了迷药。这样一来，即使有人最终吃下了丸子，成为了盟主，却会因迷药的作用陷入昏迷，到头来武林联盟还是由润秋雨代理指挥。

　　他这样做已经很完美了，可他偏偏又不放心，生怕被别人发现什么。如何避免被别人发现问题？那便是尽量不让别人知道丸子中有迷药。

　　这便需要让一个人来阻挡他人了。只要时间一过，润秋雨便是盟主。无人知道丸子中有迷药，丸子也完完整整没有受到破坏，岂不更好？

灵蛇自然是最好的人选。他那样的人虽极难被打动，但也并不是绝对无法被打动。我将原本断成三截的灵蛇剑送给傅造这消息，还有傅造居住的地方，也许都是润秋雨告诉他的。

我知道，这迷药至少能让我昏迷三日之久。而在我昏迷期间，刃帮定已长驱直入，令武林联盟彻底瓦解，控制了整个江湖。

此刻，我只希望有谁能够发现一些端倪，在刃帮来袭之前戳穿润秋雨的阴谋。但其实我心里清楚，能戳穿润秋雨阴谋的，除了我，别无他人。

不知不觉，迷药的效果已蔓延至全身上下。我的四肢彻底没了知觉，身子也似乎化为了一摊水。我倒在了地上。我连合上下巴的力气都没了，丸子最终还是从嘴中掉出。若是还能动，我真想苦笑一声。这下好了，忙活了两个时辰，最终还是没人能吃下丸子。

而正在此刻，场外一切骚动停止。模糊的视线中，那个模糊的身影已拿着巨槌，敲响了那面巨锣。尽管我听力丧失听不到什么声音，我也知道这意味着什么。润秋雨，新的武林盟主，诞生了。

我想喊，喊出润秋雨所有的阴谋，怎奈嘴巴已失去知觉，不听大脑使唤。我只感觉眼皮越来越沉重，身体也越来越沉重，仿佛要沉到地底下去了。我明白，立刻，我便要真正地陷入昏迷。

争夺赛结束了。但这结束，却是另一件大事的开端。三日后，当我醒来，当我还有机会醒来时，江湖已然大变……

过山车

　　他仰头看着轨道上的过山车，坐在游乐园的长椅上发呆。即使每隔一段时间就会被讨厌的刺耳的电铃声打断，他也能立刻回到发呆状态之中。

　　也不知听了多少遍铃声，当他的发呆又一次被打断时，他站起身，去买了张票。

　　排了好长时间的队，买到票回来重新坐在长椅上，他才反应过来自己刚刚做了什么。

　　上午，吃完早餐，他像往常一样步行去菜市场。按理说，在这个时候，他早已到菜市场挑好几样菜了。只是因为半路上不经意间看见了这座游乐园，他来到了这里。

　　游乐园第一天开业。经过这儿时，他看了一眼门口的海报，并没有怎么在意。可正打算离开，身子却不受控制地跑进了游乐园，第一时间找到过山车，在长椅上坐下。就在刚才，他又不受控制地从长椅上跳起，去买了一张票。

他自己也感觉莫名其妙。他向来抗拒飞机。自从二十六岁时第一次也是唯一一次乘坐飞机死里逃生后，不管去多远的地方，他都要坐火车。甚至连坐过山车，他都不敢尝试。怎么突然来了兴趣呢？

算了，今天是生日，就疯狂这么一次吧，他想。

事实上，他从来不把生日当回事。确切地说，他最讨厌的就是生日。他从来不给女儿过生日，也从来不给自己过生日。有好几次女儿送他生日礼物，他都非常生气，臭骂女儿一顿。他也不知道自己这种对生日的厌恶从何而来，反正他觉得人一生中重要的事非常多，根本不应该把生日这无聊的玩意儿放在心上。

找理由竟然找到生日上了，这使他有点儿生气，当即在心里劈头盖脸骂了自己一顿。一边骂着，他一边又站起身，走向刚刚到达的他所要乘坐的那列过山车。

坐上过山车，他又发起了呆。他想到了自己的女儿。在知道世上有名为"过山车"的有趣的东西后，她每天都念叨着要坐过山车。在坐过一次过山车后，她就完全迷上了过山车。在假期，只要一有空，她便要去游乐园玩。每次到别的城市旅游，她都会去游乐园尝试一下不同的过山车。虽然身为父亲的他讨厌过山车，但也不可能强迫自己的女儿讨厌它吧？于是，每次女儿坐过山车时，他只有无奈地站在地面上，仰着头，徒劳地试着从天空中那一整列车的人里头找出自己的女儿。

过去，他的女儿不厌其烦地一次又一次向他描述坐过山车时那美妙的感觉，希望可以和他一起坐过山车，但都没能打动他。现在，他终于坐上了过山车，只是女儿却不在这儿。

从幼儿园到小学到初中，天天车接车送，他从未与女儿分开超过二十四小时。若真有什么要紧事必须到外地跑一趟，他甚至都给女儿请了假，带她一起出去。

然而现在，他已经两个多月没见到女儿了。

初中毕业后，每个亲戚朋友都来建议他送女儿到外国学习，孩子她妈也这么说。他心里头是非常不愿意的，他也根本不觉得出国学习有什么好处。只是，所有人都这么说，他还能怎样？孩子他妈带着女儿一起走了，他却不能走。尽管他把大部分事情都布置给下属去干了，自己都还能有时间买买菜、散散步，但每天还是有好些东西是他不得不亲自处理的。

电铃声猛然响起，吓得他浑身一颤，发呆自然也被打断了。安全杆缓缓罩下，伴随着一阵短暂的刺耳的摩擦声，过山车缓缓开动。

起初他还没什么感觉，不过立刻，他就感到不对劲了。过山车开始加速。他想大叫，让工作人员立马停下这该死的机器，把他放回下来，却已经来不及了。过山车如上膛的子弹一般被弹射了出去，时速在几秒钟之内就从零加速到了上百公里。当他想要喊叫时，人已来到了半空中。狂风疯狂地往他嘴里灌，他爆了几句粗口，却因狂风而变成了孩童般的咿咿呀呀，并瞬间被甩在了后面。

狂风在耳边呼啸，刺耳的风声不断扎在他的鼓膜上，可他一点儿办法都没有，因为他的双手必须得先护住他的脸。他很少会做出使自己后悔的事情，而这正是为数不多使他后悔的事之一。他后悔自己上了过山车，后悔自己买了票，后悔自己走进了游乐园，后悔自己不经意间抬起头看到海报的那一眼。若没有那些，他此刻会在这儿受苦吗？

这真是大错特错。他想。

突然，他想起女儿以前说过的话。很多人在过山车上害怕得要命，就闭上了眼，实际上这是非常愚蠢的。若张着眼睛，欣赏那只有在过山车上才能欣赏到的空中景色，所有恐惧都会被忘得一干二净。若闭着眼，想用薄薄一层眼皮挡开那急速的恐怖的刺激，只会让自己更加紧张。

于是他微微张开眼，微微张开挡在眼前的手指，想透过指间缝隙看看女儿口中那别样的风景。结果，风如尖刀般狠狠扎在他的眼球上。他忍不住倒吸一口凉气，连忙重新闭紧双眼，并用手遮得严严实实。

身处一片黑暗，他感觉好受了一点儿，但手背上的刺痛与耳朵的疼痛仍无时无刻不在提醒他正身处何处。他听见身边千奇百怪的叫喊声，有高兴激动的怪叫，也有害怕恐惧的尖叫。他脑中猛地跳出一条很久之前在一本破杂志上看到的信息：坐过山车时，大声喊叫可以有效减轻风速对胸腔的压迫，大大减弱心中的紧张感。他赶紧照做。可张开嘴，口腔立刻被刮得生疼，喝了满满一肚子的风，叫喊声却仍被压在嗓子口。他只有老实地闭上了嘴。

他只能通过身体的感觉和耳朵的听觉来了解情况。身体猛地向左边撞去，被紧压在座椅左侧，车上人们的叫喊停顿一瞬，说明过山车经过一个向右的弯道。身体左右摇晃，周围的叫喊声变形扭曲，说明过山车正行进在一段满是弯道的路上。肚子里一阵翻江倒海，脑中一阵眩晕，人们的叫喊声突然加强，说明过山车进行了一个三百六十度的翻转。

他内心已处于崩溃的边缘。上车前，他还特地看了一下介绍。全程只不过是两分钟左右的时间，他原以为自己大概刚坐上去就能下来了，时间就像以前无数次看女儿坐过山车那样短暂。可现在，像是过去了很久很久，过山车仍没有停下，似乎永远都不会停下。

仿佛又回到了十余年前的那天。因为突然出现的大雾，只比大巴车稍微大点儿的破旧飞机在空中盘旋了一个半小时，最终只能紧急迫降。那种眩晕感、失重感，使他腿脚发软，脑袋里天旋地转。恶心，想呕吐又吐不出来……

他觉得自己应该撑不到过山车到达终点了。

可突然，一种奇妙的感觉将他包围。耳边的风声消失，遮在脸前的手也没有了针扎般的刺痛。大脑恢复了清醒，胃里也不再翻江倒海。

难道过山车到达终点了？

他放下手，使原先蜷缩成一团的身体稍稍放松，然后小心地睁开了眼。

过山车仍在运行。但和之前相比，它的速度似乎大大放慢了。之前速度飞快的过山车，此时竟像蜗牛般缓缓爬上前方上升的轨道。

不只是过山车。在他的世界中，一切都变得很慢很慢。人们的叫声被怪异地拉长。他们一个个表情狰狞，唾沫四溅，看上去十分有趣。

微风吹在他的脸上，使他微微发痒，舒服无比。身在高处，无数文章的描写都是"楼房变得矮小无比，地上的人们像是一群群蚂蚁"。若是在电影里，摄影师还会给那些蚂蚁一个特写镜头。

但此时此刻，谁还会在意这些？

他没有去看矮小楼房，也没有去看什么蚂蚁。他从来没有感觉自己离天空这么近，离那片蔚蓝这么近。太阳仿佛触手可及，云层就像是房间里的天花板一般，他甚至觉得只要再高一点点，自己就能看穿云层，看到云层后面的那一片神秘。

到达了整个轨道的最高处时，一切都恢复了原样。或者说，原本就什么都没发生过。过山车几乎垂直于地面猛地俯冲下去。身体极速落下，他感觉自己的灵魂被剥离了出来。它不断上升，再上升。

灵魂离自己越来越远，但他对它的感知反而加强了。阳光冲刷掉它的污垢，风剔除了它的杂质。它变得轻盈，变得清爽，变得晶莹剔透。

过山车缓缓停下，全新的灵魂追赶上了他，钻进了他的体内。他感觉到自己也变得轻盈、清爽了。所有的忧虑和烦恼都被遗忘在空中，他感受到一种从未感受过的无法描述的愉悦与美好。

直到工作人员过来友好地拍了拍他的肩，他才清醒了过来。从座位上站起，走下过山车，他觉得似乎什么都没变，又觉得好像整个世界都变了。

回到自己原先坐过的长椅上，仰头看了看轨道上的过山车，发了一小会儿的呆，他站起身，又去买了一张票。

不要太伤心也不要太高兴，我还活着

好黑啊！

伸手不见五指，不伸手同样也是如此。我看不见自己的脚，但我知道它在走着，不受控制地走着，一直没有停下来。

脑袋里迷迷糊糊的。好像一片空白，又好像并非如此。好像什么都没有，又好像无所不有。好像漫无目的，又好像有所目的。我记得自己要找一样东西，可偏偏完全忘了是什么东西。我唯一能知道的是，杨蝉在行走，在伸手不见五指的黑暗中行走。

那么，杨蝉又是谁呢？

还没好好想一想，黑暗中的某个角落，传出一枚石子投入湖中般的"扑通"一声。思路被打乱，因为这如湖上波纹般扩散开的声音，因为这突然的变化。

如波纹般的声音拥有巨大的难以想象的能量。它透过我虚幻的身体，撞在黑暗世界的外壁上，使一道道裂痕爬上了外壁。一丝丝光线透了进来，紧接着，外壁化为无数碎片四射，却都立刻如一只只黑色蝙蝠般以相同的速度飞了回来。黑色世界的黑色外壁，恢复如初。只是瞬间的光亮，我又陷回了黑暗之中。

不过，虽然还是黑暗，但我知道，现在的黑暗与之前的黑暗是完全不一样的。之前的黑暗中，除了黑暗，还有那恐怖的死寂。而现在的黑暗，只是眼前的黑暗罢了。窗外不远处传来的鸟鸣声，让人听了有一种说不出的舒服。

听着那时而欢快时而舒缓的乐曲，我躺在床上，什么都不想，什么都不干，全身都被那如水一般的柔和之感包裹。可猛地，乐曲停顿，一大群鸟扑棱棱飞起，像是受到了什么惊吓，原先的乐曲也变得杂乱无章。

怎么了？是谁打断了乐曲，打断了我的愉悦？

我忍不住要起身看向窗外，看看到底发生了什么。可过了半天，我回过神来，这才发现，我的眼前并没有出现窗外那群惊鸟，那群在我花了一大笔钱购买的火烧树上空盘旋的惊鸟。我眼前仍然只有黑暗，一切都和刚才一样，没有丝毫变化。

不是我的眼睛出了问题——或者说，不仅仅只是我的眼睛出了问题。我发现，我整个身子都出了问题。我的腰没有听我指令使我坐起，我的手没有听我指令撑住床辅助我的腰，我的脖子没有听我指令使头转动，朝向窗外，我的眼皮没有听我的指令撑开。全身上下每个部位，都像是成为一个个体，令我无法调动。在正常情况下，我应该已经看到窗外的鸟了。可事实上，我一动不动。

我尝试着睁眼，但眼前仍然只是一片黑暗。我感觉自己能控制眼皮，可它就是没有动弹。再猛地用力掀开被子，可这也只是在脑海中掀开罢了。被子依然压在身上，我能感觉到。

这究竟是怎么一回事？

正在又惊又怕之时，我听到细微的门把手拧动的声音，听到细微的门打开的声音，听到细微的脚步声。接着，就有一个人在我耳边轻轻喊："爸爸，别睡了，快起床。素姐已经做好早餐了，有你最喜欢的……"

大女儿的话分散了我的注意力。到最后，我完全忘了之前的惊与怕，甚至在猜测早餐的内容。唯一让我感到奇怪的是，大女儿怎么好好的就不说话了。难道是要吊我胃口？

只感觉有一样冰凉又柔软的东西碰到了我的鼻尖。过了一小会儿，大女儿"哇"的一声哭了出来。她边哭边叫："你们快来！爸爸他……"

我傻傻地躺在大床上，任凭那毛巾在身上粗鲁地擦动。即使无法睁开眼，即使没有看，我也知道，我的身体肯定已经被搓得通红。

从大女儿的哭喊一直到现在，估计已经过了几个小时。我至今仍未回过神来，仍感觉脑子里空空的一片，毫无头绪。

这是怎么了？我怎么就这样死了？

死后难道就是这个样子？大脑还能思考，有听觉、嗅觉、触觉，估计视觉和味觉也没消失，只不过没了呼吸，心脏也不再跳动，身体每个部位都不再工作罢了。

我不得不告诉自己："杨蝉，你死了。"

难以置信，死，竟然是这样。我想，我父亲、母亲、老伴儿他们死时听我在边上哭的心情，应该和我之前躺在床上听着边上几个人大哭时的心情一样。我真想告诉他们我还有意识，但嘴不配合。

当时，大女儿这么一哭一叫，我的二女儿，我的两个女婿以及为我们做了七八年饭的素姐，立刻赶到我的床边。我觉得遗憾的是，小儿子居住在外地，我已经有半年没见到他了。也不知他现在有多么伤心。

十几分钟前，身上毯子被猛地掀开。只听一个大嗓门喊："放心，交给我们！"一个更大的嗓门喊："我们是专业团队，请相信我们！"于是，那么多的哭声就退出了房间。

似乎是由于女儿们的要求，我的头发得以保留。他们俩只给我剃了胡须剪了指甲，然后就将我像剥鸡蛋一样剥了个精光。放在床上，对我就是一顿猛搓，一直搓到现在。

终于，他们二人搓够了，停了手，为我穿上了一套非常合身的柔软衣服。我知道，这是寿衣，是我原本以为至少要再过二十年才有可能会考虑到的寿衣。这么一想，我的心中涌上了一种说不出的难受。谁也拦不住死神。今年，我整整六十岁。几十年来，我从未得过什么大病，健康得不能再健康。可现在，我死了，就这么莫名其妙地死了。

我任凭他们将我抬起——事实上，我再怎么不乐意也还是会被他们抬起。然后，他们将我放进一个似乎是纸质的箱子里。箱子被放在一个平台上，木门打开，听着身下手推车车轮转动的声音，我第一次

躺着穿过那条无比熟悉的走廊。我知道，这应该是我最后一次穿过这
走廊了……

一路上，车厢里只有哭声。

最后一次出了大门，告别了我的家，我就上了这辆车。装着我
的纸箱应该是放在车厢中心的桌上，哭声正好将我完全包围。奇怪的
是，我并没有感觉多么伤心。我觉得自己在这时候应该好好伤心一
番，可又怎么都伤心不起来。我仿佛看到心里有个小人，像是小时候
的我。他抱膝坐在黑暗中，抬起头看着我，无声地笑了。

渐渐地，我发觉，我的感官系统正逐渐失去它们原有的功能。纸
箱外的哭声越来越轻，衣服的柔软也很难感觉到，我甚至都已经无法
确定自己是不是穿着寿衣。我想，死，大概就是这样。先是没了心跳
与呼吸，无法动弹，接着就没有了知觉，最后意识才会消失，才会真
正死去。

到达目的地，纸箱又被放回到了手推车上。不过，这次，我已经
听不到车轮转动的声音了。我只知道，车跑得飞快，感觉下一刻就要
飞起来了似的。

很快，推车到了一个房间里，停了下来。纸箱的盖子被打开，
有强光打在我的脸上，使我睁不开眼——事实上，没有这强光我也睁
不开眼。随后，脸上微微有些发痒，鼻子也有些难受。我想，现在应
该有一帮化妆师正在为我化妆吧。三年前，我的老伴儿去世时也是如
此。她被打扮得漂漂亮亮，躺在纸箱里，好像只是睡着了而已，好像

很快就能醒来让我陪她去街上买些小吃，也好像从未被病魔纠缠过。

一切都像是发生在昨天，我记得一清二楚。

等我从回忆中脱出身来，化妆不知在何时已经结束了。打在脸上的强光早已经消失，推车早已经开始飞跑。

再次停下，装着我的纸箱被扛起，又被放到了一个平台上。身旁的那些人跟商量好了似的同时哭了起来。看来当我在化妆的时候，女儿、朋友他们已经到这儿来了。这里，大概就是开追悼会的大厅吧。

小儿子从外地赶到这儿至少要半天时间，那么追悼会无论如何也不会在上午进行。我无聊地等了半天，发现哭声逐渐变弱，直至完全消失。纸箱外没了声音，静得可怕。大概是到中午了，他们全都去吃午饭了。突然脑中"唰"地闪过一个想法，令我羞愧得只想扇自己耳光：真是可惜了，连早餐是什么都还不知道，就这么空着肚子死了……

尽管听力随着时间的流逝而下降，但还至少能听到一些声响。现在，我感觉耳边有些轻微无比的杂乱声音，和刚才死一般的寂静完全不一样。我知道，他们来了，得到消息来和我道别的他们来了。

听不见哭声，或许它们被太多杂乱的其他声音淹没了。我心里期待着，期待着他的到来，我的小儿子。我没法子再睁眼看看他，不过只要听到他的声音，哪怕只是一阵哭声，我也满足了。

"吱"的一声，音响里传出的混音吓了我这已死之人一大跳。如果我还能动的话，我肯定已经吓得从纸箱中蹦出来了。

纸箱外的杂乱也被这个刺耳的声音抹去。一个低沉的声音响起，盖掉其他的一切。我知道，追悼会开始了。

声音虽大，但仍然听不大清楚，我只知道台上有个司仪在说话而已。不过这完全不要紧，司仪能说的也就这么几句话，我不用猜都知道他会说些什么。

听司仪在追悼会上滔滔不绝，我也不是一次两次了。但听司仪在自己的追悼会上滔滔不绝，又是另一番滋味。我感觉很奇怪，不管是在父亲母亲、老伴儿和几个好朋友，还是其他一些不是特别熟的人的追悼会上，听着司仪在台上说话，我都忍不住落泪。可真正到自己的追悼会的时候，我只是盼着司仪赶紧说完，追悼会赶紧结束。至于为什么会有这种想法，我也不清楚。

低沉的声音在大厅中回荡，我在纸箱里等得浑身难受。终于，司仪的声音消失，我知道，如果不出意外的话，所有参加追悼会的亲朋好友以及闻讯而来的其他人，会在司仪的指挥下一个个上前，看看我那张露在外头的因化妆而看上去年轻十几岁的脸。

似乎有细微的脚步声响起。大女儿、二女儿、小儿子、大女婿、小女婿、老李、老蒋……脑海里浮现出一张张脸。这些脚步声中，一定有属于他们的。

时间过得非常慢。也不知过了多久，脚步声消失，司仪的声音再次响起。不过，这次他只说了一两句话。看来，追悼会是要结束了。

大厅里越来越安静，越来越多的人离开了。我隐隐听到有人说话的声音，下一刻，眼皮外的光线消失，纸箱的盖子重新盖上，纸箱也重新被放到了手推车上。这一次，车并没有像刚才那样飞速向前，反而让我有些不习惯。

出发，前往"永乐居"——殡仪馆给火化处取的雅名。

我神游天外，察觉到一丝不对劲：我的小儿子哪儿去了？

在那些各种电视剧里，一个老头子死去，来不及与他的儿子见最后一面。他儿子赶到后，猛地扑到躺在病床、自家床上或是殡仪馆大厅台上的爸爸身上，鼻涕眼泪同时涌出，哇哇大叫。他两手握住爸爸的一只手，嘴里不断地说些"爸爸！我来迟了！"或"爸爸，对不起！"或"爹，你怎么就走了！"之类的话。可现在，这一切怎么都没有发生？

为什么？是因为小儿子没来？不应该啊！如果连小儿子都没赶到，追悼会怎么可能开始呢？

这是怎么一回事？

"永乐居"离大厅很近。还没等我想明白是怎么一回事，车已停了下来。纸箱被扛了下来，放在了通往焚烧炉的轨道上。边上的哭声在瞬间变大了数倍。又过了一会儿，身后"呼"的一声，燃起大火，身下"咯咯咯"齿轮转动，纸箱开始移动。很快，炽热包裹了我的头，接着是身子，最后是脚。"砰"的一声，闸门闭合，阻断了死亡和人世。

这下子我是真的要死掉了吗？

这个念头一闪，又过了十几秒，我仍能感觉到那即使被削弱好多也仍然令人痛不欲生的炽热。不知死亡会在何时突然降临，突然得我根本无法察觉，但至少我短时间内不会有什么问题。

我松了一口气。不过很快，我觉得我不该松这一口气。没被火烤过的人绝对想象不到被火烤之时的难受。我真希望那火能更猛一点，在第一时间灭掉我的意识。

就这样，也只能是这样，听着"呼呼"的大火声，我平静地等待，等待着那一刻的到来。

过了很长一段时间，我的意识仍然没有消散。身体差不多已经完全感受不到火的温度、火的存在了，估计能感受到疼的玩意儿和能将疼传到大脑的玩意儿都被烧得差不多了。我甚至怀疑，自己的手是不是已经烧得只剩下骨头了。

三年前，我的老伴儿是不是也这么想过？

大脑里猛地一恍惚。等到清醒过来的时候，我发现，所有的知觉都消失了。不再有火的炽热，只有虚幻般的清凉。

又怎么了？

我吃惊极了，猛地坐起，睁开眼。我这才想起，自己其实早已不能动弹。而正当我嘲笑自己的愚蠢之时，眼前已出现了焚烧炉的不锈钢内壁与不知是什么材质的闸门。

火焰如一瓣瓣莲花的花瓣，将我包在了莲蓬上。

真正的我仍然躺着，那具白骨。现在的我，身体半透明，是淡蓝色的，是天空的颜色，我最喜欢的颜色。

难道这就是所谓的"灵魂"吗？

一切只会在梦境中发生的事，都发生了。我只是有点纳闷，为什么自己一点儿都不意外。

只过了一小会儿，闸门开了。齿轮声再次响起。我发现，我的感知已是原先正常情况下的几十倍。我甚至能听到电流的吱吱声。我赶紧站起身，钻了出去，脚踏实地，抬起头，浑身莫名一颤，目光不由自主移向那个位置。随后，目光穿透过好多堵墙和一棵树，捕捉到那几个正要走出殡仪馆的一身黑的身影。

那几个黑衣黑裤黑皮鞋如黑社会成员的男子中，走在最前头如黑社会老大的黄发男子弹掉手中的烟屁股，从自己屁股后头的口袋里摸出手机："老板，好消息，那老头子真的挂了。"

我刚拥有的顺风耳，将手机那头传来的放肆笑声听得一清二楚。这笑声，属于我所在公司的死对头的老板，那个永远笑眯眯的无比和气的老板。

十几年前，我的创新轰动全世界，受邀成了那家公司的顾问。而立刻，公司死对头派人来要购买我的创意，被我一口回绝。而派来和我商议的，正是这个黄发的男子，只不过那时，他还是个二十几岁的青年。

我苦笑着摇了摇头：这么多年来，我得罪过不少人，这老板只是其中之一。听到杨蝉去世这一消息，大概有不少人会拊掌大笑，高兴得不得了。

然后，目光自动一移，我立刻又捕捉到那个蹲在殡仪馆门口的熟悉身影。他鼻子、眼睛通红，破旧的衣袖已湿透，眼泪仍然"哗啦啦"往外走。

他是我小时候的邻居，是我读书时的同学，是我一直以来最好的朋友。我们曾一起下水捉鱼，一起上山捉野兔。从小学一直到高中，我们都是同学。毕业后，我们住同一栋楼，又是邻居。我们每天都能见面，直到十几年前那次，我出了大名，受到各种邀请跑遍全国。回来时，他的房产已经卖给了别人，不知去向，就再也没有联系上过。

我原以为他是有什么急事离开了。如今已过了十几年，我这才知道，原来他并没有离开这个城市。他恐怕是觉得自己不配和我交往，才躲开了我。

我狠狠扇了自己一个耳光，尽管没有感觉。我那时怎么就没想到呢？那时我如果尝试寻找，肯定很快就能找到他。

可惜，当我明白的时候，已经没有机会了。我现在能做的，只是痛苦地看着他看着他从地上站起，慢慢远去。

收回目光，两个女儿站在边上，一边哭，一边用小钳子夹起我的骨头，放到如垃圾斗一般的小斗中。她们将灰也扫入小斗，全部倒入骨灰盒，最后，我就被完全装入骨灰盒中。看着她们，我不禁感到一些心疼。我唯一能做的，就是给她们每人一个她们感觉不到的拥抱。

然后，我就看到了我的小儿子。他的反应出乎我的意料。他只是静静地站在一边，看着他那两个姐姐忙碌。从他的脸上，我看不出丝毫的伤心，这骨灰盒中装的好像不是我，不是他爸爸，而是一个陌生人。

正这么想着，他突然好像又想起了什么，走出"永乐居"。他靠在一棵树下，对电话那头的人说："亲爱的，我千盼万盼，那老家伙终于死了。哈哈，我一毕业他就让我出去找工作，不给我任何帮助，说是让我锻炼锻炼。现在，他死了，他的家产——哈哈，回去后，我们去吃顿大餐庆祝一下。"

一时间，我完全反应不过来。我简直不敢相信自己所听到的。这是怎么一回事？原来，我最最疼爱的小儿子，竟一直盼着我死！

我只感觉心口像是被揪住了一般疼痛，痛得我喘不过气来。有一把无形的巨锤打在我脸上，我仰面向后倒去，踉跄几步勉强站稳。我的脑袋像是被谁掏空了，什么也不剩。

过了许久，我的心才逐渐平静下来。我叹了口气，安慰自己：现在，儿子也才二十五岁，还是个孩子，所以不明白我的心思，或许没过几年，他就明白了，为自己在今天说了这些话感到羞愧无比。

抬起头，视线穿过屋顶，接触到了蓝天。随后，一道光照在我身上。我只感觉身体不断变轻，最后就飘了起来。穿过屋顶，我飞向天空。

环顾四周，在视线里，有很多淡蓝色身影与我一同上升，也有很多新的淡蓝色身影开始上升。我突然想起以前看过的那些童话神话故事：或许，在通往天堂的门口，天使将我拦住，说是上帝搞错了；或许，牛头马面突然出现，告诉我阎王在生死簿上写的字太潦草，导致他们误以为我的死期在今天。于是，时间倒流，回到今天清晨。鸟鸣没被打断，后来女儿叫我起床，我就乖乖起床，去吃那未知的早餐……

我张开双臂，仰头正对着蓝天。眯着眼，我在心中对他们所有人说：

"不要太伤心也不要太高兴，我还活着！"

爆米花

上午吃了两只馒头与一个煎鸡蛋后，我就一直没事可干。随便洗了洗碗，我擦擦手，去捡起邮递员从门缝里塞进来的报纸。人老了，除了腿脚不大利索之外，腰身也不灵便了。只是俯下身子去捡报纸，腰眼子就像被锥子狠狠扎了一下那般刺痛，脚下一踉跄，额头撞在了铁门上。若不是我的反应力还没有因岁月的流逝变得迟钝，胳膊还算听话，立刻扶住门，除了头撞在门上发出的"咣当"一声之外，还会有脸砸在地板上发出的"啪"的一声。

扶着门缓缓站起身，我一手拿着报纸，一手揉着还残留一丝疼痛之感的腰眼子，走到躺椅前，一屁股坐下。拿起报纸看了半天，我才想起，自己还没有戴上老花眼镜，是根本看不清报纸内容的。将报纸放在腿上，我从躺椅边的书桌上抓过眼镜仔细戴好，才重新开始看报纸。

都说人越老越有耐心，可我却感觉自己越来越没耐心，甚至连看报纸的耐心都没了。明知道自己此时除了看报纸外无事可做，但我还是静不下心来。还没看几行字，我就又把报纸放下了。刚戴上的老花眼镜，又被我取下来放在了一边。双手十指交叉环抱着放在肚皮上，我开始闭目养神。

人老了，虽然昨晚睡足了十个小时，可还是犯困。说是闭目养神，但闭了会儿目，没养多少神，我就忍不住打起了盹。不过，盹还没打多久，我在睡梦中突然想起，自己躺在躺椅上原本是为了闭目养神的，于是就把自己弄醒，继续闭目养神。可躺在躺椅上实在是太舒服了，重新开始的闭目养神计划还没施行多久，我又打起了盹。而只过了一会儿，我又变得清醒，又开始闭目养神……

这种似睡非睡、似醒非醒的状态一直持续到肚子"咕咕"地叫了两声为止。梦中的我正在思考着用什么方法来叫醒自己，却被肚子抢了先。

我好不容易才从躺椅上爬起，站稳了身子。一抬头，挂在对面墙上的那只钟告诉我，我醒的正是时候。现在开始做饭，我能准时吃完午餐。

其实，准不准时都无所谓，反正我如果没有准时吃完午餐的话，我也只是无法准时开始午睡而已，没什么大不了的。

这只钟看上去已经十分破旧了，可我信任它，正如信任我的老伴儿一样——正如我以前信任我的老伴儿一样。它现在看上去虽然十分破旧，但在五十年前，在我与她结婚那年我买下它的时候，它是那么漂亮，正如五十年前的她。它由一根根有长有短有粗有细并富有极其强烈的艺术感的铁条组成，外表涂上了一层富有极其强烈的美感的黑漆，光滑细腻。我，五十年前的那个穷小伙，毫不犹豫地掏钱买下它，尽管它是店里最贵的一只钟，尽管店员告诉我，那其实只能算是一件艺术品，或许在使用了几个月之后就会报废。

可一晃，五十年过去了，虽然富有美感的黑漆几乎完全脱落，虽然富有艺术感的铁条已有些变形，几根铁条上面那层难看的黄褐色的铁锈，已代替了黑漆，但指针，但时针、分针、秒针那三根指针，仍在旋转，日复一日，年复一年。我与我的老伴儿，在它的陪伴下度过五十年的岁月——不，是我在它的陪伴下度过五十年的岁月，我的老伴儿，只有四十六年。

是啊，五十年了。从我买下它的那年算起，已是整整五十年。我买下它的那天，仿佛还是昨天。那时，我把它拿回家，告诉她关于它的一切后，她打开包装，同样被它的美震撼到了。我还记得，她说，她不愿看到这只钟失去生命。结果还真是这样，四年前，她出了门，就再也没有进来过。那辆跑得飞快的红色货车，导致她被送入医院。躺在救护车里的担架上进去后，她就没有再走着出来了。

我好不容易才从回忆的泥淖中脱出身来。都说人越老记忆力也越差，可我却感觉自己的记忆力越来越好了。倒还真是这样，我闲得心里发慌没事干，以前的所有事情都能回想起来——只是看了看时钟，我就回想起了好多事情。这一回想，就导致我浪费了好多时间。

其实，浪不浪费也无所谓，更何况这完全不算是浪费。我现在正是闲得心里发慌没事干，若真要说起来，我每时每刻都在浪费时间。她走了，在这里，我连一个能说上话的熟人都碰不到。这里每一张面孔都是那么陌生，正如这座城市一般。

走进厨房，我舀了一杯米，洗了洗，倒入儿子特地为我买的小型电饭煲中。关上盖子，接通电源，我转过身，拿起了墙角的一个袋子。打开一看，里面还有两根玉米棒子。

又吃完了。看来，又要去超市一趟了。

我最喜欢吃的就是玉米棒子了。大概就是从四年前开始，我爱上了玉米棒子，几乎天天啃。我的老伴儿也一直喜欢啃玉米棒子。在老伴儿不算老，应该说是非常年轻的时候，她就喜欢啃。因为她的这个爱好，我们家的餐桌上就经常会有玉米棒子的身影。那时的我，对玉米棒子，不能说是很喜爱，也不能说是讨厌，但经常啃玉米棒子，我即使原本不讨厌，心里也有了一丝厌恶。那时我一直很纳闷：为什么她经常吃，却还没有吃腻呢？

四年前的那天，她出门，也是为了去超市买玉米棒子。

到了现在，我似乎才有点儿明白她为什么会喜欢啃玉米棒子了。可是我仍不明白，我，一个糟老头，一个牙齿快掉光了连玉米棒子啃起来都有点儿吃力的糟老头，一个不像她那样天生一副好牙的糟老头，为什么会喜欢上啃玉米棒子。但我似乎又模模糊糊地知道一点儿。如果我仔细想上一会儿，我一定能想到这是为什么，可我却没时间想，也不知我是不是故意不去想的。

可我为什么不去想？会不会是我已经知道了原因而却强迫自己相信自己仍不知道？可我为什么又强迫自己相信自己不知道？

我感觉我的脑子仿佛已经不够用了，我都被自己弄晕。"是不是我强迫自己相信自己的脑子已经不够用了？是不是我强迫自己相信自己已经被自己弄晕了？是不是我强迫自己不要找到记忆深处那个答案？"这些问题刚刚进入我的脑袋，又被我赶了出去。

看着手中的两根玉米棒子，我突然又想起了五十多年前的那天，我与她的第一次相遇。

在我看过的所有小说中，男主人公与女主人公的第一次相遇，要么是在柳絮飞扬春意盎然令人满心愉悦的春天，要么是落叶飘零秋风萧瑟令人多愁善感的秋天。而我与她的第一次相遇，却是在炎热得令人心生烦躁的夏天。

那个晚上，我去看露天电影。看什么电影我已经忘记了，因为每当我去回忆那个晚上发生的事情时，我只能想起关于她的一切，我的脑子里也只能装下关于她的一切，而容不下其他任何的东西。我只知道，那部电影惊心动魄，中途，我甚至倒吸一口凉气，发出"嘶"的一声。而与此同时，我发现了她，坐在我右边的那个和我在同一时间倒吸了一口凉气，发出"嘶"的一声的她。

在我发现她的同时，她也发现了我。四目相对，她很不淑女地"扑哧"一声笑了，随后，我也笑了。我们连电影也顾不上看，聊了好久。我们像是多年不见的老朋友，一直聊，从这个话题聊到那个话题，又从那个话题聊到这个话题，什么都聊得上。我觉得我们俩十分投缘，中途出去买了两根刚烤熟的玉米棒子，我一根她一根。她也不跟我客气，接过去就啃，与我一起，边啃边继续看电影。但我的心思没有在看电影上，也没有在啃玉米棒子上，而是在她身上。胡乱啃完，我和她继续聊。最后，电影放映完毕，人也走光了，我们还有好多话题没聊，只好约定第二天再来看电影。

村里组织了三个晚上的三部电影，我就请她啃了三根玉米棒子。最后那个晚上，我向她问来了她的住址，她也向我问去了我的住址。之后，每有什么戏班子来了，村里又组织放映什么电影，不是我去她家约她，就是她来我家约我。顺理成章地，我们成了夫妻。

"咣当"一声，不锈钢盆掉进了水槽中，又把我从回忆中拉回到现实生活里。我将玉米棒子扔进不锈钢盆中，用水冲了冲，就取出来放进高压锅里。

这个高压锅是我在九年前买的。那时，我与老伴儿去超市里挑了半天，最后，我选择了这个。在我的眼中，这个高压锅与别的高压锅都有些不一样，造型有一种说不出的艺术感，让我想起家里的钟。它的价格太高，老伴儿一直劝我买边上那个高压锅。那个高压锅与这个高压锅的造型非常接近，可标价只有这个的一半，尽管她也非常喜欢这个。但最终，我还是选择了这一个造型富有艺术感的高压锅。因为那只钟，我一直坚信，越是贵的东西，质量越好。若买那个便宜的高压锅，或许过两三年就有些地方不好使了，而这个高压锅，弄不好还能用七八年。如果真的这样，倒是买这一个高压锅更划算。

那时，她虽妥协了，却仍赌气似的，说这高压锅若用不了八年就找我算账。事实证明，我的眼光是对的，不过我更希望的是她能有机会向我承认我当年的选择是正确的。可在四年前我就知道，这是不可能发生的事情。

　　我往高压锅中倒了一点儿水。合上盖子，我吃力地将它放在煤气灶上。拧开旋钮，锅底下蹿出淡蓝色火苗。看了一会儿正在不安分地跳动的火苗，我下定决心，煮了这两根玉米棒子，吃完这顿饭后，就去买一个新的高压锅，把这个旧高压锅装进箱子，放到房间角落去。

　　原先我根本没把推销员说的"高压锅最多只能用七八年，用久了会有危险"这句话放在心里。我一直认为，这只是推销员的一种手段，好让我们没用几年高压锅就换一个新的。可最近，我听说，边上就有一户人家使用超龄高压锅，男主人被炸得面目全非，到现在还躺在病床上，半死不活的，还在昏迷的状态中。

　　反正过会儿要去超市买玉米棒子，我就顺便买一个高压锅好了。也不用买贵得离谱的，我一个糟老头，也不奢望再用八九年高压锅了。

　　其实，我一直没有换高压锅，还有一个原因。九年前，我就早已衰老得不成样子，原本和老伴儿一起去买高压锅时，我还对老伴儿说，自己能轻松地将高压锅提回家，最后却还是合力提回去的。九年后的今天，没了她的帮助，我大概只能将高压锅放纸箱里拖着回来了，也不知中途要休息多少次。我一直盼望着哪次他打电话能告诉我，他在回家的途中，带着他的妻子，以及我的两个白胖孙子——哦，白胖孙子已经是四年前的事了——这样，我就可以让他帮忙买一个高压锅，直接提到家里。

　　我的儿子，特有出息，不像我这个糟老头，一辈子都碌碌无为。他不到三十岁时，就已成为一家跨国公司的老总。而且，他并非贪得无厌之人，赚足八辈子的钱后，他就甩手不干，将我和老伴儿接到城市里"享福"，自己却跑到美国娶了个美国妞，生了两个大胖小子。就这样，我到了这座处处陌生的城市里，与我的老伴儿一起。

他准备去美国生活时，并没有说要带我和老伴儿一起去。我与老伴儿原本就商量好了，即使他说要带我们一起去，我们也会拒绝。一来是因为我们不想麻烦儿子，二来是因为我们到了那儿必须得麻烦儿子。在城里我们至少还能正常生活，虽然人生地不熟的，不过仍能与别人交谈。若到了美国两个人生活，我们连买菜都是个问题。那些老外说的稀奇古怪的话我们完全听不懂，而且我们又完全不会讲那种稀奇古怪的话。

其实不管他会不会说要拉着我们去美国，我与她，一个糟老头与一个老婆子，都不可能去美国，结果都是一样的，但出乎我们预料的是，他并没有提起这件事。好长一段时间，我们心中都有点儿不高兴。他飞到了美国后，我们还经常提及这件事。

现在，想起儿子，我心里就来气。他去美国这么多年，一共才回来两次。虽说我每个星期一早上六点整都能准时接到儿子远在美国传来的声音，偶尔还能和他妻子与我的两个孙子说几句，听听他们搞笑的发音。不过，正如儿子那个人一样，我家的电话机规规矩矩的，从不干出线的事。这么多年了，电话铃声都只会在每个星期一早上六点整响起，不会早一分钟，也不会迟一分钟，从来没有少响一次，却也从来没有多响一次。

他跑到美国玩了一年，就回来了。这是第一次回来。他独自去纽约，回来时却是两个人。除了他之外，另一个，就是他现在的妻子，是我现在的儿媳，那个美国妞。

那天同样是星期一，也同样是早上六点，他又打电话给我们。开头与平时一样，他问了些"吃得好吗""睡得好吗"之类毫无营养的话，我和老伴儿就一直回答"好"。正当我们以为他与平时一样，说"过几个月回家看看"时，他却说："这个星期三晚上七点——呃，你们那边的星期四上午八点，我会准时下飞机。再过两个小时左右，我大概就到你们家了。"

当时我们就愣住了，过了好久才反应过来，高兴得在地板上跳了几下。而正要再说几句时，电话那头传来一片忙音，儿子已经挂断了电话。

为此，我们准备了很久，但到头来并没有准备多少东西。到了星期四上午十点，门铃准时响了。"丁零零"的铃声还没消失，我就已经冲了过去，打开了门，张开手臂，打算给儿子一个大大的拥抱。

我至今忘不了那个场面。门开了，站在门外的不是儿子，是一个皮肤很白头发金黄眼珠子绿得有点儿诡异的外国女人。她用蹩脚的普通话对我说了声"你好"后，儿子才从她身后走出，喊了声"爸"，将我因吃惊而忘了放下的双臂摁回到原来的位置，把堵住门口的我推到一边。他一手拉着行李箱，一手拉着她的手，那个外国女人，也就是我现在的儿媳的手，走进客厅。他对着我和老伴儿说"这是我朋友"时，我与老伴儿对视一眼，什么都明白了。

老伴儿连忙上前，要从儿子手中接过行李箱，放到为他准备的房间里，他却说他已经为自己与朋友在附近的宾馆订好了房间，不住在我们家。

房间白白整理了。

老伴儿一愣，又笑着转身走向厨房，对儿子说她再去准备午餐，多烧几道菜，他却说他中午和朋友去外面餐馆里吃，让老伴儿不用烧了。

菜也白炒了。

我发现老伴儿的脸色变得十分难看，我想我的脸色肯定也好看不到哪里去。可儿子只顾自己说话，似乎一点儿也没发现。直到他说他会在这儿住上三四天，并会一直陪我们在城里到处走走，老伴儿的脸才没有那么僵硬才没有铁青得吓人了。

我们那时都以为，儿子想我们了，要回来陪我们是他回国的第一个原因。让我们认识认识他女朋友，让他女朋友认识认识我们，并和他女朋友一起来这里旅游是第二个原因。直到第二天，我们才知道，他回国只为一个原因，并且不是我们所想的第一个原因。

第二天，我们去逛了逛街，还在附近的大型公园里玩了半天。第三天，我们又赶到当地最为著名的风景区，游山玩水，在小山坡上走走停停，绕着白湖散步，到白湖上划船，并坐船钓了一上午的鱼。

儿子嘴上说是陪陪我们，可那两天，他连一点儿陪我们的意思都没有。虽然我们四人一块儿到处走，但中途我与老伴儿都没跟儿子说上几句话。无论是走到哪儿，儿子都只和那美国妞聊天，我半天听不到一句正常点儿的话。听又听不懂，插又插不了嘴，我与老伴儿俩人就只好稍稍靠边自个儿聊去。我一直感觉自己就像是多余的，老伴儿那时也这么说。

在风景区就更烦了。那些山，那些小溪，在我出生成长的那个村子里，是再寻常不过的了。绕着白湖散步时，我时不时喊无聊，还故意喊得挺大声。大概是因为儿子好不容易回来一趟却不理自己，我心中极其不爽，才一直觉得无聊。我记得，那时，我低声嘀咕："假如儿子陪我聊聊，或许我就不会觉得无聊了。"

在船上，老伴儿也一直说自己恶心、头晕，也喊得挺大声，就是不知道她是否也是故意的。可和我喊无聊时一样，儿子似乎与美国妞聊得太投入，成了聋子，老伴儿怎么喊他都没反应。耳尖的我在那时听到了老伴儿低声嘀咕的话："假如儿子多陪我聊聊，或许我就不会觉得恶心了。"

最后，我们实在是忍无可忍了。当儿子提议下午去爬白湖边上的旗山时，我与老伴儿想都没想就立刻说自己不去了。我们都说自己已经玩得累死了，一把老骨头，没爬到半山腰就一定不行了，上不去下不来。我原以为儿子会说："那好吧，下午我们一起在家里聊一聊，这次计划取消。"可没想到，那时，他说："那你们先打车回家吧。下午我与她爬到山顶找家饭馆吃了饭就回来带你们去看电影。"

我那时似乎气愤得想破口大骂，但又一想，自己和老伴儿一大把年纪了，还真没在电影院里看过电影，去看看倒也不错。并且，想到我们会在电影院里待很长时间，我和老伴儿能与儿子聊上半天，我也就作罢了，没说什么，只是点点头。

可在看电影时，儿子仍和那美国妞手挽手依偎在一起。这令我与老伴儿心情很不好。或许正是因为心情不好，我们觉得一切都太糟糕。我们抱怨座椅不舒服，抱怨前面的人太高挡着视线，抱怨电影的内容太假太无聊，怪兽满地跑，人人天上飞，抱怨儿子买的玉米爆米花不好吃，非但填不饱肚子，而且十分糙口，带有一种恶心的气味，完全比不上以前看电影时吃的烤玉米棒子，抱怨这里一切的一切，直到儿子无奈地转过身子，对我们说："爸，妈，别喊这么大声，这里这么多人看着呢！难道你们不觉得丢脸吗？"

我从儿子的语气、脸色、眼睛中，读出了一丝厌恶。与老伴儿对视了一眼，我知道，她也感受到了这丝厌恶。那时的我们，就像两只被霜打蔫了的茄子，垂着头，不再说话，只是吃着手中的爆米花……

我记得第四天，他们就要走了的时候，儿子才过来，低声问我与老伴儿："你们说，她怎么样？"

我们立刻明白"她"是谁，也明白"怎么样"是指哪一方面的。那时，他像是在询问，但他的语气却告诉我们应该怎么回答了。

还能怎么样？只能说好。

于是，儿子笑着钻进出租车，说要让玩累了的我们好好休息，不用去机场送他们。那语气，迫使我们无奈地做出我们不想作出的决定。

从那一天起一直到四年前，儿子足足有十几年没有再回来了。而那一天，也是老伴儿最后一次见到儿子。

不过，还有一件事我从未忘记过。

　　那是在儿子离开两天之后。那天我与老伴儿突然又想起那个风景区。或许那时真的是心情不好，事后一想，那儿真漂亮。于是，很少出门的我们，乘出租车到了白湖，像那天一样绕着湖走，手挽着手散散步。因此，我们发现了身后那对聊得很投入的情侣。他们穿的衣服与儿子他们离开时穿的衣服一模一样，其中一人的一头金发引人注目……

　　当然，这是后话了。

　　至于我第二次见到儿子与儿媳，第一次见到我的孙子时，是在四年前，儿子第二次回来的时候。那时，两个孙子都有十三四岁了，长着一身白白嫩嫩的肥肉，很可爱。只可惜……

　　儿子为老伴儿举办了一个十分隆重的葬礼，只不过，在这陌生的城市中，谁都不认识我们，乡下那些不多的亲戚大部分都去外地营生了，参加葬礼的只有寥寥几人。葬礼完毕后，儿子没有在此逗留，带着妻子孩子就又回去了。

　　我甚至能预测到自己的未来：天天待在家里无所事事，最后也死了，死在书桌前的躺椅上，鼻梁上或许架着眼镜，腿上或许放着报纸，放着一本书。到了星期一早上六点整，电话铃又响了，却没人接听。那头的儿子或许立刻赶来，或许又打了几个电话，发现还是没人接听后才赶来。然后，儿子会为我举办一个葬礼，同样也只有寥寥几人参加的葬礼。最后，儿子变卖了他原本为我与老伴儿买的房子，回到美国过他的好日子。我与老伴儿的痕迹，就从这个世界上完全消失，只剩下一座墓碑。

　　我的脑海中莫名其妙地出现了一个念头：自杀。然而立刻，它被我从脑袋里赶了出去。是啊，我现在的生活毫无意义。老伴儿在那个世界等我，我唯一在意的儿子那一家人，却一点儿也不在意我，我活着一点儿意义都没有。但我若真的自杀了，恐怕会给我最在意的那个人带去麻烦。高压锅爆个炸的消息都能传到十里之外，一个老头子孤苦伶仃独自生活，最后因为他儿子没有做到自己的本分，绝望地自杀了，这消息弄不好会传遍全国。

我东想西想想了半天，也回忆起了好多事情。都说人越老想象力反而越丰富，果真如此。

我自嘲地笑了笑。

而这时，我突然想起了一件事，一件要命的事。按理来说，高压锅煮玉米棒子要先用大火，过了六七分钟后，气孔开始放气，则再用小火煮一会儿，这样玉米粒粒香软。可现在我回忆了半天胡思乱想想了半天，至少有十多分钟了，高压锅竟连一点儿反应都没有！

我一步蹿了过去，发现了一件事，一件要命的事：高压锅锅盖上的气孔，连一丝儿气都没漏出来！

这一发现使我出了一身的冷汗，人已站立不稳。我突然想起，据说，边上那户人家的高压锅，正是因为超龄使用，气孔的装置失灵，无法在需要放气时放气，使得高压锅变成了炸弹。

更要命的是，当我想到要逃跑时，已经来不及了。奇怪的是，听说高压锅出了故障，会剧烈膨胀，直至爆炸，可它，这个高压锅，竟以肉眼可见的速度缩小着。

终于，高压锅不再继续缩小。它的表面开始出现波浪形的纹路，并如波纹般扩散。最终，它悄无声息地爆炸了。

没有我想象中的惊天动地。

而就在爆炸的一瞬间，我的脑海中有什么被撞开了。我猛然回忆起一切，四年前一切的一切。那天，老伴儿并不是去买玉米棒子。那时我们家还有一大袋的玉米棒子。正是因为我说自己已经吃腻了，一定要换一种方式吃，老伴儿才急忙出门去超市买排骨，打算用高压锅炖玉米排骨汤！

正是因为我，才会有四年前的那场车祸。

我的视线由于大量涌出的泪水而变得模糊。我似乎没有感受到那高压锅爆炸产生的巨大冲击，只是倒下了，像高压锅爆炸一般，悄无声息。

在倒下之时，在我的视线还没有完全陷入无尽黑暗中之时，我仿佛看到了——不，我看到了，满天如星辰般的，爆米花……

就这么一眨眼（代后记）

杨 邪

　　为这部中短篇小说集写序，是今年三月份就说定了的事，那会儿杨渡还在上学，进入了高考冲刺阶段。某天中午去学校送餐，他匆忙扒饭，我坐对面说："你得给自己的书写一篇序言吧？"他不假思索地回答："哪有时间，不写了！你给我写一个呗！"

　　此情此景，我立即就感觉到我的话是多么不合时宜。

　　其实我提醒他，是觉得作为作者，他应该就集子中的十篇作品向读者做一下交代。可转念一想，作为他的父亲，由我来做交代，我确实也是可以胜任的。

　　小学四年级，杨渡创作出第一篇短篇小说，然后在五年级创作了第二篇，这两篇算是学徒期的习作吧。五年级下册期末开始，他就动手创作第一部组合式的长篇小说《喜糖的魔力》了。四个月后，被称为"幻觉小说"的《喜糖的魔力》完成初稿，接着修改了一个月，书稿很快就进入浙江少年儿童出版社的出版流程。

　　杨渡的第二部长篇小说《闯江湖》是在六年级寒假动笔的，那时《喜糖的魔力》还在编辑出版中。《闯江湖》被称为"少年武侠小说"，初稿写作了半年，紧接着二稿和三稿修改了四个月；第二年暑假，根据出版社的意见，他又花半个月修改四稿。

《闯江湖》由中国少年儿童出版社隆重推出，已经是初二寒假的事。但在它的三稿与四稿之间，即初一寒假和下册，连续三个月，杨渡另起炉灶创作了《我是一棵树》开头的五万字。这部作品可以看作是童话，也不妨称为长篇小说，然而它的体量可能将是二十万字，甚至更多，于是杨渡决定暂且搁笔。

《我是一棵树》至今仍未被续写，而正因为这样，所以有了现在这部名为《魔幻大楼》的集子——当然，这好像是个牵强的说法，或者说，这是我故意生拉硬拽。不过事实上，也确实如此——这部集子中的作品，除了《踢馆子》，其余都是《我是一棵树》搁笔后创作的；假设《我是一棵树》一直续写下去，长年累月，欲罢不能，那么还有之后的这些中短篇小说作品吗？

这部集子中，《踢馆子》是最早的作品，杨渡创作它的时候正值六年级寒假。它原本属于《闯江湖》里的一章，只是完全独立，放在里面纯属多余，是以修改四稿时它被抽取出来。此篇完稿三年后曾发表于《意林·小文学》，但那是杂志编辑的删改版，可以忽略不计。

《我是一棵树》搁笔后的第一个作品，是《闹钟里的瓢虫》，创作时，杨渡上初一下册。这是一篇异想天开的幻想小说，不得不说，一年后《儿童文学·经典》愿意辟出那么多版面连载一名初中生的短篇小说处女作，算是大手笔。

接着就是《丸子，丸子》，杨渡创作于初一之后的暑假和初二上册，初三及之后的暑假修改二稿、三稿。隔一年才修改，是因为在杨渡的设想里，这应该是长篇小说中的一部分，后来才决定让它独立成篇。这部中篇少年武侠小说，曾有杂志主编决定连载它，并推出单行本，但这一决定在社长那儿居然没能通过。大概是杂志连载与推出单行本是紧密联动的，而此篇的体量远不够出单行本的缘故吧！耽搁多年后，如今《丸子，丸子》马上要由《青年作家》刊出了，赶在刊出前，杨渡对它进行了一番修订，原先篇幅接近三万四千字，这回一下子精简掉了五千——实质上，它首先胜在那个丸子的精妙构思，但就是个短篇的结构，精简一下，算是必须的吧！

《魔幻大楼》是《丸子，丸子》完成初稿后就着手创作的，也即是在初二上册，但到了寒假，初稿完成大部分，杨渡却陷入了迷茫——此篇构思之初，他就曾讲述给我听，我听后可谓瞠目结舌，我说这将是一篇杰作，也许正是这个期许，让他背负了压力，他犹犹豫豫中撂下了它。九个月后，他把这篇的故事梗概当面讲给《闯江湖》的责任编辑孙玉虎老师听，孙老师同时是位优秀的小说家，对短篇小说颇有研究。我目睹了一个细节：孙老师听完后张大嘴，明显被惊讶到了！孙老师立刻说："这篇定稿后，你一定要先给我们《儿童文学》！"

《魔幻大楼》的二稿，距离初稿是两年以后，杨渡居然陆陆续续从高一下册改到高二下册。当然，就读高中尖子班，课余时间几乎没有，这是主要原因，但这之间有没有创作本身的问题呢？这二稿还是特殊的，它差不多是推倒一稿重写了。马拉松式的二稿完成后，杨渡又隔三岔五地花一星期时间，用来修改三稿及最终修订。完后，我通读了一遍，我认为，它依稀有当年杨渡讲述的那个故事的影子，可已然不是那篇"杰作"，它们好像是两个不同的作品了。

　　另外，此篇完稿时，孙玉虎老师早已离开了《儿童文学》编辑部，时至今日，它只来得及先后投了三家纯文学刊物，最后一家系约稿，尚在审处中。

　　《爆米花》算是个意外。杨渡创作它，只用了四天，就在刚刚撂下《魔幻大楼》的初稿之后。我至今仍清楚记得细节：我们都住在他外婆家，那天晚上，杨渡在楼下说感觉写不下去了，准备转而去写早就构思好的《爆米花》，他妈妈当即表示赞同，然后他又跑到楼上，把自己的决定告诉了我。

　　我还记得他写完《爆米花》初稿的那个深夜，我躺被窝里阅读着它，很是激动。一个初中生写空巢老人，笔法竟如此老到，而且手稿那么清晰，几近完美，简直不需要修改了！

　　当然数天之后，杨渡还是用两天时间来修订了它。

　　《爆米花》的创作非常顺利，不过它的发表，却遭遇了麻烦，这个先按下不表。

　　《不要太伤心也不要太高兴，我还活着》算是《爆米花》的姊妹篇。初三上册，十月下旬，杨渡应中央电视台《中国成语大会》节目组邀请，作为"作家队"选手，与临时接受邀请的我组队，赴河北邯郸参加第二届《中国成语大会》复赛，并进入决赛，成为"24强"之一，但在决赛第一赛程"24进18"时失利出局。杨渡心中的憋屈，恐怕只有同为队友的我才能够理解——出局的当天夜里，上床后，他突然就有了这篇小说的构思，并已想好了这个奇怪的标题。第二天，去买来笔记簿，他就开始了创作。他花两天时间写了前面部分，从邯郸返家上学，一边追赶落下的课程，一边抽空续写，前后一共用八天完成初稿，再花了两天推敲修订。

《不要太伤心也不要太高兴，我还活着》写的也是一个老人，写老人的突然死亡。杨渡作为初中生，连续两篇作品写老人，这是个奇怪现象。在我眼里，这两篇各具姿态，算是交相辉映，它们已经是完全的纯文学小说，如果投给纯文学刊物，发表是轻而易举的事。然而实际上，这两篇，后者先后投稿十三次，第十三次投给第十三家刊物《青年作家》，才得到了该刊卢一萍老师的赏识，他说该刊的"新力量"专栏"就是为这些小天才准备的"，没过四个月就推出了它。《爆米花》呢，更是创纪录，先后投了二十家刊物，最后《创作与评论》成了第二十一家，该刊冯祉艾老师约稿，次月出版的杂志就火速推出了它，不过它的被推出，比《不要太伤心也不要太高兴，我还活着》晚了五个月。

或许夸张些，可以说，《不要太伤心也不要太高兴，我还活着》是杨渡的成名作。《青年作家》2017年6月号刊登，马上，它就被《小说选刊》7月号转载了！刚好，那一期《小说选刊》是"青年作家专辑"，作为一个"00后"，杨渡获得当期杂志"卷首语"的重点推荐，被认为"文笔之清新不逊现在的一些当红的作家"。同时，责任编辑李昌鹏老师也在配发的"责编稿签"里予以高度评价，他说："本雅明曾以打开折扇来形容想象力：只有在展开的时候，折扇的形象才获得生气。十六岁的杨渡便是一个能够打开折扇的人。从古至今，对于死亡的想象早已无可计数，然而，杨渡以生动的笔墨，重述了死亡——这人类永远的想象对象。想象力对于写作者而言异常宝贵，拥有丰富想象力的少年却并不罕见，令人讶异的是少年杨渡所拥有的表述能力。他使用了死者的视角来对死亡进行创造性的描述——这样的选择与其说是偶然，毋宁说是来自天赋的直觉——而他表达的新颖度、准确性，也颇为可观。我们不能期待每位少年都习得如此技艺，也不得不给天赋留出一席之地。"只是有一点李昌鹏老师说得不够准确，发表这篇作品时杨渡十六岁，但它却是杨渡十四岁时创作的。

杨渡无疑是《小说选刊》历史上年龄最小的作者。自然，这里面有幸运的成分在，也有《小说选刊》对青年作家的鼓励和大力推举的成分在。没想到的是，往后还有锦上添花。9月份，杨渡接到了评论家孟繁华老师的短信，索要这篇小说的电子版，准备收入由他主编的年度选本《中国短篇小说年度佳作2017》。不过后来，阴差阳错的事情出现了：由于山西人民出版社"对00后持谨慎态度，认为进入年选还不成熟"，此篇被从《中国短篇小说年度佳作2017》一书中剔除，但是，次年5月，由评论家吴义勤老师主编、百花洲文艺出版社出版的另一部年度选本《中国当代文学经典必读·2017短篇小说卷》，却赫然收录了它。

显然杨渡也是作品被收入年度小说选本的第一个"00后"。而且，他也是从上世纪八十年代开始选编出版至今的中国现代文学馆该经典年选书系里最年轻的入选者了。

不仅如此，2018年5月出版的《文学蓝皮书：中国文情报告（2017~2018）》和11月出版的《2017年中国当代文学年鉴》，都收录了中国现代文学馆张元珂、王雪老师撰写的长篇论文《短篇小说：存在之纬、表达之轻与突围之难》，论文多处提及作为中学生的杨渡，并专门论述了"'90后'作家群及'00后'作家的出场"，其中

"'00后'作家的出场"即是专指杨渡一人。

到这里可以叙说一下——杨渡的这两篇作品,之所以投稿十几二十余家刊物才得以发表,其历经挫折,主要原因就在于他的年龄。最近两三年,"90后"小说家才刚刚获得诸多文学刊物的着重推介,而杨渡的作品,是在更早前投的稿,从编辑们的反馈信息来看,他们的犹豫,大多就是因为作者的年龄太小——刊物连"90后"作者都鲜有推介,怎么可以一下子逾越而直接推出"00后"?这岂不是破坏了生态?

好了,一切都已翻篇。就因为《青年作家》捅了"娄子",因为《小说选刊》的猛然发力,因为《中国当代文学经典必读·2017短篇小说卷》的不拘一格,从杨渡开始,"00后"脚下跑道上的人为障碍,一律扫除了!

《过山车》,杨渡创作于高一上册,写了一位内心复杂的爸爸。这篇让我和他妈妈倒吸一口凉气的作品,只有三千来字,是个尴尬的篇幅——上不着天下不着地,绝大多数文学刊物都不会刊登这个篇幅的作品。杨渡在第二年暑假里稍作修订,老规矩,由我代投,投给《光明日报》的"作品"副刊。有趣的是,我投了编辑付小悦老师的个人邮箱,而这个邮箱付老师已废弃不用,但付老师竟然登陆了一次,看到了稿子,那一天是我投稿之后的一年又半个月!两个多月后,《过山车》在"作品"副刊发表了,与原稿一字不差。后来,此篇被河南郑州市教育局的老师编入了《2019年高考语文综合复习检测题》——提供图片的是杨渡的一位读者,他是高三学生,做卷子做到这篇作品,认为"这件事太酷了",还说"希望你写到这套题"。

经这位读者一提，我们倒还真的心中一动——如若杨渡参加高考的时候，语文试卷的出题者恰好也从《光明日报》选了这篇，岂不是一段佳话？当然，事实上后来没有发生这种小概率事件。

《疯狂的仙人球》的创作，有些奇葩——杨渡在初三上册、初中毕业后的那个暑假、高一上册各花了两天时间，在大跨度的时空里，完成了它的初稿。然后又在暑假里略微修订，再在寒假里被热心的叶弥老师推荐给了《雨花》——叶老师曾是《创作与评论》发表《爆米花》时请的两位撰写推荐语的名家之一。

在我看来，《疯狂的仙人球》是介于儿童小说与纯文学小说之间的作品，它有关环境保护，同时具有悲壮又美好的想象或愿望。沙漠可以被疯狂的仙人球征服，这是文学想象。沙漠里的沙丘可以被一种生物胶水凝固再用来种植作物，这是被科学研究者证实可行的新闻。文学想象与科学研究庶几近之，而且杨渡的创作在那则令人振奋的新闻出现之前。

2018年9月号，《雨花》发表《疯狂的仙人球》。2019年3月上半月号，《新华文摘》的"文艺作品"专栏，全文转载了《疯狂的仙人球》。事后，《新华文摘》的编辑梁彬老师打电话过来索取地址等信息，才知道作者竟是一名高中生，她惊讶不已。有必要记上一笔的是，该刊转载后，很快有山东省的老师联系杨渡，她准备把《疯狂的仙人球》收录到一份高考模拟试卷上，希望征得作者同意。正如那位老师所言，试卷的传播率是很高的，《疯狂的仙人球》又在另一个渠道疯狂了起来……

《吱呀》的创作，分两段。杨渡从初二寒假——起笔的那天是

2015年春节前一天，大年三十——到初三上册，陆续七个多月，这是第一段；第二段，在高一寒假到下册，杨渡又花了两个多月，续写完初稿、修改二稿并最终修订。

《吱呀》堪称是一个漫长的童话，当然它也可被看作是一部具有童话气息的中篇小说。少年杨渡沉迷于自己对木器的一场旷日持久的想象，然后，吱呀一声……

就作品本身，我不宜对《吱呀》多说什么，否则会是一种唐突。我想说的是，它的发表，也具有浪漫的童话气息——某家校园文学刊物要创办一份新的青春文学刊物，约稿的主编有着宏伟的蓝图，四个月前，我们就已看到了这份马上付梓的新刊物的电子版目录，第一个栏目叫"00后，来了"，《吱呀》被安排在头条。可是，由于某种原因，四个月后，这份新刊物还卡在那儿。新刊物会不会随着"吱呀"一声突然真正地降临人间？不知道。但不妨继续期待，像期待一个美好的童话。

最后剩下的《幻》，是科幻小说，或者说，它是准科幻小说。科幻小说有硬科幻与软科幻之分，科幻迷大概更喜欢硬科幻吧，但我更喜欢软科幻。《幻》自然属后者，不过，它的科幻色彩其实不是特别浓。去年8月，杨渡提前上学，这篇他写了一天就搁置起来，因为11月初就是"学业水平考试"，非常重要。接着他经历了一次转学，到11月份，"学考"过去了，当月，他再用六天完成初稿，用了五天修改二稿和最终修订。《幻》可以看作是杨渡的科幻小说试水之作，我想，他以后也许会有更多的同类作品。

《幻》即将和《丸子，丸子》一起在《青年作家》刊出。

以上算是对杨渡这十篇作品的一个繁琐、啰唆的交代，也是我自认为非常有必要的一个仔细的梳理。

此刻，杨渡就坐在我对面，沉浸于他自己创造的新小说的氛围里，我则在越俎代庖。我的任务基本完成了，但我又觉得意犹未尽，还想再说些什么。

杨渡是个很执着的孩子。一点儿都不夸张，他是在上幼儿园之前就立志当作家的。最初，他可能对作家这个行当有所误会——每当我坐在电脑前面操作着键盘，他都很好奇，觉得电脑很好玩，可是妈妈一般不允许他进书房打扰我，妈妈告诉他，爸爸在写作，爸爸是一个作家。可能在那时候，杨渡就得出了错误的结论，以为当作家等于玩电脑吧，所以他就时不时嚷嚷着要当作家了。而他最著名的言论诞生于刚上幼儿园小班时，他豪迈地告诉我，待他幼儿园毕业，就回家当一个作家！那时候，他一定以为人生中的最高学历就是幼儿园毕业啰。

我在《喜糖的魔力》的序中披露过，这里我还是想重复讲一个细节——上完小学二年级后的暑假，杨渡构思了一部长篇小说，并动手创作了它的开头，画出了主要人物，写出了人物简介；他的创作延续到三年级上册，可他在学校出意外，左手骨折，敷上了石膏，他不能扶着笔记簿写字，但想出来一个办法，就是侧着脑袋，用左脸蛋压着桌子上的笔记簿，再用右手握水笔写字。

这么励志的故事，一开始我和他妈妈竟然都没察觉。后来我先察觉了，我看见他脸蛋上有墨水的痕迹，仔细分析，这应该是纸张上墨迹未干时印下来的。一问，果然，他在写小说，用修正液涂改，再在上面写字，所以墨迹来不及干掉印上了脸蛋。当我张口结舌面对一个默默在干一件大事的八岁孩子，突然间，真是既惊讶又感动！

那会儿，杨渡太小，那部名叫《陈斯文的日记》的长篇小说后来搁浅了，但是他那股韧劲儿一直保留着。写完《喜糖的魔力》，他要写《闯江湖》，我是试图阻止的，可阻止不了。那年夏天我们去天台山玩，他突然构思了《我是一棵树》，我又阻止他，但照样没阻止成功。他写《不要太伤心也不要太高兴，我还活着》，我又认为他一个小孩子驾驭不了死亡这样的题材，试图打消他的计划，可是他写成了，后来还不忘在创作谈里把我钉上了历史的耻辱柱。

杨渡将会是个一条道走到黑的人。好在文学创作，不一定就是件苦差事。创作是艰辛的，又时刻都伴随着创造的快乐。再说，除了小说，其实杨渡同时在进行诗歌创作——他从小学四年级就开始创作诗歌，至今有了超过两百首作品，其中一部分散见于刊物，被收入各种选本，还被翻译到了越南、韩国和阿联酋。

杨渡是个非常幸运的作者，创作之路上，几乎没有遇到过大挫折，所以当他在《中国成语大会》的决赛中被淘汰出局后回到房间黯然落泪，我却在边上幸灾乐祸说："你想想看，从小到大，你好像没有尝过失败的滋味，是吧？"

杨渡还是一个幸福的学生。从小到大，我们家长从来没有给过他学习上的压力。作为学生，他居然什么都不会背诵，或者说，背诵的能力非常差。所以，我们做家长，就负责闭着眼睛签"已背诵"三字，还跟老师们沟通，给他免各种各样的作业。而在家里，则特别宽松了，除了阅读他喜欢的书，就是看电影、听音乐。中考期间，刚好积攒了两部不错的电视剧，我们全家每夜都端坐观看，还边看边笑说，这样的考生恐怕是绝无仅有。不仅中考，前不久高考期间，他还累计听了好久的音乐呢！

实际上，杨渡的理科成绩比文科更好。他曾说自己其实完全可以成为学霸，只是不愿意做学霸。这还真不是大话——因为我们家的宗旨是轻松上学，尽量争取更多的时间用来休息和睡眠，做到身心愉悦，在我们家，从来不认为成绩是什么重要的东西。

前不久的高考，杨渡考上了一段线，现在已经被浙江大学城市学院的汉语言文学专业录取。也许在别人眼里，他应该上更好的大学，但在胸无大志的我们看来，这样的结果已非常令人满意。到了大学里，杨渡的目标很明确，他要自修英语和真正的历史，英语要学到最好，然后当然是创作与广泛地阅读；还有，大学四年，他将在美丽的杭州市区生活，这些才是重点。

我跟杨渡说，这部《魔幻大楼》，汇集了他十八岁之前的所有中短篇小说（除了两篇习作），这是一部意义非凡的集子，值得永远珍惜。它是一种总结，但另一方面，也是一种清空——十八岁，上大学，成年了，杨渡将轻装上阵，重新出发，开始踏上新的征途！

现在容我回到开头。其实我一直记得那天中午我们父子的对话。杨渡说让我写一个序，我慨然允诺，可是他随即又说："你可别喧宾夺主哇！"我回答："当然！我只写两个页码。"

感谢有耐心读完我这篇文章的读者。

现在我得说："杨渡同学，不好意思啊，我没控制住篇幅，这篇计划中的序，起码膨胀了六倍，但在这部集子中，我的文章再怎么冗长，也是无法喧宾夺主的。并且我改变了主意，这篇文章不做序，就让它移到最后，当作'代后记'吧！"

就这么一眨眼，杨渡上完了幼儿园、小学、中学。就这么一眨眼，在我和他妈妈眼里，一副天真模样，一路蹦蹦跳跳的他，猛然转身，已非少年！

一眨眼，十八年。

一个作家的第一轮成长过程，在杨渡这里，仿佛也只是一眨眼！

2019年7月16日至23日

微信扫码入群
听杨渡和爸爸谈写作

这是一本配有
读者交流群的现实幻想类故事集
建 议 配 合 二 维 码 一 起 使 用 本 书

本书配有读者微信交流群，群内提供读书活动和资源服务。你可以扫码加入社群，找到趣味相投的小伙伴，通过回复关键词获取优质的阅读资源，参与精彩的读书活动，享受卓越的阅读体验。马上扫码加入！

入群步骤

1. 微信扫描本页二维码；

2. 根据提示，加入"杨渡的奇幻世界"交流群；

3. 群内回复关键词，参与读书活动，领取阅读资源。

群服务介绍

群内配有精品文章、名家解读、本书导读等，回复关键词获取资源，与其他书友一起探索奇妙世界。

你可以在群内找到趣味相投的小伙伴，同读杨渡精彩作品，并与作者深度互动，共同提高进步！

微信扫描二维码
加入本书交流群